如何读懂
中国古典小说

鲁迅 等 著

应急管理出版社
·北京·

图书在版编目（CIP）数据

如何读懂中国古典小说／鲁迅等著． -- 北京：应急
管理出版社，2022

ISBN 978 - 7 - 5020 - 9369 - 3

Ⅰ．①如…　Ⅱ．①鲁…　Ⅲ．①古典小说—小说研究—
中国　Ⅳ．①I207.41

中国版本图书馆 CIP 数据核字（2022）第 082524 号

如何读懂中国古典小说

著　　者　鲁　迅
责任编辑　高红勤
封面设计　郑广明

出版发行　应急管理出版社（北京市朝阳区芍药居 35 号　100029）
电　　话　010 - 84657898（总编室）　010 - 84657880（读者服务部）
网　　址　www.cciph.com.cn
印　　刷　北京市兆成印刷有限责任公司
经　　销　全国新华书店

开　　本　710mm×1000mm$\frac{1}{16}$　印张　15　字数　249 千字
版　　次　2022 年 9 月第 1 版　2022 年 9 月第 1 次印刷
社内编号　20211490　　　　　　定价　49.80 元

目　录

序一　文学的历史动向

闻一多

人类在进化的途程中蹒跚了多少万年，忽然对近世文明影响最大最深的四个古老民族——中国，印度，以色列，希腊——都在差不多同时猛抬头，迈开了大步。约当公元前一千年左右，在这四个国度里，人们都歌唱起来，并将他们的歌记录在文字里，给流传到后代。在中国，《三百篇》里最古部分——《周颂》和《大雅》，印度的《黎俱吠陀》（Rig-veda），《旧约》里最早的《希伯来诗篇》，希腊的《伊利亚特》（Iliad）和《奥德赛》（Odyssey）——都约略同时产生。再过几百年，在四处思想都醒觉了，跟着是比较可靠的历史记载的出现。从此，四个文化，在悠久的年代里，起先是沿着各自的路线，分途发展，不相闻问，然后，慢慢地随着文化势力的扩张，一个个的胳臂碰上了胳臂，于是吃惊，点头，招手，交谈，日子久了，也就交换了观念思想与习惯。最后，四个文化慢慢地都起着变化，互相吸收，融合，以至总有那么一天，四个的个别性渐渐消失，于是文化只有一个世界的文化。这是人类历史发展的必然路线，谁都不能改变，也不必改变。

上文说过，四个文化猛进的开端都表现在文学上，四个国度里同时迸出歌声。但那歌的性质并非一致的。印度希腊，是在歌中讲着故事，他们那歌是比较近乎小说戏剧性质的，而且篇幅都很长，而中国以色列则都唱着以人生与宗教为主题的较短的抒情诗。中国与以色列许是偶同，印度与希腊都是雅利安人种，说着同一系统的语言，他们唱着性质比较类似的歌，倒也不足怪。

中国，和其余那三个民族一样，在他开宗第一声歌里，便预告了他以后数千年间文学发展的路线。《三百篇》的时代，确乎是一个伟大的时代，我们的文化大体上是从这一刚开端的时期就定型了。文化定型了，文学也定型了，从此以后两千年间，诗——抒情诗，始终是我国文学的正统的类型，甚至除散文外，它是唯一的类型。赋，词，曲，是诗的支流，一部分散文，如赠序，碑志等，是诗的副产品，而小说和戏剧又往往以各自不同的方式夹杂些诗。诗，不但支配了整个文学领域，还影响了造型艺术，它同化了绘画，又装饰了建筑（如楹联，春帖等）和许多工艺美术品。

诗似乎也没有在第二个国度里，像它在这里发挥过的那样大的社会功能。在我们这里，一出世，它就是宗教，是政治，是教育，是社交，它是全面的生活。维系封建精神的是礼乐，阐发礼乐意义的是诗，所以诗支持了那整个封建时代的文化。此后，在不变的主流中，文化随着时代的进行，在细节上曾多少发生过一些不同的花样。诗，它一面对主流尽着传统的呵护的职责，一方面仍给那些新花样忠心的服务。最显著的例子是唐朝。那是一个诗最发达的时期，也是诗与生活拉拢得最紧的一个时期。

从西周到春秋中叶，从建安到盛唐，这中国文学史上两个最光荣的时期，都是诗的时期。两个时期个个拖着一条姿势稍异，但同样灿烂的尾巴，前者的是楚辞、汉赋，后者的是五代宋词。而这辞赋与词还是诗的支流。然则从西周到宋，我们这大半部文学史，实质上只是一部诗史。但是诗的发展到北宋实际也就完了。南宋的词已经是强弩之末。就诗本身说，连尤、杨、范、陆和稍后的元遗山似乎都是多余的、重复的，以后的更不必提了。我们只觉得明清两代关于诗的那许多运动和争论，都是无谓的挣扎。每一度挣扎的失败，无非重新证实一遍那挣扎的徒劳无益而已。本来从西周唱到北宋，足足二千年的工夫也够长的了，可能的调子都已唱完

了。到此，中国文学史可能不必再写，假如不是两种外来的文艺形式——小说与戏剧，早在旁边静候着，准备届时上前来"接力"。是的，中国文学史的路线南宋起便转向了，从此以后是小说戏剧的时代。

故事与雏形的歌舞剧，以前在中国本土不是没有，但从未发展成为文学的部门。对于讲故事，听故事，我们似乎一向就不大热心。不是教诲的寓言，就是纪实的历史，我们从未养成单纯的为故事而讲故事，听故事的兴趣。我们至少可说，是那充满故事兴味的佛典之翻译与宣讲，唤醒了本土的故事兴趣的萌芽，使它与那较进步的外来形式相结合，而产生了我们的小说与戏剧。故事本是民间的产物，不用讳言，它的本质是低级的。（便在小说戏剧里，过多的故事成分不也当悬为戒条吗？）正如从故事发展出来的小说戏剧，其本质是平民的，诗的本质是贵族的。要晓得它们之间距离很大，而距离是会孕育恨的。所以我们的文学传统既是诗，就不但是非小说戏剧的，而且推到极端，可能还是反小说戏剧的。若非宗教势力带进来那点新鲜刺激，而且自己的歌实在也唱到无可再唱的了，我们可能还继续产生些《韩非说储》，或《燕丹子》一类的故事，和《九歌》一类的雏形歌舞剧，但是，元剧和章回小说绝不会有。然而本土形式的花开到极盛，必归于衰谢，那是一切生命的规律，而两个文化波轮由扩大而接触而交织，以致新的异国形式必然要闯进来，也是早经历史命运注定了的。异国形式也许早就来到了，早到起码是汉朝佛教初输入的时候，你可以在几百年中不注意它，等到注意了之后，还可以延宕，踌躇个又一度几百年，直到最后，万不得已的，这才死心塌地，接受了吧！但那只是迟早问题。反正自己的花无法再开，那命数你得承认。新的种子从外面来到，给你一个再生的机会，那是你的福分。你有勇气接受它，是你的聪明，肯细心培植它，是有出息，结果居然开出很不寒伧的花朵来，更足以使你自豪！

第一度外来影响刚刚扎根，现在又来了第二度的。第一度佛教带来的印度影响是小说戏剧，第二度基督教带来的欧洲影响又是小说戏剧（小说戏剧是欧洲文学的主干，至少是特色），你说这是碰巧吗？

不然。欧洲文化正如它的鼻祖希腊文化一样，和印度文化，往大处看，还不是一家？这样说来，在这两度异乡文化东渐的阵容中，印度不过是欧洲的头，欧洲是印度的尾而已。就文化接触的全盘局势来看，头已进来，尾迟早必须来到，应该也是早已料到的事。第一度外来影响，已经由扎根而开花了，但还不算开到最茂盛的地步，而本土的旧形式，自从枯萎后，还不见再荣的迹象，也实在没有再荣的理由。现在第二度外来影响，又与第一度同一种类，毫无问题，未来的中国文学还要继续那些伟大的元、明、清人的方向，在小说戏剧的园地上发展。待写的一页文学史，必然又是一段小说戏剧史，而且较向前的一段，更为热闹，更为充实。

但在这新时代的文学动向中，最值得揣摩的，是新诗的前途。你说，旧诗的生命诚然早已结束，但新诗——这几乎是完全重新再做起的新诗，也没有生命吗？对了，除非它真能放弃传统意识，完全洗心革面，重新做起。但那差不多等于说，要把诗做得不像诗了。也对。说得更准确点，不像诗，而像小说戏剧，至少让它多像点小说戏剧，少像点诗。太多"诗"的诗，和所谓"纯诗"者，将来恐怕只能以一种类似解嘲与抱歉的姿态，为极少数人存在着。在一个小说戏剧的时代，诗得尽量采取小说戏剧的态度，利用小说戏剧的技巧，才能获得广大的读众。这样做法并不是不可能的，在历史上多少人已经做过，只是不大彻底罢了。新诗所用的语言更是向小说戏剧跨近了一大步，这是新诗之所以为"新"的第一个也是最主要的理由。其它在态度上，在技巧上的种种进一步的试验，也正在进行着。请放心，历史上常常有人把诗写得不像诗，如阮籍，陈子昂，孟郊，如华茨渥斯（Wordsworth），惠特曼（Whitmen），而转瞬间便是最真实的诗了。诗这东西的长处就在它有无限度的弹性，变得出无穷的花样，装得进无限的内容。只有固执与狭隘才是诗的致命伤，纵没有时代的威胁，它也难立足。

每一时代有每一时代的主潮，小的波澜总得跟着主潮的方向推进，跟

不上的只好留在港汊里干死完事。战国秦汉时代的主潮是散文。一部分诗服从了时代的意志，散文化了，便成就了《楚辞》和初期的"汉赋"，成就了《铙歌》，这些都是那时代的光荣。另一部分诗，如《郊祀歌·安世房中歌》，韦孟《讽谏诗》之类，跟不上潮流，便成了港汊中的泥淖。

明代的主潮是小说，《先妣事略》《寒花葬志》和《项脊轩志》的作者归有光，采取了小说的以寻常人物的日常生活为描写对象的态度，和刻画景物的技巧，总算是沾上了点时代潮流的边儿（他自己以为是读《史记》读来了的，那是自欺欺人的话），所以是散文家中欧公以来唯一顶天立地的人物。其他同时代的散文家，依照各人小说化的程度的比例，也多多少少有些成就，至于那般诗人们只忙于复古，没有理会时代，无疑那将被未来的时代忘掉。以上两个历史的教训，是值得我们的新诗人书绅的。

四个文化同时出发，三个文化都转了手，有的转给近亲，有的转给外人，主人自己却都没落了，那许是因为他们都只勇于"予"而怯于"受"。中国是勇于"予"而不太怯于"受"的，所以还是自己的文化的主人，然而也只仅免于没落的劫运而已。为文化的主人自己打算，"取"不比"予"还重要吗？所以仅仅不怯于"受"是不够的，要真正勇于"受"。让我们的文学更彻底的向小说戏剧发展，等于说要我们死心塌地走人家的路。这是一个"受"的勇气的测验，也是我们能否继续自己文化的主人的测验。

过去记录里有未来的风色。历史已给我们指示了方向——"受"的方向，如今要的只是勇气，更多的勇气啊！

序二　中国文学的遗产问题

郑振铎

许多人提出了"文学遗产"问题。人类的文明有一部分是以人类的血与肉，泪与汗建筑起来的。当我们徘徊于埃及荒原上的金字塔旁，或踏上了罗马斗兽场的石阶，或踯躅在雅典处女神庙的遗址而不忍离开的时候，我们曾否想到：这些弘伟壮丽的先民的遗产，乃是以无量数的奴隶的血与肉，泪与汗所堆砌而成！这可怕的膏血涂抹的遗产，显示出来的是蹂躏与鞭打，铁锁与饥饿，他们无限凄凉地被映照在夕阳的金光里，仿佛每一支断柱，每一块巨瓦废砖，都会开口诉述出人类是如何的在驱使、鞭策、奴役自己的圆颅方趾的兄弟们。差不多，可以"发思古之幽情"的所在，没有一所不是可以使我们想象到那可怕的过去的。

文学的遗产在其间却是最没有血腥气的——虽然有一部分也会被嗅到一点这种气息，和显露出些过去文士们的谀媚的丑态。

一部人类的历史，便是一本血迹斑斑的相斫书，或可以说，人类的历史，是以血写成的。这相斫书到什么时候才告个了结，这历史，到什么时候才不会再以血去写它，那是，谁也不能知道。——然而有人是在努力着，在呼号着，想要把血淋淋的笔从萨坦手上抢去了；而用自己的和平的心，清莹的墨水，去写成自己的历史；虽然他们还不曾说服了大多数的为魔鬼的狂酒所醉的帝国主义者们。

但在其间，人类的文学的历史，却比较的是以具有伟大心胸的文士们

7

的同情的热诚的笔写成的；——虽然也有一部分是曾被娟嫉、谀媚、愤咒的烟气纠绕于中。

所以在人类的许多遗产里，文学的遗产也许是最足以使我们夸耀自己的文明与伟大的。

我们憧憬于歌中之歌的景色。我们沉醉于《依利亚特》《奥特赛》的歌唱。我们被感动于释迦摩尼的自我牺牲的"从井救人"的精神。我们为希腊悲剧所写的人与运命的争斗，生命与名誉或正义的选择的纠纷，而兴奋，而慷慨悲歌。

我们也为无穷尽的冗长而幻怪百出的印度、阿剌伯的故事所迷惘。我们也为《吉河德先生传》而笑乐，而被打动得欲泣。为《韩米雷德》、为《麦克伯》、为《仲夏夜梦》而惹得悲郁的想，或轻松的笑。为《神曲》、为《新生》、为《失乐园》、为《仙后》、为《刚脱白莱故事》、为《十日谈》而感受到新鲜的弘伟的感觉。

我们也为歌德、席勒、拜伦、雪莱、卢骚、福禄贝尔诸人的作品，而感泣，而奋发，而沉思，而热情沸腾。

我们也为嚣俄、屠格涅夫、托尔斯泰、易卜生、柴霍甫、狄更司、高尔基、高尔斯华绥诸人的小说、戏曲所提醒，所指示，而愤懑，而悲戚，而欲起来做些事。

乃至奥维特的《变形记》，中世纪的《玫瑰与狐狸》，大仲马的《三个火枪手》，史格得的《萨克森劫后英雄略》等等，也各给我们以许多的问题，许多的资料，和许多的愉快的感觉。

这些，都足以表示我们的人群里，自古来，便有许多不是渴欲饮血，"欲苦苍生数十年"的英雄的模式的人物。他们具有伟大、和平的心胸，救世拯溺的热情，精敏锐利的眼光，与乎丰富繁赜的想象，以不忍人之心，发为不忍人之呼号。他们的工作的结果是伟大而永久的。

在人类的历史里，属于他们的一部分是不被嗅出血腥气来的。

而在想从萨坦手里夺去了血淋的那支巨笔，不使他们再以人的血书写

下去的人们里，他们也便是其中的一部分。

在这些世界的不朽的文学遗产里，中国也自有其伟大的可以夸耀的一份儿。

但这所谓"以文立国"的古老的国家，究竟产生了什么呢？

当希腊的荷马、阿士齐洛士，印度的释迦摩尼、瓦尔米基在歌唱，在说道，在演奏他们的伟大的著作的时候，我们的孔子和屈原也已诞生于世。这几千年来，是不断的在产出无量数的诗歌、戏曲、小说、散文来。

在这无量数的诗、剧、小说与散文的遗产里，究竟是有若干值得被称为伟大的，值得永久的被赞许着的。

碎砖破瓦是太多了，简直难得一时清理出那一片文学的古址出来。有如披沙淘金似的，沙粒是无量数的多。

假如把沙粒当作了金砂，那不是很无聊的可悲的情形吗？但金砂是永远的在闪闪作光的，并不难于拣出。

为了几千年来，许多的文人学士们只是把文学当作了宫廷的供奉之具，当作了个人的泄发牢骚，表弄丑态的东西，于是文学便被个人主义与实用主义压迫得透不过气来。

"不学诗，无以言""登高能赋，可以为大夫"，这些便都是浅而狭的实用主义的呼声。这些作品便占了我们文学遗产的一大部分。他们只是皇帝的应声虫，只是皇帝的弄人；被夸称为"文学侍从之臣"的人物，原来也不过是优旃、优孟之流，东方朔自诉得最痛快！杨循吉、徐霖辈受不了那不平的待遇，却硬抽身跑脱了。（其实也只是露骨些的不平的待遇。）

然而被笼络住了的"文学侍从之臣"们，却在自欺欺人的鸣盛世的太平，为皇家作忠实的走狗；还在洋洋得意的训诲、教导着无穷尽的青年们走上他们的道路。

然而"登龙无术"的被淘汰了的文人们，为了身子矮，吃不到葡萄，却只好嚷着葡萄酸，其实是一样的热衷！在那谈穷诉苦的呼声里面，我们看出了他们的希求。只要抛下了一块骨头，他们还不争着抢吗？尤侗写他的《钧天乐》传奇的时候，是那样愤懑不平；然而不久异族的皇帝，招他来做"侍臣"了，他便贴然地跪拜嵩呼，而且还将那些"胡服胡冠"，图而传之久远！这还不够使人见了感到浑身不舒服么？

这些纯以个人主义或个人的利禄功名的思想为中心的作品，又占了我们的文学遗产的一大部分。

那么，我们所留下的有些什么呢？还不该仔细的拣选、表彰着他们么？

在无量数的黄沙堆里，金砂永远是闪闪的在作光，并不难以把他们拣出。

假如我们把黄砂也当作了金粒，而呼号的鼓吹着，那么这错误是可以补救的么？

我们要放大了眼光，在实用主义与个人主义以外的作品里去拣。我们不需要供奉文学，也不需要纯以个人的富贵功名为中心的牢骚文学，我们所需要的是更伟大的更具有永久生命的作品。而这些伟大的作品，在我们的文学遗产里，却并不是少！

所以，提出了文学遗产问题，并不是说，一切的丑态百出的东西，都可以算作遗产，我们真正的伟大的遗产，足以无愧的加入世界文学的宝库中者，还要待我们用敏锐博大的眼光去拣选！至于怎样的拣选以及拣选的标准的问题，那是另外一会事，需要许多人来合作的。

上 篇

中国古典小说的历史源流

中国古典文学中的小说传统

郑振铎

一　小说的类别

中国小说与世界小说分类相同，分三种：一、短篇小说，二、中篇小说，三、长篇小说。

中国短篇小说又分两种，一是传奇文，一是评话或叫词话（宋朝叫小说，明朝叫词话或评话）。前者是文言文，后者是白话文。中篇小说出现的最晚，宋朝的小说只有短篇和长篇。长篇最初是讲史，后发展成演义，多是一百回到一百二十回。中篇小说到明末清初才出现，多是四本或六本书，有十二回到二十四回的篇幅，其中主要是佳人才子书，没有一部好东西，在当时却很流行，并且很早就翻译成法文、英文、德文了，但它不能代表中国的小说，而是中国小说中最坏的东西。

长篇小说是从讲史发展来的，因为讲历史是天然的长篇，愿意拉多长就多长，甚至可以讲半年。而说词话的人则很精简，因为词话较短，一讲就完，有头有尾，人们听起来也方便、感兴趣，所以比讲长篇的人容易吸引群众。讲长篇的人为了兜揽生意，便想办法在每回的前面把先前的事简略地叙述一番，这样听起来就不至于无头无尾了；说长篇的又"卖关子"，说到最紧要的关头则要"且听下回分解"，这样使人们放心不下，第二天就一定要来听。

二 中国小说的特质

中国小说与别国小说不大相同，有它自己的特点：

（一）是口头的传说写下来的。它一开头就不是由几个有才能的文人创作出来的，而是从民间来的，是口头流传的。它最早是群众文娱活动的一种，它能表现人民的喜怒哀乐的情绪，是和人民群众密切相结合，为人民大众所喜爱的形式。

小说起源于唐朝和尚庙里讲唱的变文（变文又叫摩诘），就是由有才气的和尚讲唱佛经故事，并有音乐配合。当时大多是讲释迦牟尼的故事，这故事很长，有五百多段，分作两部，叫《佛本生经》和《佛本行经》。《佛本行经》讲他一生的事，写他本是太子，如何看到人民的生老病死而觉悟出家。《佛本行经》则讲他如何舍身救人救虎和做鹿王的故事，是讲前生的（鲁迅先生所提倡的《百喻经》就是从这里来的）。当时写的最漂亮的宣传佛教的故事叫《有相夫人升天曲》，写有相夫人留恋人间，感情委婉哀怨，最后认识到死后更幸福，就愉快的死去，写的非常好，像希腊著名悲剧家沙福克里士（sophocles）和阿斯齐洛士（Aeschylus）的作品。

经过一段时间以后佛经故事已不能满足人民的需要，和尚们就开始讲人间的故事和历史的故事。如《伍子胥过昭关》《王昭君和番》等都是很吸引人的。到了宋时，皇帝感到和尚庙里竟至说起恋爱故事来，便加以禁止，其实是借口没收了庙产，以解救国库的空虚。当时和尚不能在庙里说故事，但老百姓又喜欢听，同时又由于生活关系，于是和尚就搬到游戏场所的"瓦子"里去说唱。文人们看见和尚的买卖好，也到瓦子里去说唱，是谓之说书。说长篇的就叫讲史，说短篇的就叫小说。

（二）小说即是口头传说写下来的，所以保留了许多口语，并且是第二人称的，句句都针对听众来说，对听众不断的交代情节和问题，中间还常常夹杂一些议论。

（三）许多小说是讲唱的，讲完一段就由歌伴唱一段，形容一种东西或人物的时候，也唱一段，所以中国小说的特点就有了"有诗为证"或"有词为证"的形式。

（四）因为是讲唱的，所以保留许多说书的样式，开头时总要说一篇闲话，作为引子，在弹词中称"开篇"，说书的称"得胜头回"。这是因为说书时听众没有来齐，就在未正式开讲以前，先讲一段可有可无的小故事作为调剂（据说过去讲《水浒传》每回前头都有一篇"致语"的）。

（五）长篇小说为了掌握住听众，故多卖关子，到紧张之时就说"欲知后事如何，且听下回分解"，所以中国小说常有惊险之处。

这些特征都是指宋以后的白话小说而言，宋代以前只是小说的雏形，还未发展成为真正的小说。

三　汉魏六朝的故事

周秦诸子的寓言是最早的小说形式，这些寓言不单在《庄子》《韩非子》里有，在《孟子》中也有，其中有许多已经发展成为有趣的故事，很曲折，已有了小说的意味。如在《列女传》《韩诗外传》中也有许多生动的故事。

到了六朝时，佛教输入，佛教故事也随之传到中国来，许多印度故事都改头换面变成中国的故事了。这同时也刺激了中国故事的发展，产生了许多笑话和讽刺故事，及劝人信佛的宗教宣传故事。在鲁迅的《古小说钩沉》及《小说史略》中收集了很多。

四　唐朝的传奇文

唐朝的传奇文已发展成了小说。武则天时，张鷟写了《游仙窟》及《龙筋凤髓判》，这是最早的文人创造的小说，完全是用骈文写的，用了许多双关语，可惜这类东西流传下来的很少。

传奇文从开元、天宝、韩愈出现以后，才发展起来。韩愈提倡古文，所以当时古文很流行，突破了骈文风格，虽然来往公事及一切应用文章则

仍用骈文，但有许多人用古文写了很多漂亮的故事（鲁迅先生搜集校刊编成《唐宋传奇集》）。

传奇文与过去的故事不同，其重要之处是它不仅脱离了宗教的影响，也不再讲神秘、空想的东西，而是真正的面对生活，现实主义地表现了那个时代，描写了那个时代的生活情况。内容可分三类：

（一）老老实实地写自己听到的或见到的当时人民现实生活中漂亮的故事，如白行简的《李娃传》、元稹的《莺莺传》、陈鸿的《长恨歌传》、蒋防的《霍小玉传》，这些都代表了当时传奇文的最高成就，从这里可以看出当时社会的许多矛盾情况和生活情况。唐代传奇中虽然都只写了一些小事情，但却写得很生动，使人永远不能忘记，这是因为它反映了社会的现实生活。

（二）描写空想的生活的：在描写空想生活的传奇文中仍可以看出那个时代的社会生活，如沈既济的《枕中记》、李公佐的《南柯太守传》，这些虽是写虚无缥缈的梦，但却也真实地反映了现实。其梦中的喜怒哀乐的生活，正是唐朝每一个文人的喜怒哀乐的生活。这些文章的风行一时，同时也由于唐朝的科举制度是十分特别的，凡拟投考之人，必先要得到有权势人的举荐，然后才能考。这时就有许多文人拿了自己的文章到处送人求荐，这些文章就叫"行卷"，最流行的是诗，后来渐有人以传奇文作"行卷"，送给刺史和达官贵人，以此求得进身之阶。

（三）到了唐末又产生了新的一派，如段成式的《酉阳杂俎》和裴铏的《传奇》。这大部分是写当时最流行的武侠故事，这种武侠小说的盛行是有它的原因的，那时许多节度使分封割据，互兼互并，有的且专横无理、残害老百姓。如朱温他要文人为他写歌功颂德的文章，但文人不肯颠倒事实，自喻为"清流"不参与政治，朱温就恼羞成怒，把这些文人投到黄河中说："偏要把清流投之于浊流。"老百姓对军阀这种随便杀人以及横征暴敛的事情恨之切齿，但自己又没有能力反抗，于是就幻想着、希望着有一种超人的力量出现，铲除这些恶霸，替他们报仇。所以这种故事最初还是合乎人情的，但后来故事中的人物渐渐变成半人半神，而再后则完全变成神仙了。这虽然神奇古怪不合乎情理，但也表现出老百姓的悲愤，他们想用超人力的神仙来制服恶人，这些看起来好像离现实很远，但实际它还是现实主义的。

这三种不管他们描写什么，都反映了当时的社会生活和社会的矛盾。

五　宋代的小说与讲史

宋朝的小说是市民文学，是在瓦子里讲唱的，是真正出于民间为广大市民所喜欢的东西，不同于唐朝的传奇。瓦子好像现在的庙会，是个易聚易散的地方，以讲史、小说为主要演唱的东西，这些都是第二人称的。相传小说讲史以宋仁宗喜欢听而大盛，实际上，是起于民间，为老百姓所喜爱而流行。北宋时民间已流行两个人一组一个人讲、一个人唱的形式。唱的地方用词写成的称"词话"，用诗写成的叫"诗话"，还有一种称"评话"。"评"就是夹叙夹议的意思，说书人在说书中间夹杂主观见解在里面，有宣传鼓动的作用。评话、词话、诗话三者结构大体上差不多，开头都有一段"入话"，后称"开篇"或"得胜头回"，是以一段小故事或描写景致的文章引出正文，有以正面故事引起反面正文的，有以反面的引起正面的，还有的以正面的引出正面的。基本上是这三种形式。

小说是短篇的东西，它虽也讲历史上的故事，但大部分是讲当时社会上发生的事情，好像今日的快板，很受老百姓欢迎。如当时有一个和尚巧计夺人妻，后为官府所杀，这事轰动一时，说书者就以此为题材编成《简帖和尚》，大家非常愿意听。还有许多讲神怪故事的，如《西山一窟鬼》虽是写神怪，听起来令人毛骨悚然，但却很近人情，表现出当时人民的生活。表现阶级压迫的如：《碾玉观音》是写韩世忠强买平民家的女孩子，后来因为这女孩子和别人恋爱，他就要杀她，从这里反映了宋朝社会的黑暗，官吏的迫害与人民的痛苦。《杨温拦路虎》中的英雄写的很合乎情理，他很有本领，但只能战胜一个敌人，若是两个人他就打不赢。还有

一本非常好的叫《快嘴李翠莲》，大部分是用快板写的，生活气氛非常浓厚，描写了封建社会里一个个性很强的女孩子的悲惨结局。宋代小说除"三言"外，大部收集在《京本通俗小说》与《清平山堂话本》里边，在《永乐大典》中还收集了六十六种，但现在一本都不存在了。明朝冯梦龙收集了许多，但还是不全。从今日流传下来的那些小说看，可知说书人的技巧很高，他们能把普通的故事，讲得非常生动活泼，变成故事性很强的东西。可是听众并不满足于听短篇故事，于是他们也讲长篇故事，长篇都是历史故事，还未接触到现实生活。这类长篇故事在苏东坡时已有，甚至在唐末就已有人讲三国的故事了，宋代也讲"三国"和"五代史"，都是很曲折动人的故事（现在宋本已经不存在了，只有元代的《三国志平话》《五代史平话》还流传了下来。当时福建建安是出版中心，所以把这些东西都刻印出来了）。除此以外，还讲当代的历史故事。南宋时金兵侵入，人民念念不忘中原，希望有民族英雄出现，收复失地，所以讲唱宋室南迁的故事的很多，如《中兴名将传》《复华篇》等。这些东西一定是民族感情非常浓厚的，所以在后代异族统治时期被毁，现在都已失传。

讲唱称平话，印出来就称话本，所以也就是说话人的底本，如《碾玉观音》《快嘴李翠莲》及《简帖和尚》都是小册子，到明朝才被收集起来。

六 元朝的小说

元朝说小说的风气还很盛，在《清平山堂话本》及《京本通俗小说》中可能保存有元人的东西，但现在还未得到证实。今保存元代讲史很多，1321年到1331年福建建安虞氏刻的话本《至治新刊》，在日本发现五部，第一部是《武王伐纣书》，写得很好。第二部是《乐毅图齐》（又称《七国春秋后集》，可见还有前集，据估计前集可能是《孙庞斗智》）。第三部是《秦始皇传》，写得最坏，完全抄袭历史，小说趣味不浓厚。第四部是《吕后斩韩信》（又称《前汉书续集》，正集可能是楚汉相争，写楚霸王死的事情），写得很活泼。第五部是《三国志平话》，内容是与第四部紧接下来的，可见它们是出于一人之手。后来罗贯中把《三国志平话》改编成《三国演义》，删掉刘邦、吕后等人转世的部分，但原来故事尽管离开历史很远，却很有趣味，很受老百姓欢迎，所以至今还流传于山西一带。罗贯中是在元朝末年出现的，名本，是一个典型的以出卖自己的著作为生的人。他除了写小说之外，也写戏曲。当时有两个出版中心，一是杭州，一是大都（北京）。罗贯中虽是中州河南开封府人，但却一直住在杭州。罗贯中写了很多小说，相传他曾写过《十七史演义》，现已不全，其中最著名的是《三国志演义》。他的才能很高，漂流于江湖之上，生活面很广，他的历史知识也很丰富，在这样的基础上他改编了《三国志平话》。《三国志平话》原只有骨骼，经罗贯中加以血肉，把故事描写得更好，组织技术也很高，如"刘备三请诸葛"一段写得非常好，同样的事情，用不同的方式写出，就一层深似一层，这中间还衬托出张飞性格的鲁莽以及诸葛亮的清高，同时把主角在出场前的气氛布置得很雄壮，衬托得很好。《三国志》的文字虽是半文半白，但还不失为一部好作品。罗贯中有他独特的风格，实在是无可厚非的作家。另外能确定是罗贯中所作的还有《平妖传》（原二十回本，现流传的四十回本为冯梦龙后来改编的），笔法也是半文不白的。

《水浒传》号称也是罗贯中写的，但笔法与《三国志》《平妖传》完全不同，已没有之乎者也之类的东西，完全是流畅的白话文，在写作技巧上也远远超过了前二书，所以可以肯定《水浒传》与《三国志》并非出于一人之手。原本《水浒》上有"施耐庵的本，罗贯中编辑"之语，可知原作者是施耐庵，而罗贯中只是后来加以编辑而已。

《水浒传》是超出讲史的第一部伟大的作品。作者的身世现正在调查中，今已肯定历史上是有施耐庵这样一个人，不过他的生平材料，现在发现的还很少（江苏淮安的施耐庵传以及墓志铭等都不十分可靠，因《水浒》中的语言不是杭州的就是开封的，其中并无淮安语），有人说他是

《录鬼簿》中的施惠（君美），是《拜月亭》的作者，本是杭州的一个做买卖的。这种推论很没有根据。罗贯中常到当时的出版中心——杭州，可能见到施耐庵的本子，就加以改编了。因罗贯中只是《水浒》的编辑者，故还保存了施耐庵的本色。《水浒传》最早既不是七十回，也不是一百回、一百二十回，而是不分回目连接写下去的，只分几则，中间有非常醒目的小题目，故事结构非常严密。最初的梁山泊故事只有征方腊。平辽、平田虎、平王庆都是后加进去的。作者在征方腊以前已把一百零八将的结局、发展情况都布置好了，所以在平辽、平田虎、平王庆中所死的人，都是一百零八将之外的后来投降的人，这三次大战中一百零八将一人也没死，但到了征方腊只一次就死了那么多人，这是不合情理的，所以很明显是后人加上去的。平辽可能是明嘉靖年间郭勋加进去的。平田虎是明末编小说的人加进去的。平王庆是明万历年间加进去的。七十回本是金圣叹删改的。宋江等受招安被害是农民起义的悲惨结果，是历史发展的必然规律，所以不应该删去后一段，强使它现代化。我们用现代的标准，去要求《水浒》中的英雄，是不合乎事实的。因此看《水浒》应看一百二十回本的。《水浒》是一个完整的故事，直到宋江被害为止，写得很沉痛，也很好。在李逵巧断案中描写李逵的个性很深刻。

　　《水浒》是在宋元讲史的基础上更进一步的东西，是把人民所喜欢的英雄写在文字上并给以灵魂血肉，形成一部具有现代意义的小说。《水浒》在中国小说史上是一个划时代的著作，其人物刻画，生动活泼。十四世纪在世界各国还都在写故事的时候，我们的祖先就能创作出这样不朽的作品，实在是我国的光荣与骄傲。

七　明朝的小说

　　在《三国志》《水浒传》、宋朝的评话及元朝的话本的基础上发展起来的明朝小说也是相当重要的。明朝的小说虽然很多，可是流传下来的很少，这是因为当时越流行的东西，越没有人注意保存，所以大部分被毁掉了，现在只有山西老财家或孔庙中还可找到一些。其中流传的较重要的有：

（一）《西游记》：作者吴承恩，是淮安人，他有他自己的政治理想与宗教系统、神话组织，但既非佛教也非道教，是他自己的哲学思想，也是原始的最幼稚的儒家思想，信阴阳五行之说。在《西游记》这本小说中，作者通过具体故事，有组织有联系的表达他的理想，所以写得丝毫也不概念。

《西游记》从头到尾是一部讽刺的、借题发挥嬉笑怒骂的小说，其中每段故事都表现了作者的无限机警智慧以及不满于当时黑暗社会的情绪。书中所写的孙悟空是智慧的化身，通过猪八戒的形象描写人间的欲望，其中最令人欢迎的一段是孙悟空大闹天宫，"八十一难"虽然为了凑数有些重复，其中有的也写得比较粗浅，但大部分写得很好。总之《西游记》虽然表面上是一个神怪故事，但本质上却是一部讽刺的现实主义作品，用象征的、比喻的、神怪的外衣，刻画和暴露了当时社会的黑暗。

（二）《南游记》（《华光天王传》）：作者余象斗。写玉皇大帝的外甥华光天王反抗玉皇大帝的故事，其中最主要的是大闹天宫一段，作者用尽方法来表现华光天王的反抗精神，气势非常雄壮，可惜笔法很幼稚，还停留在原始阶段上。所以尽管故事非常生动，但因文章写得太坏，当时不大被人注意。

此外还有两部不大重要的：《东游记》写八仙过海的故事。《北游记》写玄武大帝出身的故事。这四部合在一起称《四游记》。其中有许多很好的故事，但未得到发展，还停留在原始阶段。

（三）《封神传》：和《西游记》一样，牛鬼蛇神无所不有，但它并不是提倡迷信的，而是以道教做掩护，反抗统治阶级的。它也是一部比较原始的东西，论写作技巧还远不如《西游记》。作者不详，明万历本子上有"许仲琳编"的字样，但不太可靠，或者可能经这人编过。《封神传》从头到尾不仅反抗封建统治，而更重要的是它又反抗了封建的传统的道德。如武王伐纣是臣伐君，首先反对了五伦中最重要的君臣之伦；父子之

伦也被打倒，如纣之子反抗其父；再如托塔天王之子哪吒杀死小龙王，天王欲将其献出以赎罪，哪吒大怒，把身上之肉割掉还给父母，从此脱离关系，这段故事也充分表现了反父子之伦的意识。总之这部作品，虽然因为写作方法的幼稚，全篇都充满了惨淡的气氛，但气派却很大，富于幻想，是一部反抗性很强的作品。还有人称它为寓言书。

（四）《三宝太监下西洋记》：完全是文人为作文章而作，写得很不好，笔法很别扭，同人民离得很远。作者罗懋登（也同书坊联系甚密，还写了一些戏曲）故意把现实变成神怪，没有多大意思。

此外还有几部比较重要的历史小说如《列国志》《隋唐演义》《东西汉演义》《两晋演义》《南北宋演义》《岳传》（《精忠传》）《英烈传》等。按照历史的发展来说，每一朝代都有了演义小说，只缺少一部讲开天辟地的，于是又有人写了《开辟传》。这些作品经书坊里刻来刻去，作者到底也不知是谁。至明末冯梦龙改编了《平妖传》称《新平妖传》，改编了《列国志》称《新列国志》，但新本反而没有旧本好，新本固然把不合历史的地方都去掉了，可是把生龙活虎的地方也删掉了，显得很枯燥。明朝当代的故事马上就写成小说的，如写白莲教的《后平妖传》。

另外还有一部很重要的描写得生动活泼的现实主义作品，就是《金瓶梅词话》，把其中猥亵之处去掉，就是一部极好的以现实生活作中心的小说。这部书是把《水浒传》中武松的故事放大到一百倍以上发展起来的。在小说本身技巧上说有了很大的发展，写得很细腻，很有人情味，不像以前的作品只是粗枝大叶地描写打仗或英雄。像《水浒》中虽然把李逵、鲁智深、武松、林冲等人的性格表现得很突出，但对像卢俊义这些人就没写出什么个性来，尤其是女性，好像是一个模子印出来的，根本没有个性。

《金瓶梅词话》出于1617年，作者是徐州（兰陵）人，名笑笑生。"画鬼容易画人难"，写一个神仙鬼怪的小说，怎样写都可以，谁也无法对证，但真正描写起人间的人就难了。《金瓶梅》完全是一部描写现实生活中的普通人的小说，不但把每个人都写出个性来，而且场面也非常大，从皇帝宰相的家庭一直到最下层的小市民的生活，写得都非常逼真，把封建社会黑暗矛盾刻画得极其细致，入骨三分。在十七世纪的初期出现这样一部描写现实社会生活的大书是很不简单的。由此可见中国小说的发展是非常快的。

中篇小说大部是写才子佳人，数量虽很多，但在中国小说发展的历史上并不重要（对才子佳人书，《红楼梦》的楔子早有批判，我们不再多讲）。不过其中有几部讽刺小说还值得提出来，如《捉鬼传》《常言道》《何典》。但讽刺得并不好，远不如《西游记》。

明末的短篇评话很多，是模仿宋朝的，但好的很少。冯梦龙的"三言"写得很生硬，并不好。最坏的是凌濛初的"二拍"，文笔非常生硬，七十多篇中很少有好的。

八 清朝的小说

到了清朝出现了几部比较重要的作品：

（一）《红楼梦》：是在《水浒》《金瓶梅》的基础上发展起来的，它包罗万象，不仅描写了一个大观园，也表现了整个封建社会的各个方面，上至朝廷，下至最下层的小市民都写到了。作者曹霑（雪芹）可以说是高级家庭的浪子，他是汉军旗人，其祖父曾做江南织造，很阔气，后来破落了，曹雪芹只得住在北京一个破庙里，连干饭也吃不上。在这样情况下，他写出了《红楼梦》。据说他只写了八十回就穷死了，后四十回是高鹗续的。它是一部无可厚非的现实主义的作品，笔法细腻，描写深刻，能由小看大，由近看远，由浅看深，从一件很小的事情就能表现出一个时代的生活。《金瓶梅》主要是描写粗暴的恶霸，这还是好写的；而《红楼梦》却描写了许多女人，作者把这些同一阶级出身，同一社会的人物的个性都表现出来，尽管人物很多，但面貌性格各有不同。在创作技巧上说，《红楼梦》是非常重要的一部作品，它产生于十八世纪，这时西欧的大作家如萨克莱（Thackeray）、菲尔丁（Fielding）等才刚刚开始写长篇故事小

说，而中国就产生了这样伟大的作品，它不仅在中国小说史上很重要，就是在世界上也是非常有价值的。

（二）《儒林外史》：作者吴敬梓，安徽人，这是一部自传式的讽刺小说，但其中充满了矛盾。一面反抗封建社会，一面又拥护封建道德，这说明作者本身就充满了矛盾。他是站在封建道德的一方面的，但他又讽刺、谩骂、斥责封建社会腐败的、没落的现象，暴露封建社会的矛盾，他反对新兴的商人，而对一些儒腐的穷极无聊的老先生倒很崇拜。他理想有一种全盛的美满的封建社会，但这种社会是不存在的。

（三）《镜花缘》：产生于十八世纪，作者李汝珍，北京人。过去有人认为它是一部夸耀自己才能的才情小说，其实不然，它是一部反对封建制度、讽刺性很强的小说。它很尖锐地深刻地借神仙鬼怪的事情讽刺当时的社会，比《儒林外史》更有现实意义。如女儿国、君子国等段都讽刺了当时封建社会的虚伪和黑暗，其中也写了很多女子，但技术上远不如《红楼梦》。

这三部小说可以代表十八世纪中国文学的最大成就。从这里可以看出十八世纪封建社会没落时在文学中的反映。

至清末有许多小说出来，只举几部重要的：

（一）《老残游记》：作者刘鹗（他喜欢考古，是第一个研究甲骨文的人，又懂水利、懂医术，曾作医生）。这部小说把清末的社会完全反映出来，表现了长期的封建社会衰落下来，而新的即将到来的时代的情况。他的政治理想完全是改良主义者，对革命军、义和团都不满意。

（二）《孽海花》：作者曾朴，文笔很好，此书是描写没落社会文人学士的生活情况的，所写的都是现实的人物。写出所谓清流到底是怎样回事，暴露他们完全是虚假的，只能空谈，一碰到具体问题就垮台。如刘大成自告奋勇要去打仗，但刚一出山海关，还没到战场，听到炮声就跑回来了。

（三）《官场现形记》：作者李宝嘉（称南亭亭长）。和《儒林外史》一样，一方面拥护封建道德，但又暴露了封建社会末期的各种矛盾与黑暗现象，表现了初期的半封建半殖民地的人民的生活，描写了帝国主义的侵略与压迫，以及老百姓如何反抗洋人，说明了真正反抗帝国主义的是老百姓。

（四）《二十年目睹之怪现状》：作者吴沃尧（称我佛山人）。这也是一面暴露封建社会的没落与衰亡，而对封建道德又有些留恋不舍的小说。

以上这些书，很像契可夫的《樱桃园》，作者虽然很留恋封建社会，但事实上，封建社会的死亡已是不可避免的了。

由于这些作品暴露了没落社会的各种腐败、黑暗以及卑鄙无耻的官吏、统治者的丑态，所以对社会改革起了一定的作用。

中国小说的分类及其演化的趋势

郑振铎

一

中国小说向无明了的分类，中国小说史更无明了的分期。最古的中国小说，足当"小说"二字之称的中国小说，其起源究在何时，也颇不易知道。即所谓中国小说的范围，也是历来为学者争论点之一，"小说者，有别于大言，有别于正语的著作也"，他们往往这样说；所以一切无当于大雅的，一切琐碎无足归类的著作，皆可谓之为小说。《四库全书》"子部小说家"一门所录的小说，凡分杂事、异闻、琐语三种，与史部的杂史和子部的杂家并无若何严密的分别，且其中足当小说之名的，实寥寥无几，真正的小说如《水浒传》《三国志》《西游记》等等却反被摈斥而不得预于其列。所谓《说郛》《说海》《五朝小说》《顾氏文房小说》之类号称小说丛书的东西，其中所收录者，实在庞杂不堪。《杨太真外传》《虬髯客传》之类，固见收录，而《古今注》（崔豹）、《洛阳名园记》（李格非）、《诗品》（钟嵘）之类，乃亦俨然占重要的几席。如果我们要明白中国小说的内容，真非彻底将他们所包含的东西澄清一下不可。今姑不列举前人的非理的分类与其主张，只将我个人的意见列下。据我个人的主张，依了自然的确切的内容，中国的小说，可分为下列的五类：

二

第一类是所谓"笔记小说"。这个笔记小说的名称，系指《搜神记》（干宝）、《续齐谐记》（吴均）、《博异志》（谷神子）以至《阅微草堂笔记》（纪昀）一类比较具有多量的琐杂的或神异的"故事"总集而言；范围固不能过于狭小，内容的审查，固不能过于严格，然也不能如前之滥，将一切"杂事""异闻""琐语"都包括了进去，有如近日出版的通俗本的《笔记小说大观》。我们应该将他们限于"故事集"的一个标准之下，或至少须是具有大多数的故事的。所谓"琐语"之类的东西，像《计然万物录》、《博物记》（汉唐蒙）、《博物志》（晋张华）、《清异录》（宋陶穀）、《杂纂》（唐李商隐）、《幽梦影》（清张潮）、《板桥杂记》（清余怀）；所谓"异闻"之类中的《山海经》《海内十洲记》《神异经》；所谓"杂事"之类中的《摭言》（唐王定保）、《云溪友议》（唐范摅）、《北梦琐言》（宋孙光宪）、《归田录》（宋欧阳修）、《侯鲭录》（宋赵德麟）等等，都是不能算作"笔记小说"的。即在真正的笔记小说中，像《搜神记》《虞初新志》之类，也不能算真正的小说，不过是具体而微的琐碎的故事集而已。其中亦有很好的小说资料，亦不过仅仅是资料而已，其本身始终未入小说的途径。

三

第二类是"传奇小说"。这里所谓"传奇"，并非长篇剧本的别名，如《荆钗记》《还魂记》《琵琶记》《拜月亭》之类，其所指的乃是我们所称的唐人传奇一类的作品，如《霍小玉传》《李娃传》《灵应传》，以至《聊斋志异》（清蒲松龄）等。这一类的小说，始足以当"小说"的称号。这一类的小说的作者，始有意于写小说，有意于布局、结构与经营。笔记小说往往是朴实无文的，只是记载一件古事，报告一件新闻，或追忆种种的往事。传奇小说则于记载、报告、追忆之外，还着意于叙写与描状，不仅使之成为一篇动人听闻的故事，且还使之为辞采焕发神情宛肖有

不朽的名作的价值。且其中尽有些富于近代"短篇小说"的趣味的。其本身，在艺术上，实是一种小说，不能以泛泛的笔记小说一类的作品视同一类，虽然二者大概都是用文言写的，二者又大都是混合在一册之中，或合于一个总集，或一个选集之中。

四

第三类是"评话小说"。这也是短篇的小说，与传奇小说相类。唯后者写以文言，前者写以白话而已。即在题材上，二者相同之点也很多。但在来历上，评话小说和传奇小说却完全不同。传奇是由笔记小说脱胎而来的，作者以著作为志，以"传奇"为意，或当他们为古文一类的不朽的作品中的一文，或当他们为一种娱悦人生的东西，或为了卫道，为了愤懑而去抒写那些作品，用以寓意寄怀的，一点也没有实用的目的；他们只是文坛上的流行物而已，从不曾想到了通俗。评话则不然，他们最早的作品，系出之于说书先生之手。说书先生们为了要娱悦大多数的听众，便编造了敷演了那些新闻与故事出来。他们的重要，乃在讲述而不在于著作（虽然后来讲述短篇故事的风气已经消灭了），所谓《错斩崔宁》《西山一窟鬼》一类的东西，原来只不过是讲述的底本而已。所以评话的口气，全都是以第一身的讲述口气出之的。这是评话的一个特色。这种特色，直到了评话已成了文士的著作，而不复是说书先生们的讲述底本时，还维持着不变。这乃是很早的所谓"通俗小说"。在短篇中，所谓"通俗小说"便是评话。笔记与传奇却不是能够通俗的。但评话虽能通俗，在文坛上历来的影响却不甚大。可以说，在文坛上影响最小的，要算评话体的小说了。且其历史也极为短促。它们在不知不觉之中生长着，自南宋以至明初。等到文士们觉察到它们的价值而搜集刊印、模拟著作时，评话的末运却不久便到了。且连一般的作品也都沉沦于纸堆书角，绝少为人所注意。虽然《今古奇观》和《十二楼》为我们所熟知，但最古的几部总集《京本通俗小说》《清平山堂》与所谓"三言"的《警世通言》《喻世明言》《醒世恒言》的三部大选集，与乎《拍案惊奇》的初二刻、《醉醒石》、《石点头》、《照世杯》等等的总集，却至今才有人在谈着。

以上三类都是短篇的作品；所谓短篇，盖即指篇幅简短、大都每篇能够独立成为一册的作品而言。一切的短篇小说，不管是笔记也好，传奇也好（评话是例外），全都是总合同样的许多东西成为一册或混杂于别的东西或诗文集之中而成为一书的。单独刊行的，在笔记与传奇中可以说是绝无仅有；但在评话中，却间亦有之。像《京本通俗小说》中的好几篇小说《错斩崔宁》《冯玉梅团圆》等，钱曾的《也是园书目》（卷十）皆曾著录之，且都当作单独的作品，与四卷本的《宣和遗事》、四卷本的《烟粉小说》、十卷本的《奇闻类记》等并列，这可见这些评话在当时原是有过单刻本的，像今日的小唱本小剧本一样。但单篇另刻，卷帙过薄，每易散失，所以后人便有汇刻之举，像《京本通俗小说》《清平山堂》之类都是。以篇幅而论，在短篇之中，评话是最长的了，所以原来能够别刻单行。评话的内容，大都是每篇不分回的，但间有分为二回至四回的，最多的不出五六回以外。所以我们可以说，短篇小说的篇幅是在六回以内的。

五

第四类是"中篇小说"。中篇小说之名，在中国颇为新鲜。其实像中篇小说一流的作品，我们是"早已有之"的了。中篇小说盖即短的长篇小说（novelette）。他们是介于长篇小说（novel）与短篇小说（short story）之间的一种不长不短的小说；其篇幅，长到能够自成一册，单独刊行，短到可以半日或数时的时间读完了它。或切实的说一句话，中国的中篇小说，其篇幅大都是在八回到三十二回之间（但也有不分回的，那是例外）。其册数大都自一册到四册，而以大型的一册，中型的四册为最多。中篇小说的代表作，便是所谓"才子书"，如二才子《风月传》、三才子《玉娇梨》、四才子《平山冷燕》、八才子《白圭志》、九才子《平鬼

传》、十才子《驻春园》等等皆是。又明代的许多秽亵的中篇，如《玉蒲团》之类也都是中篇的。最早的中篇，或可以说是最短的中篇，乃是唐张鷟所著的《游仙窟》。这是单本刊行的传奇体小说的第一种。这一个体裁在后来乃成了一个派别。《燕山外史》等便是变本加厉的这一体。又明人的《娇红传》（这些作品却往往见收于明人的小说杂文集如《艳异编》《国色天香》等，单行者不多）、《钟情丽集》等等，也都是篇幅较长，可以独立的《游仙窟》一体的作品。一般的传记体的东西，如《南海观世音出身修行传》、《闺孝烈传》（叙木兰事）、《许真君传》等等，也都是中篇的。大都中篇小说，其内容以所谓"艳情"的故事为最多。其文字则以文言写成者为最多，以白话写成者较少。仔细分之，亦可分析为"传奇"及"评话"二体；而传奇体的作品，其数量远胜于评话体的。大抵中篇小说的性质，本为很短的长篇小说，而非较长的短篇小说。在中国小说的作品，本不便袭用严格的近代小说的分类。所谓短篇、中篇、长篇者，往往只是篇幅上的分别而非内容与性质上的分类。所以一切的中篇小说，我们可以当作较长的短篇小说，也可以当作较短的长篇小说。短篇、中篇、长篇除了极少数的例外，都只是一个形式的东西的放大或缩小而已。所以很多同一的材料，乃被不同的作者写成不同的短篇、中篇或长篇的；最好的例子，便是白蛇的故事，由《太平广记》中的一段短故事，变成了《西湖佳话》中的《雷峰怪迹》（此作原名《西湖三塔》，为宋人评话之一，见《也是园书目》卷十），又成为中篇小说的《雷峰塔》，更成为长篇巨制的《义妖前后传》（此为弹词，并非小说）。其发展的历程是很显明的，但其故事的骨架与形式则始终未之一变。

六

第五类是"长篇小说"，包括一切的长篇著作，如《西游记》《红楼梦》之类。这一类即是所谓Novel或Romance，篇页都是很长的，有长至一百回、一百二十回，亦有多至二十册、三四十册的。在中国文学名著中，除了弹词外，便要算这一类的长篇小说的篇页为最浩瀚的了。这一类的小说，大都是以白话写成的，绝少有文言的著作，更少有骈四俪六的体裁。此盖大半因篇幅过长，不易写成文言之故。以《三宝太监西洋记》（明罗懋登）及《蟫史》（清屠绅）之喜舞文弄墨，其结果却也不能不用了白话，更不必说别的了。《三国志演义》的文字原是半文半白的，《南北史演义》（皆清杜纲著）之类更为全袭史书原文，未加改作，故文言的气氛较多（十几年前的《玉梨魂》诸通俗小说之用文言写成却是一个例外）。但有一半也因长篇巨制，每多描写细腻，对话逼真之处，如用文言，则神情尽失。这一类的小说，又可以分为好几类，而依据于真实的历史而写的演义，如《三国演义》《隋唐演义》《五代残唐传》，却是其中最原始的、最占一个大地位的一类。中篇小说，名作最少；短篇小说，间有情文并茂之作；长篇小说则为中国小说中最大的光荣。所谓小说中的四大奇书，《三国》《水浒》《西游》《金瓶梅》，即列于世界名作之中，亦未为愧。而《红楼梦》《绿野仙踪》《封神传》《海上花列传》《镜花缘》之类，也都是卓卓的巨著，未必有逊于沙克莱、司考脱、大仲马诸人的最好的作品。

七（略）

八

　　一种文学形式或种别的产生，其原动力不外两点，一是外来的影响，一是民间的创始。着眼在中国文学史的人，至少可以明白：这两点乃是中国文学中许多歧繁的种别所以产生的原因。"词"是这样产出的，"杂剧""传奇"是这样产出的，"弹词""宝卷"是这样产出的，"小说"也便是这样产出的。当外来的影响到来时，以古有的传统的文学名著自豪或作为自己的模式的知识分子，是决不肯低首于其前的；他们反抗着，鄙夷着蔑视着他们（例如，光、宣间作者对于欧洲小

说的蔑视，便是一个显证，而林纾氏因为译了《茶花女》之类的许多小说之故，桐城派的文人们至不以他为同类，虽然林氏是自附于桐城的）。这乃是民间的无成见的无名作者第一次深受到他们的影响；及后这个影响渐渐的扩大了，终于文人学士也不得不从风而靡了。又，对于民间的创作品，知识分子也是极端藐视的。但这些创作品，却有根深蒂固的势力。他们能在不知不觉之中造成一种风气。于是最早受到这种风气的熏染的，便是一部分放浪不羁的、不上正统派的台盘的所谓"才子"（这些"才子"们最好的例子，如罗贯中、冯梦龙等皆是）。然后过了一些时候，便连正统派的文人也不由自主的被传染了。词曲小说之逐渐的成为文坛上的主体，其进展的程序，都不外于此。我们在小说史上，对于这个进展，看得尤为显明些。

九

根据了这样的自然的进展途径，中国小说史，可分为以下五个时期：

第一期，从原始的古代到唐的开元、天宝时代。这一期是中国小说的胚胎期。一切真正的小说体裁都不曾成立；所有的不过是具有小说的影子的琐杂的笔记中的许多故事，或性质邻于史书传记而略带有夸饰的描写荒诞的记载的作品，或神异不经的许多近于异域描写的地理书。这些都不是什么小说；我们可以说，至多不过是小说的资料，或邻近于小说是什么区域的东西而已。在这一期中，并没有什么杰作。我们有的是：《山海经》《穆天子传》《燕丹子》《神异经》《十洲记》《汉武帝故事》《汉武帝内传》《汉武洞冥记》《西京杂记》《博物志》《搜神记》《灵鬼志》《异苑》《续齐谐记》《冤魂志》《冥祥记》《世说新语》《拾遗记》之类。这期也可以说是笔记小说的时代。其大部分的作品，皆非正则的"小说"，其小部分的作品则为故事的总集。在这一个时期里，有两个很可以注意的事实：

（一）是佛教影响的输入。如颜之推的《冤魂志》、王琰的《冥祥记》，完全是为佛教张目的，可不必论。即如其他各书，如《续齐谐记》之类，也是很受佛教的影响的；至少有许多材料，是从佛教故事中得来的。大约佛教的影响，在这一时期，可分为两方面：一是供给许多材料给笔记的作者；二是引导他们向一条因果报应的故事路上走去。其影响的进展，大约有三个阶级：第一阶级，是佛教的宣传者，采取了印度的因果报应的传说来宣讲；第二阶级，是宣传者创造了许多中国的因果报应的故事，或将印度原来的这许多故事，换了中国的地名人名而将他们变做了中国的故事；第三阶级，是文人学士采用了这些传教的故事，而铲去了宗教的色彩，纯然的作为他们自己的著作的资料，或尚留着些外来的痕迹，或竟将这些痕迹完全泯灭了。

（二）是传奇小说及中篇小说的萌芽。这一期的最后，已有了几篇传奇小说及中篇小说的产生，如王度的《古镜记》、张𬷕的《游仙窟》之类。但在许多的笔记小说，竟有许多故事已具有传奇小说的影子，有一部分居然竟为可独立的传奇小说。这开辟了第二期的传奇小说时代的先路。

十

第二期，从开元、天宝时代到北宋的灭亡。这一期是中国小说的发育期，又可谓"传奇小说"时代。第一期的作者，都是无意于写小说的，他们写笔记时，或者为了宣扬宗教，或者不过是掇拾新奇的遗闻逸事，惊人的神怪故事而已，他们不注意于描写的艺术，他们的作品都不过是片段的记载，零星的叙述，干枯无味的故事概略。到了这一期，却不然了。传奇小说作者乃是有意于写小说的，乃是为写小说而写小说，而并无其他目的的；他们很着意于描写，他们很着意于布局结构。他们不欲使他们的作品仅成为干燥的故事，片断的记录；他们有意的使他们肉体丰腴了，使他们的精彩焕发动人，使他们的艺术精深莹洁。小说到了这一期，才是一种独立的东西，才是一篇独立的艺术杰作，而不是故事或琐事总集中的几段比较隽妙的片断。在这时期里，佛教仍有影响，在题材一方面，仍从佛经

故事中挹取了不少。这一期的杰作很不少：《莺莺传》（元稹）、《李娃传》（白行简）、《霍小玉传》（蒋防）、《南柯太守传》（李公佐）、《柳毅传》（李朝威）、《非烟传》（皇甫枚）、《枕中记》（沈既济）、《无双传》（薛调）、《虬髯客传》（杜光庭）等都已成为后来戏曲的资料，而其本身也是很好的杰作。这一期的小说，更有一点是对于后来的作品很有影响的，即在鬼神的怪迹、域外的异闻、传教的故事、帝王名人的言行之外，他们却还着意于人间情绪的抒写；他们写社会上新发生的故事，他们写恋爱之遇合，他们写妓院的情景，他们写当时的日常生活，总之他们描写人情世故，他们描写当代生活；这便是较之第一期一个最大的进展之点。在这时期，民间暗地里已产生不少的白话小说，如《唐太宗入冥记》《秋胡小说》之类，皆为敦煌石室发现的唐、五代钞本。他们虽不为当代文人学士所注意；他们虽不是什么杰作，然在第三期里，却渐渐地显出他们绝大的影响来。长篇小说在这时代似乎已露萌芽，我们虽没有得到什么遗文，然《三国志》的故事，当时是有说唱着的（据苏轼《志林》）。又敦煌石室的文库中，有所谓《隋唐故事》，有所谓《列国志残卷》，虽不尽是小说，然实可见当时历代故事的如何流行。历史小说，即所谓演义者的发端，也已可于此得到其消息了。中篇小说，在这时绝少产生。或者想象中许多的历史小说，便都是中篇的吧（这由元刊本的五种平话及传为宋刊本的《五代史平话》之皆为中篇的，可知）。

十一

第三期，从南宋到明弘治。这一期是中国小说的成长期。所谓笔记小说，仍在流行着，其内容似更为庞杂；所谓传奇小说，也仍在流行着，其结构与题材似也渐见硬化。长篇小说在这时却露出了崭然的头角。《宣和遗事》一类的杂书可以不提。《五代史平话》是最早的历史小说的遗物。当时，"讲史"的说书先生们，原有专说"五代史"的一科。在日本的内阁文库里，又藏有元刊本小说五种，每种三卷，皆新安虞氏之所刊，上半页为图画，下半页为文字，都甚精美。这五种是：《全相武王伐纣平话》（吕望兴周）、《全相平话乐毅图齐七国春秋后集》、《全相秦并六国平话》（秦始皇传）、《全相续前汉书平话》（吕后斩韩信）及《全相三国志平话》。这五种的发现，是中国小说史上的一个绝大的消息。我们有了这些书，方知道所谓《十七史演义》的著作盖远在演义的始祖罗贯中之前。既然有《七国春秋后集》，当然必有《七国春秋前集》；既然有《续前汉书平话》，当然必有《前汉书平话》，又必有《后汉书平话》以至《续后汉书平话》；又继于《武王伐纣平话》当然必有《春秋列国平话》之类的著作。所以这五种尚系未全的一种全史平话的零种，即不是什么《十七史演义》之类，一定不止只有这五种。这可见历代的长篇小说在当时如何的流行，又可见长篇小说之始于"历史的小说"是一个如何自然的趋势。在小说艺术未臻完美之前，长篇著作是很难着手的，只有跟了历史的自然演进的事实去写，才可得到了长篇。在此期的最后，则有今本《三国志演义》的出现，其作者为罗贯中；又有《忠义水浒传》的创作，其作者亦为罗贯中。《忠义水浒传》的出现，乃见长篇小说的技术更进一步；由仅仅叙述史事的正史的翻本，一变而成为着意于叙写极短时间的一部分在历史上若有若无的英雄豪杰的Romance。这时长篇小说的叙述描写，已由历史的拘束解放出来而入于自由抒笔挥写的程度，真不能不说是一个大进步。虽然《忠义水浒传》的今本，其完成乃在于第四期之中，然这个原始的本子，已种下了一种浩雄奔荡的气势了。评话小说，在这一期开始产生出来，有所谓"词话""诗话"之名，词话者，例如《京本通俗小说》中的七篇，诗话者，例如《唐三藏取经诗话》。这些评话，叙述古事者少而描状现代者多。对于人间世态的描写，是极尽了真切活泼之致的。将他们与《武王伐纣》《三国志演义》一类的历史小说较之，我们将见二者在艺术上相差得如何的远。京本一类的评话小说，其技术已臻成熟之境，而《武王伐纣》之类的历史小说，真不过是粗制品而已。中篇小说

在这时候也产生了好几部，如《风月相思》及邱濬的《钟情丽集》，便是一个代表。但文笔殊为庸腐，意境也极熟套，并无多大的成功。

十二

第四期，从明的嘉靖时代到清乾隆、嘉庆时代。这一期是中国小说的全盛期。凡一切孕育于第一至第三期间的一切形式，无不在此期内达到了他们的最成熟、最发达之境。未入流的笔记小说不必去提它。传奇小说，颇现出中兴的情形来，这从《聊斋志异》等作里颇可看得出。评话小说也到了极盛的时代，《古今小说》及《警世》《喻世》《醒世》的三言之外，又有《拍案惊奇》的二刻、《清平山堂》的十余种、《石点头》《醉醒石》《西湖二集》《十二楼》以及向来不为人所知的《幻影》等几部总集或选集。合而计之，总在三百种以上。将来大约还有继续被发现的可能。他们的题材已由现代的描状而扩充到了古代名作及集事的重述。因为发展得太快了，题材乃骤现枯窘之态。自此以后，因了种种的关系，特别是政治的压力，这一个文体却突然的消灭了，不再见于第五期之中了。只剩下抱瓮老人所选的包括四十种评语的一部选本《今古奇观》当作了鲁灵光殿而已。中篇小说也骤然的大批生产出来；除了许许多多的"佳人才子书"的《平山冷燕》《玉娇梨》等等之外，更有讽刺意味颇为浓厚的《平鬼传》《常言道》等等的出现。《许真君传》《南游记》《北游记》等等也都出现于这个时代之中。中篇小说的黄金时代，大约也即在这个时代吧。

长篇小说在这时更显出了长足的进步。《水浒传》被润改为极完美的一部长篇的英雄Romance（非金圣叹的七十回删本），《武王伐纣》被扩大为《封神传》（许仲琳作），《唐三藏取经诗话》也被取做弘伟的《西游记》（吴承恩作）的张本。又有《隋炀艳史》《红楼梦》《西游记》《金瓶梅》《镜花缘》《绿野仙踪》的许多名作。长篇小说的取材，其范围是一步步的扩大了。即由历史小说进而为英雄传奇，即由短篇评话进而成弘伟的长篇小说，其技术的进展，便自然而然的一天天的精深了，纯莹了；一方面又由英雄的传奇进而写社会的生活、宫廷的故事，以及家庭的日常消息、文人学士的行动言谈；一方面更进而利用旧材料、旧思想，而作为发挥自己才学及理想的工具（此如《野叟曝言》《镜花缘》等）。到了以小说为工具而装载着学术及理想的炫耀时，大约长篇小说的发达，也已到了登峰造极的止境了。

十三

第五期，从清的乾、嘉以后到现代。这一期是中国小说的衰落期。一切小说的形式，在第四期之内过于发达了的，到了这个时代，便无不呈现着疲乏及模拟的情态。评话小说绝了踪影，连模拟的人也没有。传奇小说乃由隽美的《聊斋志异》一变而后入于原始的笔记体的著作。中篇小说也寥寥的绝少出现。独有长篇小说，除了引申了英雄传奇（如《三侠五义》）、历史小说（如种种演义）之途径，以及人情世态的模拟的描状之外，却另外开辟了一条特殊的路。这便是对于社会黑暗面的暴露与攻击。始于《蜃楼志》诸作，而以《二十年目睹之怪现状》《官场现形记》为全盛期的代表作。其末途，便至于以攻击有恩怨关系的私人为目的，利用一般人的爱听闲话的心理，而图畅售其著作的目的，而写着的黑幕小说的盛行。这种堕落的心理与行为，正足以见中国的小说而已迫近于末日。更有，描写妓寮生活与不自然的性生活，也是此时长篇小说的特征之一。其作品，如《品花宝鉴》《海上花列传》之类。又方言文学，在这时大为发达，这也是极可注意之点。北方的方言文学即充分的发展在《儿女英雄传》上，而南方的方言文学，除了传奇、弹词之外，便充分的发展在《海上花列传》及《九尾龟》诸书上。

十四（略）

十五

印度的及民间的影响，给中国小说以极灿烂光荣的五个史期者，到了现代，已经是"再而衰，三而竭"了。笔记、传奇、评话等的短篇，以及"佳人才子书"的中篇小说固已没有重兴的可能，即章回体的长篇，也已到了它的末运，不再有复活的机会。正在这个恹恹一息的当儿，却有另一种的外来影响，西欧的影响，以较印度影响更为雄大的气势，排闼直入，给中国小说以一种新的不可抵御的推动力，而使之向另一方面走去，使之不再徘徊于笔记、传奇、评话及章回体的长篇的破旧的故垒之中。现在这种外来影响虽只有很短的历史，却已使中国的小说另换一个不同的面目，中国小说史另增了一个崭新的篇章了。无论在长篇的小说上、中篇小说上或短篇的小说上，这个影响的所及的范围，都是一样的大。我们可以判定：中国小说在这个第二次的外来影响之下，一定是，将有一个更光明的前途与历史的。这个光明的前途与历史，究竟有如何的发展，将来于我们的创作家的努力与否卜之。

神话与传说

鲁迅

志怪之作，庄子谓有齐谐，列子则称夷坚，然皆寓言，不足征信。《汉志》乃云出于稗官，然稗官者，职惟采集而非创作，"街谈巷语"自生于民间，固非一谁某之所独造也，探其本根，则亦犹他民族然，在于神话与传说。

昔者初民，见天地万物，变异不常，其诸现象，又出于人力所能以上，则自造众说以解释之：凡所解释，今谓之神话。神话大抵以一"神格"为中枢，又推演为叙说，而于所叙说之神，之事，又从而信仰敬畏之，于是歌颂其威灵，致美于坛庙，久而愈进，文物遂繁。故神话不特为宗教之萌芽，美术所由起，且实为文章之渊源。惟神话虽生文章，而诗人则为神话之仇敌，盖当歌颂记叙之际，每不免有所粉饰，失其本来，是以神话虽托诗歌以光大，以存留，然亦因之而改易，而销歇也。如天地开辟之说，在中国所留遗者，已设想较高，而初民之本色不可见，即其例矣。

天地混沌如鸡子，盘古生其中，一万八千岁。天地开辟，阳清为天，阴浊为地，盘古在其中，一日九变，神于天，圣于地。天日高一丈，地日厚一丈，盘古日长一丈，如此万八千岁，天数极高，地数极深，盘古极长。后乃有三皇。（《艺文类聚》一引徐整《三五历记》）

天地，亦物也。物有不足，故昔者女娲氏炼五色石以补其阙，断鳌之足以立四极。其后共工氏与颛顼争为帝，怒而触不周之山，折天柱，绝地

维，故天倾西北，日月星辰就焉，地不满东南，故百川水潦归焉。（《列子·汤问》）

追神话演进，则为中枢者渐近于人性，凡所叙述，今谓之传说。传说之所道，或为神性之人，或为古英雄，其奇才异能神勇为凡人所不及，而由于天授，或有天相者，简狄吞燕卵而生商，刘媪得交龙而孕季，皆其例也。此外尚甚众。

尧之时，十日并出，焦禾稼，杀草木，而民无所食。猰貐凿齿九婴大风封豨脩蛇，皆为民害。尧乃使羿……上射十日而下杀猰貐。……万民皆喜，置尧以为天子。（《淮南子·本经训》）

羿请不死之药于西王母，姮娥窃以奔月。（《淮南子·览冥训》高诱注曰，姮娥羿妻。羿请不死之药于西王母，未及服之。姮娥盗食之，得仙，奔入月中为月精）

昔尧殛鲧于羽山，其神化为黄熊以入于羽渊。（《春秋·左氏传》）

瞽瞍使舜上涂廪，从下纵火焚廪，舜乃以两笠自扞下去，得不死。瞽瞍又使舜穿井，舜穿井为匿空，旁出。（《史记·舜本纪》）

中国之神话与传说，今尚无集录为专书者，仅散见于古籍，而《山海经》中特多。《山海经》今所传本十八卷，记海内外山川神祇异物及祭祀所宜，以为禹益作者固非，而谓因《楚辞》而造者亦未是；所载祠神之物多用糈（精米），与巫术合，盖古之巫书也，然秦汉人亦有增益。其最为世间所知，常引为故实者，有昆仑山与西王母。

昆仑之丘，是实惟帝之下都，神陆吾司之，其神状虎身而九尾，人面而虎爪。是神也，司天之九部及帝之囿时。（《西山经》）

玉山，是西王母所居也。西王母其状如人，豹尾虎齿而善啸，蓬发戴胜，是司天之厉及五残。（同上）

昆仑之墟方八百里，高万仞；上有木禾，长五寻，大五围；面有九井，以玉为槛；面有九门，门有开明兽守之。百神之所在。在八隅之岩，赤水之际，非仁羿莫能上。（《海内西经》）

西王母梯几而戴胜杖（案此字当衍），其南有三青鸟，为西王母取食，在昆仑墟北。（《海内北经》）

大荒之中有山，名曰丰沮玉门，日月所入。有灵山，巫咸、巫即、巫朌、巫彭、巫姑、巫真、巫礼、巫抵、巫谢、巫罗十巫从此升降，百药爰在。（《大荒西经》）

西海之南，流沙之滨，赤水之后，黑水之前，有大山，名曰昆仑之丘。有神人面虎身有尾皆白处之。其下有弱水之渊环之。其外有炎火之山，投物辄然。有人戴胜，虎齿豹尾，穴处，名曰西王母。此山万物尽有。（同上）

晋咸宁五年，汲县民不准盗发魏襄王冢，得竹书《穆天子传》五篇，又杂书十九篇。《穆天子传》今存，凡六卷；前五卷记周穆王驾八骏西征之事，后一卷记盛姬卒于途次以至反葬，盖即杂书之一篇。传亦言见西王母，而不叙诸异相，其状已颇近于人王。

吉日甲子，天子宾于西王母，乃执白圭玄璧以见西王母。好献锦组百纯，□组三百纯，西王母再拜受之。□乙丑。天子觞西王母于瑶池之上。西王母为天子谣，曰，"白云在天，山陵自出，道里悠远，山川间之，将子无死，尚能复来。"天子答之曰，"予归东土，和治诸夏，万民平均，吾愿见汝，比及三年，将复而野。"天子遂驱升于弇山，乃纪丌迹于弇山之石，而树之槐，眉曰西王母之山。（卷三）

有虎在乎葭中。天子将至。七萃之士高奔戎请生捕虎，必全之，乃生捕虎而献之。天子命之为柙而畜之东虞，是为虎牢。天子赐奔戎畋马十驷，归之太牢，奔戎再拜稽首。（卷五）

汉应劭说，《周书》为虞初小说所本，而今本《逸周书》中唯《克殷》《世俘》《王会》《太子晋》四篇，记述颇多夸饰，类于传说，余文不然。至汲冢所出周时竹书中，本有《琐语》十一篇，为诸国卜梦妖怪相书，今佚，《太平御览》间引其文；又汲县有晋立《吕望表》，亦引《周志》，皆记梦验，甚似小说，或虞初所本者为此等，然别无显证，亦难以

定之。

齐景公伐宋，至曲陵，梦见有短丈夫宾于前。晏子曰，"君所梦何如哉？"公曰，"其宾者甚短，大上小下，其言甚怒，好俯。"晏子曰，"如是，则伊尹也。伊尹甚大而短，大上小下，赤色而髯，其言好俯而下声。"公曰，"是矣。"晏子曰，"是怒君师，不如违之。"遂不果伐宋。（《太平御览》三百七十八）

文王梦天帝服玄禳以立于令狐之津。帝曰，"昌，赐汝望。"文王再拜稽首，太公于后亦再拜稽首。文王梦之之夜，太公梦之亦然。其后文王见太公而讯之曰，"而名为望乎？"答曰，"唯，为望。"文王曰，"吾如有所见于汝。"太公言其年月与其日，且尽道其言，"臣以此得见也。"文王曰，"有之，有之。"遂与之归，以为卿士。（晋立《太公吕望表》石刻，以东魏立《吕望表》补阙字）

他如汉前之《燕丹子》，汉扬雄之《蜀王本纪》，赵晔之《吴越春秋》，袁康，吴平之《越绝书》等，虽本史实，并含异闻。若求之诗歌，则屈原所赋，尤在《天问》中，多见神话与传说，如"夜光何德，死则又育？厥利惟何，而顾菟在腹？""鲧何所营？禹何所成？康回凭怒，地何故以东南倾？""昆仑县圃，其尻安在？增城九重，其高几里？""鲮鱼何所？魁堆焉处？羿焉毕起弊日？乌焉解羽？"是也。王逸曰，"屈原放逐，彷徨山泽，见楚有先王之庙及公卿祠堂，图画天地山川神灵琦玮谲佹及古贤圣怪物行事……因书其壁，何而问之。"（本书注）是知此种故事，当时不特流传人口，且用为庙堂文饰矣。其流风至汉不绝，今在墟墓间犹见有石刻神祇怪物圣哲士女之图。晋既得汲冢书，郭璞为《穆天子传》作注，又注《山海经》，作图赞，其后江灌亦有图赞，盖神异之说，晋以后尚为人士所深爱。然自古以来，终不闻有荟萃融铸为巨制，如希腊史诗者，第用为诗文藻饰，而于小说中常见其迹象而已。

中国神话之所以仅存零星者，说者谓有二故：一者华土之民，先居黄河流域，颇乏天惠，其生也勤，故重实际而黜玄想，不更能集古传以成大文。二者孔子出，以修身齐家治国平天下等实用为教，不欲言鬼神，太古荒唐之说，俱为儒者所不道，故其后不特无所光大，而又有散亡。

然详案之，其故殆尤在神鬼之不别。天神地祇人鬼，古者虽若有辨，而人鬼亦得为神祇。人神淆杂，则原始信仰无由蜕尽；原始信仰存则类于传说之言日出而不已，而旧有者于是僵死，新出者亦更无光焰也。如下例，前二为随时可生新神，后三为旧神有转换而无演进。

蒋子文，广陵人也，嗜酒好色，佻挞无度；常自谓骨青，死当为神。汉末为秣陵尉，逐贼至钟山下，贼击伤额，因解绶缚之，有顷遂死。及吴先主之初，其故吏见文于道……谓曰，"我当为此土地神，以福尔下民，尔可宣告百姓，为我立庙，不尔，将有大咎。"是岁夏大疫，百姓辄相恐动，颇有窃祠之者矣。（《太平广记》二九三引《搜神记》）

世有紫姑神，古来相传云是人家妾，为大妇所嫉，每以秽事相次役，正月十五日感激而死。故世人以其日作其形，夜于厕间或猪栏边迎之。……投者觉重（案投当作捉，持也），便是神来，莫设酒果，亦觉貌辉辉有色，即跳蹙不住；能占众事，卜未来蚕桑，又善射钩；好则大儛，恶便仰眠。（《异苑》五）

沧海之中，有度朔之山，上有大桃木……其枝间东北曰鬼门，万鬼所出入也。上有二神人，一曰神荼，一曰郁垒，主阅领万鬼，害恶之鬼，执以苇索而以食虎。于是黄帝乃作礼，以时驱之，立大桃人，门户画神荼郁垒与虎，悬苇索，以御凶魅。（《论衡》二十二引《山海经》，案今本中无之）

东南有桃都山……下有二神，左名隆，右名窫，并执苇索，伺不祥之鬼，得而煞之。今人正朝作两桃人立门旁……盖遗象也。（《太平御览》二九及九一八引《玄中记》以《玉烛宝典》注补）

门神，乃是唐朝秦叔保胡敬德二将军也。案传，唐太宗不豫，寝门外抛砖弄瓦，鬼魅呼号。……太宗惧之，以告群臣。秦叔保出班奏曰，"臣平生杀人如剖瓜，积尸如聚蚁，何惧魑魅乎？愿同胡敬德戎装立门外以

伺。"太宗可其奏，夜果无警，太宗嘉之，命画工图二人之形像……悬于宫掖之左右门，邪祟以息。后世沿袭，遂永为门神。（《三教搜神大全》七）

今所见汉人小说

鲁迅

　　现存之所谓汉人小说，盖无一真出于汉人，晋以来，文人方士，皆有伪作，至宋明尚不绝。文人好逞狡狯，或欲夸示异书，方士则意在自神其教，故往往托古籍以炫人；晋以后人之托汉，亦犹汉人之依托黄帝伊尹矣。此群书中，有称东方朔班固撰者各二，郭宪刘歆撰者各一，大抵言荒外之事则云东方朔郭宪，关涉汉事则云刘歆班固，而大旨不离乎言神仙。

　　称东方朔撰者有《神异经》一卷，仿《山海经》，然略于山川道里而详于异物，间有嘲讽之辞。《山海经》稍显于汉而盛行于晋，则此书当为晋以后人作；其文颇有重复者，盖又尝散佚，后人钞唐宋类书所引逸文复作之也。有注，题张华作，亦伪。

　　南方有甘蔗之林，其高百丈，围三尺八寸，促节，多汁，甜如蜜。咋啮其汁，令人润泽，可以节蚘虫。人腹中蚘虫，其状如蚓，此消谷虫也，多则伤人，少则谷不消。是甘蔗能灭多盖少，凡蔗亦然。（《南荒经》）

　　西南荒中出讹兽，其状若菟，人面能言，常欺人，言东而西，言恶而善。其肉美，食之，言不真矣。（原注，言食其肉，则其人言不诚）一名诞。（《西南荒经》）

　　昆仑之山有铜柱焉，其高入天，所谓"天柱"也，围三千里，周圆如削。下有回屋，方百丈，仙人九府治之。上有大鸟，名曰希有，南向，张

左翼覆东王公，右翼覆西王母；背上小处无羽，一万九千里，西王母岁登翼上，会东王公也。（《中荒经》）

《十洲记》一卷，亦题东方朔撰，记汉武帝闻祖洲、瀛洲、玄洲、炎洲、长洲、元洲、流洲、生洲、凤麟洲、聚窟洲等十洲于西王母，乃延朔问其所有之物名，亦颇仿《山海经》。

玄洲在北海之中，戌亥之地，方七千二百里，去南岸三十六万里。上有大玄都，仙伯真公所治。多丘山。又有风山，声响如雷电，对天西北门。上多太玄仙官宫室，宫室各异。饶金芝玉草。乃是三天君下治之处，甚肃肃也。

征和三年，武帝幸安定。西胡月支献香四两，大如雀卵，黑如桑椹。帝以香非中国所有，以付外库。……到后元元年，长安城内病者数百，亡者大半。帝试取月支神香烧之于城内，其死未三月者皆活，芳气经三月不歇，于是信知其神物也，乃更秘录余香，后一旦又失之。……明年，帝崩于五柞宫，已亡月支国人鸟山震檀却死等香也。向使厚待使者，帝崩之时，何缘不得灵香之用耶？自合殒命矣！

东方朔虽以滑稽名，然诞谩不至此。《汉书·朔传》赞云，"朔之诙谐逢占射覆，其事浮浅，行于众庶，儿童牧竖，莫不炫耀，而后之好事者因取奇言怪语附著之朔。"则知汉世于朔，已多附会之谈。二书虽伪作，而《隋志》已著录，又以辞意新异，齐梁文人亦往往引为故实。《神异经》固亦神仙家言，然文思较深茂，盖文人之为。《十洲记》特浅薄，观其记月支国反生香，及篇首云，"方朔云：臣，学仙者也，非得道之人，以国家之盛美，将招名儒墨于文教之内，抑绝俗之道于虚诡之迹，臣故韬隐逸而赴王庭，藏养生而侍朱阙。"则但为方士窃虑失志，借以震眩流俗，且自解嘲之作而已。

称班固作者，一曰《汉武故事》，今存一卷，记武帝生于猗兰殿至崩葬茂陵杂事，且下及成帝时。其中虽多神仙怪异之言，而颇不信方士，文亦简雅，当是文人所为。《隋志》著录二卷，不题撰人，宋晁公武《郡斋读书志》始云"世言班固作",又云,"唐张柬之书《洞冥记》后云,《汉武故事》,王俭造也。"然后人遂径属之班氏。

帝以乙酉年七月七日生于猗兰殿,年四岁,立为胶东王。数岁,长公主抱置膝上,问曰,"儿欲得妇不?"胶东王曰,"欲得妇。"长主指左右长御百余人,皆云不用。末指其女问曰,"阿娇好不?"于是乃笑对曰,"好。若得阿娇,当作金屋贮之也。"长主大悦,乃苦要上,遂成婚焉。

上尝辇至郎署,见一老翁,须鬓皓白,衣服不整。上问曰,"公何时为郎?何其老也?"对曰,"臣姓颜名驷,江都人也,以文帝时为郎。"上问曰,"何其老而不遇也?"驷曰,"文帝好文而臣好武,景帝好老而臣尚少,陛下好少而臣已老:是以三世不遇。"上感其言,擢拜会稽都尉。

七月七日,上于承华殿斋,日正中,忽见有青鸟从西方来。上问东方朔,朔对曰,"西王母暮必降尊像上。"……是夜漏七刻,空中无云,隐如雷声,竟天紫气。有顷,王母至,乘紫车,玉女夹驭:戴七胜;青气如云;有二青鸟,夹侍母旁。下车,上迎拜,延母坐,请不死之药。母曰,"……帝滞情不遣,欲心尚多,不死之药,未可致也。"因出桃七枚,母自啖二枚,与帝五枚。帝留核著前。王母问曰,"用此何为?"上曰,"此桃美,欲种之。"母笑曰,"此桃三千年一著子,非下土所植也。"留至五更,谈语世事而不肯言鬼神,肃然便去。东方朔于朱鸟牖中窥母。母曰,"此儿好作罪过,疏妄无赖,久被斥逐,不得还天,然原心无恶,寻当得还,帝善遇之!"母既去,上惆怅良久。

其一曰《汉武帝内传》,亦一卷,亦记孝武初生至崩葬事,而于王母降特详。其文虽繁丽而浮浅,且窃取释家言,又多用《十洲记》及《汉武故事》中语,可知较二书为后出矣。宋时尚不题撰人,至明乃并《汉武故事》皆称班固作,盖以固名重,因连类依托之。

到夜二更之后,忽见西南如白云起,郁然直来,径趋宫庭;须臾转

近。闻云中箫鼓之声，人马之响。半食顷，王母至也。县投殿前，有似鸟集，或驾龙虎，或乘白麟，或乘白鹤，或乘轩车，或乘天马，群仙数千，光曜庭宇。既至，从官不复知所在，唯见王母乘紫云之辇，驾九色斑龙。别有五十天仙……咸住殿下。王母唯扶二侍女上殿，侍女年可十六七，服青绫之袿，容眸流盼，神姿清发，真美人也！王母上殿，东向坐，著黄金褡襦，文采鲜明，光仪淑穆，带灵飞大绶，腰佩分景之剑，头上太华髻，戴太真晨婴之冠，履玄璃凤文之舄，视之可年三十许，修短得中，天姿掩蔼，容颜绝世，真灵人也！

帝跪谢。……上元夫人使帝还坐。王母谓夫人曰，"卿之为戒，言甚急切，更使未解之人，畏于意志。"夫人曰，"若其志道，将以身投饿虎，忘躯破灭，蹈火履水，固于一志，必无忧也。……急言之发，欲成其志耳，阿母既有念，必当赐以尸解之方耳。"王母曰，"此子勤心已久，而不遇良师，遂欲毁其正志，当疑天下必无仙人，是故我发阆宫，暂舍尘浊，既欲坚其仙志，又欲令向化不惑也。今日相见，令人念之。至于尸解下方，吾甚不惜。后三年，吾必欲赐以成丹半剂，石象散一。具与之，则彻不得复停。当今匈奴未弥，边陲有事，何必令其仓卒舍天下之尊，而便入林岫？但当问笃志何如。如其回改，吾方数来。"王母因拊帝背曰，"汝用上元夫人至言，必得长生，可不勖勉耶？"帝跪曰，"彻书之金简，以身佩之焉。"

又有《汉武洞冥记》四卷，题后汉郭宪撰。全书六十则，皆言神仙道术及远方怪异之事；其所以名《洞冥记》者，序云，"汉武帝明俊特异之主，东方朔因滑稽以匡谏，洞心于道教，使冥迹之奥，昭然显著。今籍旧史之所不载者，聊以闻见，撰《洞冥记》四卷，成一家之书"，则所凭借亦在东方朔。郭宪字子横，汝南宋人，光武时征拜博士，刚直敢言，有"关东觥觥郭子横"之目，徒以渜酒救火一事，遽为方士攀引，范晔作《后汉书》，遂亦不察而置之《方术列传》中。然《洞冥记》称宪作，实始于刘昫《唐书》，《隋志》但云郭氏，无名。六朝人虚造神仙家言，每好称郭氏，殆以影射郭璞，故有《郭氏玄中记》，有《郭氏洞冥记》。《玄中记》今不传，观其遗文，亦与《神异经》相类；《洞冥记》今全，文如下：

黄安，代郡人也，为代郡卒……常服朱砂，举体皆赤，冬不著裘，坐一神龟，广二尺。人问"子坐此龟几年矣？"对曰，"昔伏羲始造网罟，获此龟以授吾；吾坐龟背已平矣。此虫畏日月之光，二千岁即一出头，吾坐此龟，已见五出头矣。"……（卷二）

天汉二年，帝升苍龙阁，思仙术，召诸方士言远国遐方之事。唯东方朔下席操笔跪而进。帝曰，"大夫为朕言乎？"朔曰，"臣游北极，至种火之山，日月所不照，有青龙衔烛火以照山之四极。亦有园圃池苑，皆植异木异草；有明茎草，夜如金灯，折枝为炬，照见鬼物之形。仙人宁封常服此草，于夜暝时，转见腹光通外。亦名洞冥草。"帝令锉此草为泥，以涂云明之馆，夜坐此馆，不加灯烛；亦名照魅草；以藉足，履水不沉。（卷三）

至于杂载人间琐事者，有《西京杂记》，本二卷，今六卷者宋人所分也。末有葛洪跋，言"其家有刘歆《汉书》一百卷，考校班固所作，殆是全取刘氏，小有异同，固所不取，不过二万许言。今钞出为二卷，以补《汉书》之阙"。然《隋志》不著撰人，《唐志》则云葛洪撰，可知当时皆不信为真出于歆。段成式（《酉阳杂俎·语资篇》）云，"庾信作诗，用《西京杂记》事，旋自追改曰，'此吴均语，恐不足用。'"后人因以为均作。然所谓吴均语者，恐指文句而言，非谓《西京杂记》也，梁武帝敕殷芸撰《小说》，皆钞撮故书，已引《西京杂记》甚多，则梁初已流行世间，固以葛洪所造为近是。或又以文中称刘向为家君，因疑非葛洪作，然既托名于歆，则摹拟歆语，固亦理势所必至矣。书之所记，正如黄省曾序言，"大约有四：则猥琐可略，闲漫无归，与夫杳昧而难凭，触忌而须讳者。"然此乃判以史裁，若论文学，则此在古小说中，固亦意绪秀异，文笔可观者也。

司马相如初与卓文君还成都，居贫忧懑，以所著鹔鹴裘就市人阳昌贳酒，与文君为欢。既而文君抱颈而泣曰，"我生平富足，今乃以衣裘贳酒！"遂相与谋，于成都卖酒。相如亲着犊鼻裈涤器，以耻王孙。王孙果以为病，乃厚给文君，文君遂为富人。文君姣好，眉色如望远山，脸际常若芙蓉，肌肤柔滑如脂，为人放诞风流，故悦长卿之才而越礼焉……（卷二）

郭威，字文伟，茂陵人也，好读书，以谓《尔雅》周公所制，而《尔雅》有"张仲孝友"，张仲，宣王时人，非周公之制明矣。余尝以问杨子云，子云曰，"孔子门徒游夏之俦所记，以解释六艺者也"。家君以为《外戚传》称"史佚教其子以《尔雅》"，《尔雅》，小学也。又记言"孔子教鲁哀公学《尔雅》"，《尔雅》之出远矣，旧传学者皆云周公所记也，"张仲孝友"之类，后人所足耳。（卷三）

司马迁发愤作《史记》百三十篇，先达称为良史之才。其以伯夷居列传之首，以为善而无报也；为《项羽本纪》，以踞高位者非关有德也。及其序屈原贾谊，辞旨抑扬，悲而不伤，亦近代之伟才。（卷四）

（广川王去疾聚无赖发）栾书冢，棺柩明器，朽烂无余。有一白狐，见人惊走，左右击之，不能得，伤其左脚。其夕，王梦一丈夫须眉尽白，来谓王曰，"何故伤吾左脚？"乃以杖叩王左脚。王觉，脚肿痛生疮，至死不差。（卷六）

葛洪字稚川，丹阳句容人，少以儒学知名，究览典籍，尤好神仙导养之法，太安中，官伏波将军。以平贼功封关内侯。干宝深相亲善，荐洪才堪国史，而洪闻交趾出丹，自求为勾漏令，行至广州，为刺史所留，遂止罗浮，年八十一，兀然若睡而卒（约290—370），有传在《晋书》。洪著作甚多，可六百卷，其《抱朴子》（内篇三）言太丘长颍川陈仲弓有《异闻记》，且引其文，略云郡人张广定以避乱置其四岁女于古冢中，三年复归，而女以效龟息得不死。然陈寔此记，史志既所不载，其事又甚类方士常谈，疑亦假托。葛洪虽去汉未远，而溺于神仙，故其言亦不足据。

又有《飞燕外传》一卷，记赵飞燕姊妹故事，题汉河东都尉伶玄子于撰，司马光尝取其"祸水灭火"语入《通鉴》，殆以为真汉人作，然恐是唐宋人所为。又有《杂事秘辛》一卷，记后汉选阅梁冀妹及册立事，杨慎序云，"得于安宁土知州万氏"，沈德符（《野获编》二十三）以为即慎一时游戏之作也。

论唐代的短篇小说

郑振铎

　　中国的短篇小说，在唐代（公元618—907年）才开始发展，才有具有很美丽的故事和很完善的结构的作品流传下来。在这个文学艺术的伟大时代之前，我们已经产生了很漂亮、很动人的故事和传说，还可能已有了完美的短篇小说，但大部分没有保存下来。就保存到今天的唐代以前的故事和传说来看，它们一部分是和古代的寓言分不开的，那就是引用了故事和传说，来说明某些哲学家的论据的；其他一部分，乃是宗教徒们，佛教、道教和中国古老的原始宗教，用来宣传宗教的信仰的，那就是，利用许多故事和传说，来阐明：信仰的人，得到了神或佛的保佑，逢凶化吉，遇难成祥，疾病离身，恶鬼退去；不信的人，则会遭遇到种种的不幸与恶疾，且被打下地狱，受种种的可怖的刑罚。还有的一部分，乃是记录人世间的嘉言善行或漂亮的言语，可笑的举动的，像最有名的《世说新语》就是这一类书的代表。专门记载"笑话"的书，也竟有好几部。也还有若干故事和传说，是记载神仙故事、鬼怪传说，乃至海外的人情物态的。它们的数量不少，所涉及的范围也很广泛，但都是相当简短、质直的记载，只是瘦骨嶙峋的故事和传说，还不能构成有血有肉、有声有色的短篇小说。到了唐代，方才产生了描写婉曲、想象丰富、人物的性格写得很真实的短篇小说。

最早出现的一篇作品是《古镜记》，这是隋唐之间的一个文人王度（约580—640）写的。他把若干段关于古镜的神奇的故事，组织成为一篇；是比较以前的简短的故事有显著的进步与更大的组织能力的。又有无名氏的一篇《补江总白猿传》（约产生于650年），写一个具有幻术的白猿，抢掠了人间的美女，后乃为一个将军所杀的故事。那故事是属于神怪的一类，但富有人情味。但更重要的是张鷟（约660—740）所作的《游仙窟》这篇小说，将近一万言，写的是他自己在一夜之间，身入神仙之窟，和美丽的女子十娘和五嫂酬酢应对的经过。他把这场恋爱的遭遇，写得很细腻，很生动，且充分的运用诗歌和民间流行的"双关语"给予后代的小说作者的影响很大。

在他之后，描写人世间的青年男女们的恋爱故事的作品就大为发达。有的是真实的很凄惋的故事，有的是故事很幻怪，但又很近人情的悲剧或喜剧。陈玄祐（约770年间）的《离魂记》，写王宙和张倩娘相恋，但她的父亲把她许配给别的人了。王宙很悲愤的离开了她，上船到京都去。午夜的时候，他正在船上辗转的不能入睡，却听见岸上有人急骤赶到船上来。原来是倩娘弃家来奔。他们到了四川，同居了五年，生了两个儿子，同回她父亲家里去省问。想不到她的身体却是病在闺中。两个倩娘，翕然而合为一体，其衣裳皆重。原来私奔王宙的却是她的灵魂。

沈既济（约750—780）的《任氏传》，写的是妖狐任氏和少年郑六相恋的故事。这故事写得很生动，任氏虽是女妖，却生得美艳冶丽之至，且极忠贞于郑六，遇强暴而不屈服。后为猎狗所杀；郑六永远的忆念着她。

李朝威（约800年间）的《柳毅传》，写少年柳毅与洞庭湖的龙女的恋爱遇合。这是神怪的故事，却写得很富于人情味，故事的发展也很曲折而动人。

但写得最好的还是蒋防的《霍小玉传》和白行简的《李娃传》。这两篇作品都是描写人间的真实生活与故事的。它们把唐代的社会生活都表现得十分翔实而生动，那故事的本身又是那么凄惋而曲折，可以说是典型的

唐代短篇小说的作品。

蒋防（约780—830）早年以诗赋著名，历官翰林学士，中书舍人。长庆（821—824）中，贬为汀州刺史。他的《霍小玉传》，写有名的诗人李益和少女霍小玉的恋爱故事。这是一个悲剧。李益抛弃了霍小玉，另外娶了妻，小玉却痴心的等待着他，直到病死。在临死之前一刻，才和李益再见一面。她凄怨的责备着李益，一恸而绝。对于这个负心的诗人，读者是会不由得要引起憎恨之感的。

白行简的《李娃传》，则是一个喜剧的结果。行简（770?—826）是大诗人白居易的弟弟。他常写为大众所喜爱的文章。这篇小说，作于贞元十一年（795），是他早年的作品。李娃是长安城的一个有名的妓女，少年郑生为了热恋着她而丧失了一切，流落为乞丐，受尽了痛苦。后来，李娃收留了他，使他奋志读书，中举为官。这是当时艳称的一个传奇性的故事。

元稹（779—831）的《莺莺传》流传得最盛，当时即有人写了诗歌，以后又有曲子。著名的《西厢记》戏曲，就是演这个故事的。稹是一个诗人，当时诗名和白居易相垺。他的诗歌，天下传讽，并传入宫廷中，宫中呼为元才子。尝为工部侍郎，同平章事。后官武昌军节度使。有《元氏长庆集》一百卷。他是唐代短篇小说的作者中的一位最为人所知者。《莺莺传》写张生和崔氏少女莺莺的恋爱故事。稹写少女的初恋情怀，甚为生动。他们的恋爱是以悲剧收场的。张生另外结了婚，莺莺也嫁了人——后来的《西厢记》却改写成团圆的结局。但初恋的倦忆却是像藕丝似的牵系在心头。

有名的《长恨传》为陈鸿所作。陈鸿（约810年间）是白居易的一个朋友。白居易写了一篇《长恨歌》，记述唐明皇和杨贵妃的故事。陈鸿为之作此传，附于居易《长恨歌》之首。这个故事也是流传极盛的，但陈鸿写得朴质而不大动人。

像这样的恋爱故事，在唐代还产生了不少，但脱离不出以上几篇的范畴。在同一时期，又产生了一种具有出世思想的幻想的故事，那是描写人世间的富贵荣华，像梦幻似的瞬刻消灭的；梦中的一生，虽是瞬刻，却也就是真实的人世间的一生的写照。这样的故事，足以表现出唐代考试制度下的文士们的不满与不平的心情。由于这样的心情，就产生出对于"官吏"的显赫生活的凄凉结局的卑视。我们可以举出沈既济的《枕中记》、沈亚之的《秦梦记》和李公佐的《南柯太守传》三篇作为代表。在其中，李公佐的《南柯太守传》是最好的一篇。

李公佐（约770—850）和白行简是很好的朋友，他们都是很用心于写短篇故事的。李公佐的《南柯太守传》，正和白行简的《李娃传》一样，都是很完美的短篇小说，不仅盛传当代，而且对后来的影响——特别是戏曲作家们——是很深的。但这二者之间，其气氛和情调是十分不同的。李公佐沉屈下僚，名位不显，恐怕其生活也是十分困顿的，因之，便产生了消极的反抗的心理，以出世的思想，掩蔽其不满与不幸。南柯太守淳于梦，在蚁穴之中所经历的一生，也便是唐代最显赫的官僚所经历的一生。这是很好的，而且很真切的表现出唐代官僚阶级的内在心理的故事。沈既济和沈亚之的两篇，其情调也大致相同。沈亚之（约790—850）和诗人李贺是朋友，李贺称他为"吴兴才人"。他也是名位不显的一位不大的官。有《沈下贤集》，今存，他的《秦梦记》，写得不大好，远不如《南柯太守传》的漂亮。

唐玄宗的天宝十四年（755），安禄山举起反叛的旗帜之后，唐帝国中央政府的统治力量便逐渐的削弱下去。地方军阀的力量一天天的强大、坚固，形成了地方割据的分裂的局面。这些军阀们为了巩固自己的政权，扩大自己的领土，对于他们领土上的人民们的剥削与奴役是异常残酷的。"民不聊生"的现象，是到处的普遍的情况。人民们不仅要付出很重的赋税，而且还要为军阀们服兵役，替他们为争夺土地而作战。这种情形，在宪宗以后（即820年以后）更为严重，以致产生了黄巢率领人民军的大起义。在这个时代，军阀们还蓄养着武士们与刺客们。而人民在被压迫的痛苦之下，也

希望有超人的武勇之士，能够出来为人民除暴害，雪冤仇，报不平，解除痛苦。因之，武侠或剑侠的故事便大为流传。

杜光庭的《虬髯客传》是属于这一类的，但性质较为不同。这故事以拥护唐帝室的主旨，说明"神器"是不能窥窃的。但像虬髯客那样的神秘人物，也是属于武侠之列的。杜光庭（约900年间）是一个道士，因避乱到了四川，王建以他为金紫光禄大夫，谏议大夫，赐号广成先生。有《广成集》传于世。这个故事，在后代流传甚广，成为戏曲家们喜用的题材之一。

段成式（800？—863）的《酉阳杂俎》里有很多的武侠故事。袁郊（约850年间）的《甘泽谣》里有《红线》一篇，为武侠故事中的典型之作。红线是一个少女，身怀绝技，能飞行往来，遂以她的绝世的武技，阻止了一场军阀们的战争。这个故事在后代也流行甚盛。裴铏（约860年间）的《传奇》，所记载者多半为武侠故事。其中以《昆仑奴》和《聂隐娘》二篇最令人所传。《昆仑奴》也是一篇勇士的故事，《聂隐娘》的故事则更进一步带有神仙的成分。像《聂隐娘》这样的女子，以剑术著称的，乃成为后代许多的剑仙故事的始祖。裴铏在咸通中为镇海军节度使高骈掌书记。后官至成都节度副使，加御史大夫。高骈好神仙诡谲事，裴铏恐怕是深受其影响的。但他所写的虽多为神仙剑侠之事，而在幻诞的记述里，仍可看出这个混乱时代的一些真实情况来。

唐代的短篇小说显然较以前的质实、简短的故事与传说，是有了很大的进步的。他们是用散文来细腻婉曲的抒写人间的，乃至幻想的物态人情的。宋洪迈说道："唐人小说不可不熟。小小事情，凄惋欲绝，洵有神遇而不自知者。与诗律可称一代之奇。"这个评语是很公允的。这些短篇小说在后代发生了很大的影响。不仅有很多的小说家们模拟他们的作风，而且，他们成为许多戏曲家们吸取题材的渊薮。许多元代和明代的剧本的题材，像《西厢记》《南柯记》《绣襦记》等，都是根据了这些唐代小说的。它们在中国文学里所占的重要地位，有些像希腊的神话与传说。作为一个中国的文学家或艺术家，都得熟悉这些故事；研究中国文学的人也必须熟悉这些故事；否则，就很难了解许多的文学作品的题材来源与其演变之迹。但它们的本身，也是很完整的作品，不仅具有美丽的题材，而且，也已达小说创作的相当完美的境地。

王国维谈通俗小说

王国维

通俗小说源出宋代

今之通俗小说，如《水浒传》《三国演义》《西游记》《封神榜》诸书，大抵明人所润色，然其源皆出于宋代。《三国演义》与《西游记》，前条既言之矣。《水浒传》亦出《宣和遗事》。又《录鬼簿》所载元人杂剧，其咏水浒事者，多至十三本。其事与今书多不同，盖其祖本亦非一本。又元杂剧中《摘星楼比干剖腹》，乃演封神榜之事；《谢金吾诈拆清风府》及《昊天塔王孟良盗骨殖》，乃演杨家将之事；他如《包待制三勘蝴蝶梦》《包待制智勘鲁斋郎》《包待制智勘后庭花》《包待制智赚灰园记》《包待制智赚合同文字》《糊突包待制》《包待制判断烟花儿》，则《龙图公案》之祖也；《秦太师东窗事犯》，则岳传之祖也。《梦粱录》载南渡说史书者，或敷衍复华编中兴诸将传，则岳传在宋时已有小说。至戏曲小说同演一事者，孰后孰先，颇难臆断。至其文字结构，则以现存《五代平话》《宣和遗事》《大唐三藏取经诗话》观之，尚不及戏曲远甚，更无论后代小说。然则《水浒》《西游》《三国演义》等，实皆明人之作。宋元间之祖本，决不能如是进步也。

宋刊大唐三藏取经诗话跋

　　顷于日本内藤博士处，见巾箱本《大唐三藏取经诗话》照片，版心高三寸，宽二寸许，每半页十行，每行十五字，阙卷上第一页，卷中二三两页，卷末书题后有"中瓦子张家印"一行。旧为高山寺藏书，今在东京三浦子爵所。内藤君言东京德富苏峰藏大字本题《大唐三藏取经记》云云，不知与小字本异同何如。案：中瓦子为南宋临安府街名。瓦子者，倡优剧场所萃之地也。《梦粱录》十九云："杭之瓦舍，内外合计有十七处。如清泠桥熙春楼下谓之南瓦子市，南坊北三元楼前谓之中瓦子"云云；又卷十五"铺席门保佑坊前张官人诸史子文籍铺其次即为中瓦子，前诸铺则所为张家张官。诸史子文籍铺此书则不避宋讳，殆台犹当"。此书题"中瓦子张家印"，恐即倡家说唱用本，犹为宋元间所刊行者也。此书体例，亦与《五代平话》《宣和遗事》略同，三卷之书，共分十五节，亦后世小说分章回之祖。其称诗话者，则非宋士大夫间所谓诗话，以其中有诗有话，故得此名。其有词有话者，则谓之词话。《也是园书目》有宋人词话十六种，其目为《灯花婆婆》《种瓜张老》《紫罗盖头》《女报怨》《风吹轿儿》《错斩崔宁》《小亭儿》《西湖三塔》《冯玉梅团圆》《简帖和尚》《李焕生王陈南》《小金钱》十二种，不著卷数。其他四种，则为《宣和遗事》四卷（实二卷），《烟粉小说》四卷，《奇闻类记》十卷，《湖海奇闻》二卷。词话二字，非遵王所能杜撰，意原本必题《灯花婆婆词话》《种瓜张老词话》等，故遵王仍之。若《宣和遗事》四种，亦当因其体例相似，故附于后耳。《侯鲭录》所载商调蝶恋花，于叙事中，间以蝶恋花词，乃宋人词话之尚存者。

　　此本用诗不用词，故称诗话。皆《梦粱录》《都城纪略》所谓说话之一种也。书中玄奘取经，均出猴行者之力，实为《西游记》小说所本。又考陶南村《辍耕录》所载院本名目，实为金人之作，中有《唐三藏》一本。《录鬼簿》所载元吴昌龄杂剧亦有《唐三藏西天取经》，其书至国初尚存。

钱曾《也是园书目》有吴昌龄《西游记》四卷，曹寅《楝亭书目》有《西游记》六卷，无名氏《传奇汇考》亦有《北西游记》，云"全用北曲，元人作"，盖即昌龄所拟杂剧也。今金人院本、元人杂剧皆不传，而宋元间所刊话本，尚存于日本，且有大字小字二种，古书之出，洵有不可思议者乎。

小说与说书

通俗小说称若干回者，实出于古之说书。所谓回者，盖说书时之一段落也。说书不知起于何时，其见于记载者，以北宋为始。高承《事物纪原》九云：仁宗时市人有能谈国事者，或采其说，加缘饰作影人。《东坡志林》六云："王彭尝云，涂巷中小儿薄劣，为其家所厌苦，辄与钱，令聚坐听说古话。至说三国事，闻刘玄德败，频眉蹙；闻曹操败，即喜唱快。"孟元老《东京梦华录》所载：崇宁大观以来，京瓦伎艺，则讲史有李慥、杨中立、张十一、徐明、赵世亨五人；小说有王颜喜、盖中宝、刘名广三人；又有"霍四究说三分，尹常卖五代史"。则北宋之末已有讲史、小说二种。说三分与卖五代史，亦讲史之类也。南渡后，总谓之说话。宋无名氏《都城纪胜》谓说话有四种：一小说，一说经，一说参请，一说史书。周密《武林旧事》、吴自牧《梦粱录》所记略同。《纪胜》与《梦粱录》并谓"小说，人能以一朝一代故事，顷刻间提破"。则小说同说史书亦无大别，然大抵敷衍烟粉灵怪，无关史事者。说经则说佛经，说参请则说宾主参禅道等事，而以小说与说史为最著。此种小说，传于今日者，有旧本《宣和遗事》二卷，钱曾《也是园书目》列之宋人词话中。钱目作四卷，误。后归黄荛圃，刻入《士礼居丛书》。荛圃以书中避宋光宗讳，定为宋本。然书中引宋末刘克庄诗，又纪二帝幽奎辱事，往往过甚，疑非宋人所为。若避宋讳，则元明人刊书，亦沿宋末旧习，不足以是定宋本也。又曹君直舍人藏元刊《五代平话》一书，中阙一二卷，体例亦与《宣和遗事》相似，前岁董授经京卿刊之鄂中，尚未竣工。吾国古小说之存者唯此二书而已。

明代之短篇平话小说

郑振铎

　　明代之短篇平话小说以冯梦龙编辑之"三言"为最著，然实为纂集"古今名人"之文，不尽为冯氏之创作。在"三言"之前，先有绿天馆刻印之《古今小说》。《古今小说》凡载小说四十种。其后衍庆堂购得其板，选其中二十一种，再加以其他三篇，作为《喻世明言》，即"三言"之一；一名《重刻增补古今小说》。

　　《警世通言》继《喻世明言》而出，载小说凡四十篇。其中第四卷《拗相公饮恨半山堂》，似即《京本通俗小说》之《拗相公》，第七卷《陈可常端阳仙化》，似即为《菩萨蛮》，第八卷《崔待诏生死冤家》，似即为《碾玉观音》，第十二卷《范鳅儿双镜重圆》，似即为《冯玉梅团圆》，第十四卷《一窟鬼癫道人除怪》，似即为《西山一窟鬼》，第十六卷《张主管志诚脱奇祸》，似即为《志诚张主管》；因仅见目录，未见其文，不敢决定其即是也。

　　《醒世恒言》之刻，在"三言"中为最后。衍庆堂刊本之序云："初刻为《喻世明言》，二刻为《警世通言》，海内均奉为邺架珍玩矣。兹三刻为《醒世恒言》，种种典实，事事奇观，总取木铎醒世之意，并前刻共成完璧云。"《恒言》亦四十种。然据鲁迅先生所见之一本，其二十三卷为《张淑儿巧智脱杨生》（见鲁迅抄给我的《恒言》全目），据盐谷温《明代之通俗短篇小说》所言，则第二十三卷为《金海陵纵欲亡身》，可

见其板刻亦有不同。岂坊贾以《金海陵纵欲亡身》有碍目违禁之处，故易以《张淑儿巧智脱杨生》欤？此言或近于事实，因盐谷君所见为原刊本，鲁迅所见则为翻刻本。此外，或再有不同处；但未见全书，不能臆度。

继"三言"之后有即空观主人的《拍案惊奇》两刻。初刻凡三十六卷，自序谓："取古今来杂碎事，可新听睹、佐谈谐者，演而畅之。"则似全书皆为作者之自作，与"三言"之编辑旧文者有异。二刻凡三十九卷，又附录《宋公明闹元宵杂剧》一卷。亦皆即空观主人之创作。

"三言"与《惊奇》之外，尚有东鲁古狂生之《醉醒石》十五卷，天然痴叟之《石点头》十四卷，亦皆为创作。

明代之末叶，实为短篇平话最流行之时代，一面努力于保存旧作，一面努力于创作新文，在中国小说史亦是一个应特别注意的时代。

清初到中叶的长篇小说的发展

郑振铎

一

中国长篇小说的黄金时代，不在宋、元。宋、元二代只是短篇话本的发展期；他们也有讲史，却是那样无精彩的野生的东西，这就是今日所见的《五代史平话》《全相平话五种》等书，而可知的，罗贯中的《三国志演义》不见得高明，其完成时期也不在明代。四大奇书中最好的"两奇"，《西游记》《金瓶梅》，虽然产生于明，其一"奇"，《水浒传》，虽然也完成于明，却都有其很大的缺憾。除了《金瓶梅》外，《水浒》《西游》都只是英雄历险的故事，都只是一件"百衲衣"，分之可成为许多短篇，合之——只是以一条线串之！例如《水浒》以梁山泊的聚义为线串，《西游》以唐三藏取经为线串之类——则成为一个长篇，其结构是幼稚而松懈的，还脱离不了原始期的式样。《三宝太监下西洋记》《封神传》以及《韩湘子传》《云合奇踪》等等，也都陷于同一的形式里，只有《金瓶梅》是一朵太奇怪的奇葩，仿佛是放在暖室里被烘烤开的牡丹花一样，令人有怪不相称的先期长成的感觉。叙写社会家庭的日常生活，描状市井无赖的口吻、行动，都是极为逼真的，大有近代的写实小说的作风。以《水浒》的潘金莲和《金瓶梅》的潘金莲相较，则前者只是一具无灵魂的骷髅，后者却是那样的有血有肉、有声有色的风骚的妇人！想不

到的一个长足的进步！但《金瓶梅》究竟也还是一部杂凑的书，只是把宋、元话本的描写放大了的，还能够将它像蚯蚓似的，割成一片片而不伤害其本身的发展。甚至，在其中，我们还可以找到作者把一部分宋、元话本全盘的抄袭过来的痕迹，例如《新桥市韩五卖春情》便是整个的被引用了进去，只是改换了人物的姓名而已。而那千篇一律的春情的描写，也令人生厌。所以，这朵奇葩，虽先期而生长，而开放，却不是很成熟的。

到了清代的中叶，长篇小说方才放出万丈的光芒来。

二

清初的小说，都还是被拘束于明代小说的作风之中的。许许多多的短篇平话集（创作的），都只是"三言""二拍"的应声虫，而没有什么重要的发展。佳人才子的小说，又只是"吃不到葡萄"的人的"过屠门而大嚼"的著作。穷酸的态度可掬！

长篇小说，在其间，还算是有"出息"的东西。但也脱离不了明人的规模。

董说的《西游补》，陈忱的《水浒后传》，丁耀亢的《续金瓶梅》，西周生的《醒世姻缘传》，钱彩的《精忠传》都是颇可注意的长篇。他们都是"有所为"而作的，不是为写小说而写小说的。他们都是要以"古人的酒杯浇自己的块垒"的。所以在"遗民文学"的这个特殊意义上是有了很光荣的收获的。而就小说而论小说，却也只是明人的"余声"而已。

《西游补》最可注意，以其风格最为特别；名曰"西游"补，却是那样的不与《西游》同调。只是迷离恍惚，一气呵成，五彩斑斓，不可迫视，一般人是不会欣赏的。因之，也颇缺乏小说的趣味。作者原不是在作小说！只是像写《万古愁》的人似的在倾吐自己的悲愤，自己的国破家亡的痛苦！

《西游补》凡十六回，是薄薄的一册。插入《西游记》"三调芭蕉扇"之后，叙孙悟空化斋，为鲭鱼精所迷，见诸幻境，要寻秦始皇，借驱山铎，以徙去火焰山。而梦中醒来，原是手执饭钵。大似威尔士（H.G.Wells）的小说《时间车》。所叙多《西游》作者屐齿所未经。嬉笑怒骂，皆成文章。鲁迅先生谓："于讥弹明季世风之意多，于宗社之痛之迹少。因疑成书之日，尚当在明亡以前。"（《中国小说史略》第十八篇）但细读全书，纯是一团悲愤。如不作于清初，似不必如此的躲躲藏藏。明末小说，其作风类皆质直裸露写情之作，像汤若士《还魂记》、支少白《小青传》，皆已极缠绵悱恻。固无需更托以幻觉也。说字若雨，乌程人。明亡，祝发于灵岩，名南潜，一字宝云，号月涵，三十余年不履城市。有《丰草庵》等十八集。

陈忱的《水浒后传》续于一百二十回《水浒传》之后，凡四十回，气象颇阔大，有田横义不帝刘的意志，一开头，便写宋江死后，梁山泊的荒凉、寂寞，与阮小七的郁郁无聊，感怀往事，正可和《水浒传》的"魂聚蓼儿洼"的局面相搭配。继述因为权臣的压迫，梁山好汉的余存者，又不得不铤而走险，仍占山为寇。而一部分则奋其勇力，为宋御金。然大势已去，不能有功，好汉们遂以李俊为领袖，分了几批，浮海而去。俊为王于暹罗，自成一个局面。作者"避地之意"，跃然可见。但为了恐触时忌，作者只署着古宋遗民的笔名。卷首论略云："不知何许人，以时考之，当去施、罗未远，或与之同时，不相上下，亦未可知。"又原刊本有万历的序，版心刻"元人遗本"四字，皆有意表示其为"古本"。忱也是乌程人，明的遗民。盖明亡之后，遗民们是以浙地为独多的。

丁耀亢是山东诸城人，字西生，号野鹤。顺治四年入京，由顺天籍拔贡，充镶白旗教习。后为容城教谕。著传奇四种，传文集若干卷。其《续金瓶梅》则别署紫阳道人编。卷首弁以《太上感应篇阴阳无字解》。《续金瓶梅》凡六十四回，继于《金瓶梅》后，叙述西门庆、潘金莲等第二世的故事；孽报重重，大类谈说因果的书，而淫秽不逊于本书。但笔墨尚横恣。所叙在异族铁骑的侵略下的人民的生活情况，尤翩翩欲活。盖缘作者

是身经此痛，故写来便格外真切可怕。

《醒世姻缘传》在这时代是最足以表现那种染了明末作风的小说的。无疑的，它在技巧上是相当成功的，特别一部分的对话是很流利真切的。但也有其重大的缺点。全书以因果报应之说为始终，以晁、狄二家的故事为主体，其中主人翁是晁大舍（即后来的狄希周）。应该用九牛二虎之力以写之的，然其性格却极不明显，像是纸糊的，又像是泥做的，没有灵魂和血肉，更没有鲜明的个性。写薛素姐的泼悍以及厨子的窃盗，都嫌过火。在结构上，也殊松懈。第一回到二十二回，写的是晁家故事；二十三回到二十九回则写狄家故事。以后则晁、狄二家故事互相错综着。自五十八回到八十九回则又全写狄家故事。以后又是晁、狄二家的事相错综着。直到第一百回，方才把今世的狄希周和他的前生的兄弟晁梁相见，而告结束。其中发挥议论之处太多，完全是明末作家的流毒；又一部分的故事和笑谈，也都是掇拾陈言，以充篇幅。未免令人有"才尽"之叹。但其描状人情世态，特别是黑暗的大家族的生活，却很可注意；虽仍不免夸大，但却是最好的社会史料。有人说，书中的狐，便指的是"胡"，则便更有了遗民文学的意味了。

《醒世姻缘传》的作者自署西周生，胡适之以为即作《聊斋志异》的蒲松龄。一则以此故事即《志异》里的《江城》一篇的放大，再则，据传说，以为此书是松龄作。依据了这个前提，遂找了许多旁证以附会之。但可疑的一点是，《聊斋》里的文字是很洁净的，很少"夹叙夹议"之处。而此书则随处大发议论，很浓厚的染着凌濛初、李渔的作风。不仅文言白话的不同，即作风也大殊。大约山东人对于蒲氏的传说是很多的，故往往将他称为"集体的"文人，鼓词、小剧乃至小说，无往而非托名他作。

钱彩的《精忠演义说岳全传》是较为驽下的。彩，字锦文，仁和人，尽力表彰岳飞的忠勇，别有深意。清代尝列其书于"禁书目录"。今所传者，当必大有为后人所删改之处。他此书是取了熊大木的《精忠传》

而加以放大的，凡八十回，插入大鹏鸟转世、铁背虬报冤的神话，这是熊作所无的。钱氏书，极类《说唐传》《杨家将》《飞龙传》诸书，把这有名的英雄传说，更为鄙野化了。但较原作，实更活泼，更动人。虽多不经之谈，可笑之处，而其粗枝大叶的创作气魄，却大可注意。第三回到第六回，叙岳飞与周先生的始末，最足令人感泣。其后写张宪、写岳云、写王佐等，也都不坏。像牛皋，也殊可爱。

三

《西游记》故事，在清初，最为流行，而续之者也最多。董氏《西游补》外，别有《后西游记》《续西游记》等。而《东游记》的创作也可以说是对于《西游》的反动。

《后西游记》不知作者为谁，有天花才子的评点，当为清初人。作者序云："曲借麻姑指爪，遍搔俗肠之痛痒，高悬秦台业镜，细消矮腹之猜疑。悲世道古今盲，毒加天眼之针，忧灵根旦暮死，硬着佛头之粪。"可见他并不是漫然而作的。其中像"文笔压人，金钱捉将"（二十三回）、"造化弄人，平心脱套"（三十回）等，都是愤世嫉俗之意极深的。惟较浅露，没有《西游》那么婉曲含蓄。《西游》写三藏取经，这书却叙大颠求解。又平空添出小行者、猪一戒、沙弥的三众，有意的步悟空、悟能、悟净的后尘，连性格也都极相仿佛，殊嫌过于拟仿尽态。

《续西游记》凡一百回，传本颇罕见。全脱《西游》的窠臼，别展二境。原是将无作有，故竖空中楼阁，却也头头是道，可证作者设想之奇，真复居士序云："作者犹以荒唐秽亵为忧……继撰是编，一归铲削，俾去来各有根因，真幻等诸正觉。"是仿佛作者也是吴承恩。其实，当便是真复居士的假托。续书的主要点在说明："起魔摄魔，近在方寸，不烦剿打扑灭，不用彼法劳叨。"而以三藏、悟空等四众，在取经的归途里所遇到的诸难为题材，处处指点出诸魔近在方寸。为了较浅率明白，又过于回回一律，颇令人生单调的厌倦之感。

《扫魅敦伦东游记》，一名《续证道书》，显然也是续于《西游》之后的。虽然故事截然不同，却是由《西游》变化而出的。"昔人撰《西游》，借金公木母、意马心猿之义，而此记借酒色财气、逞邪弄怪之谈。一魅恣，则以一伦扫，扫魅还伦，尽归实理。"（序）"一切旁门外道，离我圣教皆虚。莫言释道事同迁，功德匡扶最著。"说是提倡儒教、却又杂以释道之说。全书凡一百回，多腐语凡境，实在并不高明。以南印度不如密多尊者的东来度世为引端，而其背景则放在晋、魏时代。写崔皓的灭佛招致恶报，正是提倡佛教，却又以五伦的正道来扑灭群魅。殆是万历以来三教合一运动的余波。

《东游记》的作者，自署清溪道人，卷首有康熙己酉（八年，1669）世裕堂主人的序。按清溪道人即在明末作《禅真逸史》《后史》二书者，盖至康熙初犹生存于世。《东游》的作风也正和《禅真》相类。清溪道人又尝以冲和居士的别名，刊行戏曲选集《缠头百练》初二集。他姓夏，名履先，又号爽爽主人，杭州人。似为一风雅之书店主人，故多编刊通俗的通行的书籍。

四

褚人获的《隋唐演义》一百回，刊于康熙十四年，是一部杂凑的小说，集合了各方面的不同的材料而成的，故全书殊为庞杂。其最重要的根据是：（一）《隋炀艳史》，（二）《隋唐志传》，（三）《说唐传》。关于瓦岗寨集义，秦叔宝出身的一部分，几全袭《说唐传》，不过略加以修正而已。但只叙到明皇、杨妃事为止，不像《隋唐志传》之直写到唐末，和《五代残唐》相衔接。其间剪裁修正，是颇费了些心力的；凭空添出了炀帝、朱贵儿的二世姻缘（即转生为明皇及杨贵妃），全是要作为前后的联络的线索之用的。只是，头绪过繁，忽写柔情，又及金戈铁马，全书的情节是极不统一的。反不若简略粗率的《志传》的前后一贯。人获，长洲人，著《坚瓠集》，又尝刊行《封神传》。

　　吕熊的《女仙外史》一百回，也作于康熙间，自负不浅。熊，字文兆，号逸田叟，所作甚富，有《诗经六义辨》《明史断》《续广舆志》及诗文集等。熊尝读《明史》，至逊国靖难之际，不禁泫然流涕。因以唐赛儿事为中心，而写赛儿的忠勇，"建行阙，取中原，访故主，迎复辟，旧臣遗老，先后来归"事，全是空中楼阁，尤多斗法摆阵的变幻，盖杂取《封神》《三国》《平妖》《西洋记》诸书的意境而成之的。原多淫亵语，刘廷玑劝其删去，熊从之，故传本较为洁净。

五

　　但以上诸长篇，还很浓厚的染着明末的作风与形式；有的本是续书，除极力追摹原作的风格外，是别无所长的；有的则杂采诸书的旧套，拼合以成之；有的则只是把旧书改作或放大了的。能够见出其为独创一格，自具弘伟的创造力的殆极罕有。遗民之作，若董、陈之《西游》《水浒》，则又意别有在，不尽以写小说为其着力之点。

　　表现了特殊的作风与有了很雄大的成就的，当始于乾隆的一代。那一代才真实是黄金时代的开始。

　　在那一代，为了社会秩序的安宁，"十全"武功的胜利，《四库全书》的告成，民间孕蓄着多量的财力，地主阶级和商人士子都是生活很优裕的。在戏曲上，既有了弘伟无比的《升平宝筏》《昭代箫韶》《劝善金科》一类的皇家歌曲，小说里自然也便表现出世家贵族的豪华的气概来。

　　这世家贵族的豪华的气概，直接的打破了清初时代的佳人才子书作者的穷酸们的可望而不可及的迷梦；间接的脱出了明末小说的陈套，不复自安于杂凑与模拟。他们是要写出自己的经验与生活的，他们是要写出自己那一个阶级的理想与现实的。因此，便远远的脱离了空虚的战争与历险的想象，远远的抛却了无聊的佳人才子的迷梦。他们的书里，有的是真

实的人，有血有肉的人；真实的事，有灵魂的人物的真实的行动与对话。这是第一次，文人们把自己阶级的理想与丑相向读者们披露出来。他们不复以娱乐他人或慰安自己的游戏的态度去写什么；他们开始以"一把辛酸泪"，以自己的血，以自己的心，以自己的情感与回忆来写。于是，在我们的小说坛上便现出了一个新的境界。虽然这新境界出现时，已不是蓬勃的贵家世族的光荣时代，而只是凄凉没落的哀音；不是得时行道、发挥理想以统治天下的时代，而只是退婴自守，徒寄其最高理想于空虚的独语；但究竟那回忆、那理想、那真实的自传式的描写，已足够使之不朽，使之永远的保有那时代的最好的纪录的了。

在这些崭新的小说里，第一本使人想到的大名作，自然是《红楼梦》。《红楼梦》之为作者曹霑的自传，经胡适的"考证"，俞平伯的"辨"的详证之后，殆无可疑。向来以为这部书是政治小说，是寓有民族意识的等等的话，都该一扫而空（王梦阮、沈瓶庵的《红楼梦索隐》，以为系写清世祖与董鄂妃的故事；鄂妃即董小宛，顺治的出家，即贾宝玉的出家。孙渠父的《红楼梦微言》则以为系叙明、清易代事，——此书未刊，稿在余处——蔡元培的《石头记索隐》略用其说。一为系康熙朝政治小说，金陵十二钗皆为江南诸名士，如朱彝尊、陈维崧即为林黛玉、史湘云等。又有以为系刺和珅，——见《谭瀛室笔记》——或写纳兰成德事，——见《燕下乡脞录》——或藏谶纬，——见《寄蜗残赘》——或明《易》象，——《金玉缘》评语——的。但皆一无是处）。把这些尘雾扫清了时，《红楼梦》的真相，方才看得出，《红楼梦》的伟大处，方才能够领略得出。要是永远的猜谜下去，则恐怕《红楼梦》将成了一部政治史而不是一部小说了。

以《红楼梦》为作者自传之说，当始于袁枚。他说："雪芹撰《红楼梦》一书，备记风月繁华之盛，中有所谓大观园者，即余之随园也。"（《随园诗话》）及胡适之《考证》出，始以大观园中的生活，和作者的家世、生平相对照，而确切不移的知其为"自传"。作者曹霑，字雪芹，一字芹圃，镶黄旗汉军。祖寅，字子清，号楝亭，康熙中为江宁织造。圣祖南巡时，尝数以织造署为行宫。《红楼梦》写元妃省亲事，殆根据幼时的记忆或家中人的传说。寅著书颇多，有《楝亭诗钞词钞》，又刻《楝亭十二种》，为世所重。寅子𫍯，亦为江宁织造。雪芹为𫍯子。幼时盖亲历富贵繁华之境。然其后，𫍯卸任归北京。似经大变家乃中落（也许是抄家）。雪芹中年后，遂饱尝贫困的味儿。居西郊，啜饘粥。但时复纵酒赋诗。《红楼梦》之作，当在其时。《红楼梦》既是饱经世变的一位没落的贵族之所作，故对于过去的繁华，是显示着充分的凄惋的留恋与回忆的。他写"色情狂"的贾宝玉还不大好；写贾雨村，写贾政、贾琏，写薛蟠、柳湘莲、蒋玉函等，也都没有什么生气。他是一个纨绔子弟，终日被供养在金丝笼里的，故对于社会上的一般现象，一般的人情世故，都是不大通达的。但在大观园里，他却是一个锐敏的考察者。一花一木，一桥一水，乃至园中丫头的一颦一笑，他都不曾忽略过去。他是终日追逐于"姊姊妹妹"群中的"色情狂"，故遂成了一个"女性崇拜者"。而家庭的日常生活，女性的琐屑心理，便成了他要最擅长描写的目标。为了对于女性有了那么精密的注意，故写来便活活泼泼，口吻如生。不像《水浒传》，那作者大约是一个女性厌恶者，故提起便没有好感；也不像《金瓶梅》，那作者要写的女性，个个都是个性极强，环境不同的女英雄，写来也容易出色。独《红楼梦》写的是同一的环境里长成的许多类似的女性，一个不小心，便要成"百美图"式的描写，百人面目不殊，个个死气沉沉的。然而作者却能逃避了这一点，在同里显出异来，把个个人的性格，都极深刻的表现出来。一谈一吐，一颦一笑，没有一个人是相同的。史湘云的尖利爽直，林黛玉的峻急多愁，薛宝钗的老练温柔，贾探春的精明要强，个个都写得好，笔力几乎是直透到纸背后去。即遮掩了说话者的人名，那句话也会辨得出是谁说的。难怪立刻便会有那么广大的读者。高鹗初用活字版印出第一版，但第二年便不得不再版。高本的第一版和第二版，其间是颇有不同的，可见出高氏笔削的地方；由此推之，第一版里，也许已有了他的

笔痕在内。今所见的较早的抄本，都只有八十回。高本始补足后四十回，成为首尾完善之书。那后四十回，许多人相信是高鹗写的。但在一般"续书"里，那后四十回确还算是高人一等。其他续书。若《后梦》《复梦》《再梦》《圆梦》《幻梦》等，都是恶劣之极，只是"续貂"之作耳。

六

《儒林外史》也是一位没落的世家子弟之所作；但他的态度却不是凄惋，不是留恋，而是愤激与讽刺。《红楼梦》是绮丽若蜀锦瓯绸的，精致而漂亮；但《儒林外史》却有点像泼妇骂街，虽粗豪而少含蓄，虽痛快而欠深入。这是一位不得意的满腹经纶的文士的所作，满望着有用世的机会，而那机会却终不到他那里去。于是乃不得不以崇祠泰伯的一件小事，夸张的写来，成为他的"制礼作乐"的大本领的尝试之举。他对于世事，几无当意者；凡诗人、文豪、达官、显宦、富绅、地主，殆无不是"丑恶"的自身。而可谈的人，却反在市井屠沽之辈。甚至为隶胥的，为优伶的，为武士的，其可尊敬反过于士大夫万万。即八股文专家的酸儒的马二先生也比舞文弄墨的诗人们更可爱些。"礼失而求诸野"，故作者此书始于王冕的不求闻达，而终结于写几个市井里的文人们，像卖火纸筒的王太，开当铺的盖宽，做裁缝的荆元等。并不是作者便以为他们是最高的范式，却为了愤激不平，才舍彼而取此。

作者吴敬梓，字敏轩，安徽全椒人。补官学弟子员。雍正乙卯，巡抚赵国麟举以应博学鸿词科，不赴。至金陵，建先贤祠，祀泰伯以下诸高士。晚客扬州，号文木老人。乾隆十九年卒，年五十四（1701—1754）。有《文木山房集》。《儒林外史》则刊于嘉庆间，天目山樵（张文虎）为之表章于世。全书凡五十五回，后人别加"幽榜"一回，凡五十六回。又有六十回本，则为齐省堂本所加入的。《外史》也是一部作者的回忆录、自叙传；不过不详于家庭的日常生活，而详于社会的种种人物。书中的杜少卿，就是作者他自己。他若权勿用即是镜，杜慎卿即杜檠（作者之兄），虞博士即吴蒙泉，庄尚志即程绵庄，牛布衣即朱草衣，凤鸣岐即甘凤池等，皆可考知。惟或以匡超人为汪中，则非。中生于乾隆九年，敬梓卒时，中才是十龄童子。《儒林外史》里当然不会写到他的。但康、乾时代的整个"儒林"，已毕集于此了。就是那时代的一般社会的生活，也都已很活泼的被表现出来。我们文学史上很少文人自写丑态的东西，这里却很坦白的恣意的攻击着"俗学"与"名士"，又是那么的富于风趣，要捉住一位中国的"君子"的最纯洁高尚的人生观，这里便是最好的渊泉。从这位中国最清高的"君子"眼中所见出的社会，是那样的龌龊与不平等。但也不是全然的绝望与谩骂，其中是尽有可爱可留恋处的。评者谓"无往而非《儒林外史》"，这是的确的。因为科举制度下的士人阶级的全般面目，已都被摄入这灵活的镜头上了。无疑的，这是一部漂亮的写实的小说。但也有可议之处：

（一）引用"老故事"太多，像人头会便全窃之于唐张祜的故事；而老少同年月日生者而异福，及郭孝子等事，也都是明代小说里的东西。这也许可见作者创造故事力的薄弱。

（二）结构过于松懈，几乎全书没有布局，没有中心人物，像片断的回忆，又像个人的感想录，其故事随引随放，随插入随抛开；尽管割成几段，也是无妨的。

（三）人物皆有所本，描写则带些夸张，虽是公正的讥嘲，却总不免有些道听途说的褒贬。

《儒林外史》对于后来的影响却更大。它是有了一大堆的跟踪者，且成了不很小的一群的。清末的许多谴责小说，几乎连作风、作法以至态度都是从吴敬梓那里来的。

七

把小说纯然作为骂世的工具的，在这时还有《绿野仙踪》；把小说纯然作为发挥自己的才学与理想的著作的，在这时还有《野叟曝言》。这

两部书都是旁门左道，同具着荒唐无比的故事，淫秽下流的描写；但也不无可取，有一部分的比较活泼生动的片段，是很可爱的。在那里，我们仍可看出失意的"书生"，在倾吐他们的胸臆时，是怎样的把他们的悲愤，他们的理想，他们的咒骂，他们的热情具体的写出来。而《绿野仙踪》给我们的是那么沉痛的一幅"百鬼图"，除了冷讽、热骂之外无别语。《野叟曝言》则给我们以一个穷老著书的书生，其心胸所能想象得到的经国大业的理想，美满生活的图画。假如《绿野仙踪》所给的是咒骂，则《野叟曝言》所给的便是企望。其实是从同一根源发出的。《绿野仙踪》的故事是极为荒唐的。全书凡一百回，今日要见的通行本则仅有八十回。书里主人翁是冷于冰，写他的身世，写他的求名不遂，愤而去学道；写他的得道成仙，普度众生，而要度者却只是大盗、市侩、猿、狐之流，头脑复杂，情欲未断的平常人却是度不成的。他收了一群弟子，造了一座丹鼎，令他们守护丹药的告成。他们全都坠在幻境之中，各有不同的回忆。丹成，便都成了仙。其中独有温如玉的，虽饱经世变，却顽劣如故，遂终于不能得道。书中写温如玉的地方最多，也最好；一个不通世故的纨绔子弟，被骗、被诱、被囚诈，到处都是陷阱，而他却不能自脱。虽然后来是觉悟了，但仍是不能彻底觉悟的。故只有他成不了仙。这部小说，比《儒林外史》涉及的范围更广大，描写社会的黑暗面，比《外史》也更深刻，而其技巧与笔力也更是泼辣；几乎是纵横如意，无孔不入。但因为故事的本身太荒唐了，有时也太秽亵了，故便没有《外史》那么可登"大雅之堂"，且也减低了许多的崇高的价值。

作者李百川，不知其名。书中写出山东事最为亲切，当是山东泰安左近的人。《仙踪》的抄本，有自序（刻本无之），自叙著书的经过甚详："余彼时亦欲破空捣虚，做一百鬼记。因思一鬼定须一事。若事事相连，鬼鬼相异，描神画物，较施耐庵《水浒》更费经营。"其后，他经过了许多的人世痛苦，辄思著作此书。"余书中若男若妇，已无时无刻，不目有所见，不耳有所闻于饮食魂梦间矣。"他的题材是极成熟的蓄在胸中的。到了乾隆癸酉（十八年，1753），始草创《绿野仙踪》三十回。丙子（1756）又增益二十一回。直到壬午（1762），才在豫完成了全书的一百回，整整的作了十年，写作不可谓不谨慎。作者也是"穷愁著书"的一人，思想多愤慨，以"人"为"鬼"，不歌颂常人的生活，而去歌颂大盗、猿狐。他早年生活很富裕，是世家富族，至中年而大败，以作幕为生。故于人情世故的苦味是尝够了的。书中的温如玉，难保没有作者自己的小影在其中。第二、第三回写冷于冰充严嵩的幕客事，抵得过一部《官场现形记》。而第九十一、九十二回写严嵩失败事，更远胜于《鸣凤记》的无生气的对话。而最好的地方，尤在第三十六到第六十回的写温如玉事。苗秃、萧麻、金姐，那些市井无赖和娼妓，写来比《金瓶梅》更为入骨三分。写周琏事的若干回，也不坏。第九十三回以下，写"入幻境四子走旁门"，凡浩浩荡荡的六大回，才回顾到前文。那么一兜转，笔力直有千钧之重。唯这一段，明显的窃之于《杜子春传》；又写朱文魁、文炜事也显是取材于沈璟的《博笑记》和明末平话集的欲卖弟妇而错卖己妻的故事的。这便和《外史》犯了同样的"故事创作力"的薄弱的大病了。

《野叟曝言》便没有这病。《曝言》的作者是处处要蹊径独辟的。在那一百五十二回的极冗长的故事里，几乎回回都求立异，求新奇；也许为了过于求立异之故，有的地方，实在是太不近人情，太怪诞了。把书中英雄的文素臣写得是那样的文武全才，无所不能，而又享尽了人间艳福，世上繁荣。集一般佳人才子书的大成，是落魄的文士们想象中所能描画的最快意的、最称心如意的一个局面，一个生活。凡才子心目中所求的种种式样的佳人们，这里已具备之；凡佳人心目中所求的最伟大最有福的才子，这里也已具备之。铁中玉已是才子中的铮铮者，但较之文素臣却邈乎其小！《儒林外史》写着一个儒生的理想，但比较起《曝言》来，彼是那样的穷酸气，而此却是这样的显显赫赫。彼还是不得意者的轻喟，此则是穷人在梦境中的吃语与狂欢。这梦境是如此的辉煌可爱，醒来时也还带有

余欣。全书分为"奋武揆文，天下无双正士，镕经铸史，人间第一奇书"的二十卷；也正可以此二十字浑括全书大旨。凡"叙事说理，谈经论史，教孝劝忠，运筹决策，艺之兵、诗、医、算，情之喜怒哀惧，讲道学，辟邪说，描春态，纵谐谑，无一不臻顶壁一层"（《凡例》）。但其实是，无一不乔模作态，无一不是"不近人情"的。从来不曾有过比这更迂腐，更以"肉麻当有趣"的书。其打僧骂道之言，危崖勒马之举，往往有使人浑身皮肤起细粒的。经了许多次的艰危，成就了多少样大功大业之后，主人翁的文素臣遂成了一人之下、万人之上的人物，诸妾皆独擅绝艺，或知医，或善天算，或能兵，或能诗；诸子皆夺魁元，诸女皆得贵婿；还有无数的孙男，外孙，围绕于其膝下，至不能呼其名。乃至"九万里外塑生祠，百寿堂前开总宴"。一部无聊的"狂言""谵语"，但于这里，可充分的看出士大夫阶级的可怜的面相与想象来。

作者夏敬渠，字懋修，又字二铭，江阴人，诸生。通史经，旁及诸子百家礼乐兵刑天文算数之学，靡不淹贯。生平足迹几遍天下。著有《纲目举正》《全史约编》《唐诗臆解》及诗文集等。他为乾隆时人。乾隆丙午南巡，他赴苏迎銮。拟以《纲目举正》献上。遇阻而止。今所传二铭拟献《曝言》，为其女设谋以素纸易之者，当系由此误传。但二铭生平所学，实尽萃于《曝言》，似亦有"献曝"之意。明清人的佳人才子书，已开始以所作诗词入小说，但像二铭之无所不谈者，实为小说中之创作。此后，则《镜花缘》诸作，纷纷效颦矣。

屠绅的《蟫史》是比《野叟曝言》更为荒唐古怪的，《曝言》迂腐，《蟫史》则怪诞；《曝言》尚写人间，《蟫史》则旅行鬼域。即就文辞而论，《曝言》也还近情入理，《蟫史》则一味好奇，务为怪诞不经之言以自快。我们说罗懋登的《三宝太监下西洋记》的文章古怪，《蟫史》则效之而入魔更深的。全书皆是生硬的文言，令人如读卢仝《月蚀歌》，作者过于卖弄文情，反而弄巧成拙。绅字贤书，号笏岩，江阴人，年二十，即成进士授云南知县。后为广西同知。嘉庆六年卒于北平。别有笔记《六合内外琐言》，文体也怪诞如《蟫史》。《蟫史》里的桑蠋生即为作者自况。其怪诞无所不至的故事，则大抵就亲历蛮荒所见所闻之所得，而更益以想象的结果。

八

正像《红楼梦》《儒林外史》的作者们，把三家村学究写佳人才子书的秃笔夺了下来一样，《镜花缘》和《品花宝鉴》的作者们也将夏二铭的腐语迂谈，从小说里扫荡了开去，而易以清新的隽语小言。

《镜花缘》出现于嘉庆间，《品花宝鉴》则较晚。《镜花缘》也是一部明目张胆的说谎的书，也是一部在大白天说梦话的书，但究竟和《野叟曝言》的正襟危坐，以谎为真，非要人相信他不可的态度两样。作者李松石只是在说故事，只是借故事以开玩笑，说冷话；他明明的告诉你，这是谎，这是小说。正像《西游记》之"满纸荒唐言"一样，读者为其生动活泼的想象所沉醉，反而忘其为谎。作者也未尝不夸耀其才学，特别是，将其绝学的"音韵"摆列出来。但他的充满风趣的，他的冷嘲热骂的笔锋，把它从论学的沉闷里救出。全书一百回，至少可分为三个不同的故事，至少可发生三种不同的印象。第一个故事是唐敖和他的女儿小山的海外历险记，这两次的海外遨游，是全书最足迷人的地方。虽然多半取材于《山海经》。但作者是那样的善于运用旧材料，竟使最枯燥无味的《山海经》的记载，也有了新的生气与活路。在其间，以他的诙谐，他的新颖大胆的见解，博得更大的喝彩。第二个故事是从五十五回到九十四回；这是一幅"百美图"，写诸女考生的怪现状的；也免不了有多少的讥讽，但似不能振作一种新的气氛，左右不过宴会、娱乐、打双陆、行酒令而已；也有新奇的，但还不及《红楼梦》。第三个故事是从九十五回到结果。这是金戈铁马，大锣大鼓的场面，与前面二大段决不相称。惟布置着酒、色、才、气的四阵，也殊见匠心；在一般魔阵仙阵，像《封神》《七国》之所写者，尚为别出蹊径。但把这三大段的故事冶为一书，实破坏了故事的统

一，读后常有不足之感；特别因为第一段故事过于迷人了，对于后半便不免有些失望。作者李松石，名汝珍，北京大兴人。不乐为时文，从凌廷堪学，故于音韵最有所长；后以诸生终老海州。著《李氏音鉴》，《镜花缘》似为其晚年所作。

《品花宝鉴》，陈森作。森字少逸，道光中寓居北京，出入梨园，因采诸伶和诸名士的故事，著为此书，先为三十回。己酉（1849）自广西复至平，始补成后半，凡六十回。这部书并不是全无故实的，明显的是《儒林外史》的同类。乾隆以来的"儒林"的诸相，于此可见之。但作者并没有什么理想，而所写的对象也至为狭窄，只是以男伶为中心的一部变态的恋史而已。明人写此种同性恋的小说不少，但俱丑恶不堪言状，此尚温雅含蓄。然伶人杜琴言辈的行动，已绝类女性，不是男人。清代严禁官吏挟娼，而我们的古老的家庭，又是那样的毫无情趣；一般的情无所寄的士大夫们，遂不得不横决而以男伶为追求的恋爱的对象。此风到清末而未已，是具有很严重的社会的原因的。读者常常会忘记了杜琴言辈为男人；但一觉到其乔模作态的"男妓"，则又充满了不舒服的感觉。其缠绵悱恻的温情软语，乃胥成为极不堪的滑稽的笑谈。

这一部"情史"遂成为一部进退失据的可笑的书！

中国古典小说名家名作解析

谴责小说

郑振铎

大家似乎都以异样的怀疑的眼光去看小说家。"某人是做小说的"，说这句话的人，对于这一位小说家至少总有些鄙夷他而又惊怕他的情绪。大家都以为小说家是一位侦探，似欲侦探人家的隐事而写之于纸上的；是一位轻薄的无赖，常以宣布人家闺阁中事及某某人的秘密，为唯一的任务的；是一位刻毒的下流人，常以造作有伤道德名誉的事，隐约的笔之于书的。当小说家静听人谈话时，或眼光射到某处时，大家便以为是在搜寻他的小说材料。

于是大部分的人，对于小说家都抱敬而远之的态度，都具有一种鄙夷他而又惊怕他的情绪。

为什么大家对于小说家会有这样的一种异样的态度呢，为什么他们会如此误会我们的小说家呢？

这有一个大原因在。

大家之所以看不起小说家，对小说家起这种误会，其责任的一大部分，应该由近数十年来在那里做流行一时的"谴责小说"的人担负。

原来我们中国人的作小说，一向很喜欢用真实的人物为书中的人物。所谓"演义"自然是以历史上的人物为书中的人物。其余小说，如《今古奇观》一类的东西，也有一部分是以当时盛传的实事为他们的题材的。《儒林外史》中所写的人物，差不多个个都是真的人，杜少卿、慎卿就是

作者及他的哥哥，庄征君就是程绵庄，马纯上就是冯萃中，牛布衣就是朱草衣，权勿用就是是镜，其他诸人物也都可考。《品花宝鉴》是叙毕秋帆、袁子才、蒋苕生、张船山诸人的，《花月痕》亦有人谓是叙李次青、左宗棠诸人的。因此读小说的人，养成了每欲探按书中某某人物的背后是某某人的习惯。除了几十部历史小说，如《北宋杨家将》《粉妆楼》等，以及其他性质的小说，如《包公案》《镜花缘》《西游记》之类外，差不多没有一部小说不被读者如此的猜索着的。《金瓶梅》中的西门庆，有人猜以为是严世蕃。《红楼梦》中的贾宝玉，有人猜以为是纳兰容若，有人猜以为是清世祖，又有人猜以为是某一个人。其他林黛玉、薛宝钗，以至袭人、晴雯，也以为各暗指一个人。总之，由我们的读者看来，大部分的小说都是有所为而作的，都是以笔墨报仇的，不是谴责时人，便是嘲骂时人。其中的人物，大多数都是有所指的，都是实有其人的。到了近来，"谴责小说"的作者日益多，这种小说日益风行，于是益证实我们的读者的"小说中人物都是有所指的"这个主张的正确。

　　"谴责小说"大约是始于南亭亭长的《官场现形记》一书罢。此书之出，正当我们厌倦腐败的官僚政治，嫉恶当代的贪庸官吏之时。南亭亭长的严厉的责备，与痛快的揭发他们的丑恶，叙写他们的"暮夜乞怜，白昼骄人"之状，使时人的郁闷的情绪为之一舒，如在炎暑口渴之际，饮进了一杯凉的甜水，大家都觉得痛快爽畅。于是这一部书便大为流行。《二十年目睹之怪现状》及什么《新官场现形记》《续官场现形记》之类，都陆续的出来了。《留东外史》也为此著而出现，益张"谴责小说"的旗帜。这个时候，小说真成了谴责的工具，小说家真成为人家隐事的侦探者与揭发者了。其流风至于今而未衰。什么《人间地狱》《黑暗上海》，什么《上海水浒》等等，都是以真实的人物为书中的人物，以谴责的态度，为他们的叙写的态度的。于是大家对于所谓"小说家"便有一种异感，以他们为侦探、为轻薄的无赖，为好揭发或造作人的隐私的下流人。

　　这种的"谴责小说"，可算为伟大的或上等的小说么？这种的小说家可算为伟大的或可崇敬的小说家么？以我想，决不能的。

我们要知道，小说的重要任务，本不在于揭发或暴露人间的黑幕——至于揭发某某人的隐事，更是"自郐以下"的无聊而且卑下的举动了。小说家的态度，本不当为冷笑的，谴责的，嘲骂的。小说家要叙写实事，要以真实的人物为他们的人物，本也无妨。然以冷笑的，谴责的，嘲骂的态度对于他的人物，却是决不可的。以揭发或暴露某某人的隐私为目的，却更是万万不可以有的举动。这种举动，使小说的尊严，被污辱了，使尊荣的可爱的小说家，被人看得卑贱了。什么时候这种小说可以绝迹，什么时候我们的尊荣可爱的小说家便可以被大家以亲切的面目，崇敬的态度相待了，小说的尊严，便也可以恢复了。

"那么，"有人问，"小说的重要任务，该是什么呢？小说家的态度该是怎样的呢？"

把永在的忧郁与喜悦，把永在的恋爱与同情，写在小说中，使人喜，使人悲，使人如躬历其境，又且句句话是他们自己所欲说而未说，而不能说的。人的同情心因而扩大；人的劳苦，郁闷，牺牲，自己所未能告诉的，作者已为他告诉出，叙写出了。他给读者以理想的世界，以希望的火星，他把他自己的热情，自己的心腑，都捧献出，他有时表满腔的同情于他所创造的人物，有时完全以旁观的态度对待他。但止于旁观而已，却并不再进的谴责他，冷笑他，嘲骂他。柴霍甫写他的一个可爱的人，原想把她写得坏的，结果却把她写得异常的可赞颂，异常的可爱。西万提司写吉诃德先生，粗看之，好像他是在嘲笑他，看到后来，却什么人也会为这个愚而诚的武士所感动了。狄更司的《贼史》，写犹太人法金那样的可恶可恨，他的《滑稽外史》，写英国某乡的教师那样的残忍下流，然他对他们所持的态度仍是极严肃的，不谴责，也不嘲骂。小说的任务便是如此，小说家的态度，便是如此。

没有一部伟大的上等的小说是专以揭发人的隐事，人间的黑幕为他的目的的。没有一个伟大的上流的小说家是持冷笑的、嘲骂的态度来叙写他

的人物的。

"然而，"又有人为谴责小说辩护，"他们对于社会上的恶人，不是也可以给些惩戒么？"

不能的。小说本不是惩戒恶人的工具，恶人也未必因被写入小说而知所顾忌，我们中国的人本来有喜谈人隐事的习惯，本是最没有同情心的，对一切人，对一切事，都冷笑，谴责，嘲骂。而这种谴责小说恰正是投他们之所好，恰足以助长他们这种的恶习惯与恶态度。我们欲使中国前进，欲使中国人变为有同情心而恳切，严正的，便须先扑除这一类的谴责小说。

我们的小说家，为什么不移你们的笔端，移你们的眼光，向更远大，更可写的地方望去，写去呢？永远的被人视为侦探，视为轻薄的无赖，视为刻毒的下流人，永远的不能得人亲切的同情，这是可以忍受的么？

我们要光复小说的尊严——要改正大家对于小说家的敌视态度——不可救药的职业小说家也许不足以语此。

论武侠小说

郑振铎

　　当今之事，足为"人心世道之隐忧"者至多，最使我们几位朋友谈起来便痛心的，乃是，黑幕派的小说的流行，及武侠小说的层出不穷。这两件事，向来是被视为无关紧要，不足轻重的小事，决没有劳动"忧天下"的君子们的注意的价值。但我们却承认这种现象实在不是小事件。大一点说，关系我们民族的命运；近一点说，关系无量数第二代青年们的思想的轨辙。因为这两种东西的流行，乃充分的表现出我们民族的劣根性；更充分的足以麻醉了无数的最可爱的青年们的头脑。为了挽救在堕落中的民族性计，为了"救救我们的孩子"计，都有大声疾呼的唤起大众的注意的必要。

　　关于黑幕派小说的流行，我们将别有所论。现在且专论所谓武侠小说。

　　武侠小说的流行，并不是最近的事。很远的，在我们的唐代中叶之时，便已有了这种小说的萌芽在生长着。裴铏《传奇》中的几篇著名的记载，例如《昆仑奴》《聂隐娘》等，便是这类小说的代表（后来有人集合这一类小说多篇，名之为《剑侠传》，托名段成式撰）。宋初，吴淑作《江淮异人传》，也带有很深刻的唐人的剑侠小说的影响。此后，几乎没有一代没有这一类的作品出现。最后，便是林琴南氏的《技击余闻录》。当文学革命的初期，蔡、胡、陈他们在竭力提倡着国语文学的时候，林氏

还写了一篇类乎武侠小说的文字以为口诛笔伐呢。较这些传奇更有影响的，乃是一些长篇小说，像《施公案》《彭公案》《三侠五义》（即《七侠五义》之原名）以及《七剑十三侠》《九剑十八侠》之类。他们曾在三十年前，掀动过一次轩然的大波，虽然这大波很快的便被近代的文明压平了下去——那便是义和团的事件。但直到最近，他们却仍在我们的北方几省，中原几省的民众中，兴妖作怪。红枪会等等的无数的奇怪的组织，便是他们的影响的具体的表现。

这种武侠小说的发达，当然不是没有他们的原因的。最重要的原因之一，便是一般民众，在受了极端的暴政的压迫之时，满肚子的填塞着不平与愤怒，却又因力量不足，不能反抗，于是在他们的幼稚的心理上，乃悬盼着有一类"超人"的侠客出来，来无踪，去无迹的，为他们雪不平，除强暴。这完全是一种根性鄙劣的幻想；欲以这种不可能的幻想，来宽慰了自己无希望的反抗的心理的。武侠小说之所以盛行于唐代藩镇跋扈之时，与乎西洋的武力侵入中国之时，都是原因于此。

但这一类"超人"的侠客，竟久盼而未至，徒然的见之于书册，却实在并未见之于现实的社会里。于是，民众中的强者们便天天在扼腕于自己的不能立地一变而成为一个侠客，为自己，为他人，一雪其不平；同时，黠者们便利用了这一股愤气与希望，造作了"降神""授术""祖师神祐""枪炮不入"等等的邪说以引诱着他们。于是，在不知不觉之间，便酿成了"无辜的"大祸。而这祸，却至今还在不断的蔓延着呢。不知有多少热血的青年，有为的壮士，在不知不识之中，断送于这样方式的"暴动"与"自卫"之中。呜呼，谁想得到武侠小说之为患有至于此的呢！

在"五四时代"的初期，所谓"新文化运动"初起之时，"新人们"是竭了全力来和这一类谬误的有毒的武侠思想作战的。当时，虽然收了一些效果，但可惜这些效果只在浮面上，——所谓新文化运动至今似乎还只在浮面上的——并未深入民众的核心。所以一部分的青年学子，虽然受了新的影响，大部分的民众却仍然不曾受到。他们仍然是无知而幼稚的，仍然在做着神仙剑客的迷梦等等。

到了今日，"五四时代"似乎已成了过去的史迹了；"五四"的领袖人物，最重要的几个，也似乎已经告"老"了。——功成身退了——而并不曾彻底影响到民众的文化运动，便又顿时松懈了下去。于是"国"字号的东西，又蠢然的遭逢时会，一时并起，自国学以至国医，自国术以至武侠小说。猗欤盛哉，今日之为一个复古的时代也。

武侠小说的流行于复古时代的今日，又何足为奇呢！仅在这三四年中，不知坊间究竟出版了多少部这一类的小说。自《江湖奇侠传》以来，几乎每一部都有很普遍的影响。

普遍的影响于是乎来了！

《时报》的本埠新闻上，曾屡见不一见的刊载着少男少女们弃家访道的故事。前年记着法租界某成衣铺学徒三名入山学道之事；去年三月中，则有白克路之国华学校学生叶光源等五人欲到峨嵋山学道之事。同年五月四日的报上，又载着西门唐湾小学女生周霞珠等三人，联袂出门拟赴昆仑山访道事。《时报》记者以为这些都是中了武侠小说及电影之迷。（我上文忘记了述及电影；这乃是一个新式的"文明"利器，用来传播武侠思想的力量，似较小说为尤直接，普遍，伟大！）

不必说小说及电影了；即小学教科书上，还不充满了这一类的谬误思想么？（参看《小说月报》第二十三期从予君的《武侠教科书介绍》一文，他在那篇文中，将世界书局的《新主义教科书国语读本》第二册，统计了一下，在三十八课之中，竟有七课是宣传飞剑之术的。我不知教育部何以会纵容或竟审查通过这些教科书在小学校中流传的！）

小学生的受害，老实说，还是为害之最小者；其为害于无知、幼稚、不平、热血的壮年人，那才不可限量呢！

他们使那些头脑简单的勇敢的壮年人，忘记了正当的出路，正当的奋斗，惟知沉溺于"超人"的侠士思想之中，不仅麻醉其思想，也贻害于他们的行为与命运。

他们使大多数的民众，老实说，我们大多数的民众还都是幼稚而无知的——得了新的证据，更相信剑侠的传说，更坚决的陷入无知的阱中。

他们把大多数的民众更麻醉于乌有的"超人"的境界之中，不想去从事于正当的努力，惟知依赖着不可能的超自然力。

总之，他们乃是：使强者盲动以自戕，弱者不动以待变的。他们使本来落伍退化的民族，更退化了，更无知了，更宴安于意外的收获了。他们滋养着我们自"五四时代"以来便努力在打倒的一切鄙劣的民族性！

这可怕的反动，曾有人注意到它没有呢？

武侠小说的作者们，你们在想要收入并不甚高额的酬报，而躺在烟榻上，眯着欲睡的双眼，于弥漫的烟气里，冥构着剑客们的双剑，如何的成为一道两道白光，而由口中吐出，如何的在空中互斗不解之时，也曾想到过他们出版的影响么？

武侠小说的出版家们，你们在欣喜的一批一批印出、寄出、售出这些小说时，又曾想到它们的对于我们民族的将来的危害么？

武侠电影的编者、演者们，你们又曾注意到你们的勾心斗角的机关布景与乎明白欺人的空中飞行，飞剑杀人的举动，竟会在简单洁白的外省热血的青年中发生出可怖的谬误观念出来么？

在如今"三不管"的时候——政府不管，社会不管，"良知"不管——你们是在横行无忌着，诚然的。但总有一个时候，将会把你们这一切谬误行为与思想，整个的扫荡而去靡有孑遗的。而这一个时候，我们相信并不在远。

好些朋友们都说，"五四时代"如今是过去了。但我却相信，并不完全过去。我们正需要着一次真实的彻底的启蒙运动呢！而扫荡了一切倒流的谬误的武侠思想，便是这个新的启蒙运动所要第一件努力的事。

《水浒传》的演化

郑振铎

一

《水浒传》是中国英雄传奇中最古的著作，也是它们之中最杰出的一部代表作，却又是矫矫不群，与一切的英雄传奇都没有什么联络的关系。它的来历，与一切的英雄传奇的来历是很不相同的。初期的中国英雄传奇，大都是由历史小说分化而来的。然而这个最早期的英雄传奇《水浒传》，却是与最早期历史小说并行发展起来的。它们之间并没有什么关联。《水浒传》并不是什么历史小说的片段，如《英烈传》，也不是由它们演化而来的，如《说唐传》，它一开头便是一个完整的民间的英雄传说。经过了好几个时代的演化、增加、润饰，最后乃成了中国小说中最伟大的作品之一。《水浒传》的产生，是很早的。当《三国志》与《五代史》的故事在盛传着的时候，即在南宋的时候，《水浒传》便已经产生出来了。《水浒传》叙的是，北宋末年的一伙以宋江为领袖，占据着梁山泊的劫富济贫的英雄们的故事。宋徽宗之时，奸人蔡京、高俅、童贯等当权，结党营私，压迫正士。于是许多忠义之士，不得不被"迫上梁山"。前后加入他们这一伙儿中的共有三十六个好汉。这三十六个好汉横行一时，无人可敌。于是朝廷只得招安了他们，命他们去讨方腊。宋江因收方腊有功，做到节度使。这是最早的一个《水浒传》的故事（见《宣和

遗事》元集末至亨集首）。宋江在历史上是实有其人的，他所带领的一伙好汉们，也似乎是实有其人的。最初是三十六个，后来的传说才扩充到一百单八个。《宋史》二十二，《徽宗本纪》宣和二年："淮南盗宋江等犯淮阳军，遣将讨捕，又犯京东、江北，入楚、海州界。命知州张叔夜招降之。"又同书卷三百五十一《侯蒙传》："宋江寇京东，蒙上书言，'宋江以三十六人横行齐魏，官军数万，无敢抗者。其才必过人。今清溪盗起，不若赦江，使讨方腊自赎。'"同书卷三百五十三《张叔夜传》，更有比较详细的记载："宋江起河朔，转略十郡，官军莫敢撄其锋。声言将至。叔夜使间者觇所向。贼径趋海濒，劫钜舟十余，载卤获。于是募死士，得千人，设伏近城，而出轻兵距海诱之战。先匿壮卒海旁，伺兵合，举火焚其舟。贼闻之皆无斗志。伏兵乘之，擒其副贼。江乃降。"《十朝纲要》："三年六月辛丑，辛兴宗与宋江破贼上苑洞。"杨仲良《通鉴纪事本末》："三年四月戊子，童贯与王禀等分兵四围包帮源洞，而王涣统领马公直，并裨将赵明、赵许、宋江次洞后。"又毕沅《道鉴考异》引《北盟会编》载《童贯别传》云："贯将刘延庆、宋江等讨方腊。"是则宋江之实有其人，与他的投降和讨方腊之实有其事，乃是确切无疑的史实了。这样的一件英雄故事，流传于民间，不到几时，便成了一个盛传各处的英雄传说，这个传说，又很快的便为文人学士所采取，而成为几部盛传各处的英雄传奇。宋末遗民龚圣与作《宋江等三十六人赞》自序说：

宋江事见于街谈巷语，不足采著。虽有高如李嵩辈传写，士大夫亦不见黜。余年少时壮其人，欲存之画赞。（周密《癸辛杂识续集》上）

高如李嵩辈所传写的《水浒》（按"高如"一本作"高手"。李嵩是南宋的一位大画家，他所"传写"的，必定是宋江诸人的图像或战斗的故事画），今已绝不可得见。然可知在南宋的时候，《水浒传》便已盛传于世了。《宣和遗事》原是杂采各书以成之的，也许其中所叙的"水浒故事"竟是这个传说的节本（不会是原本，说见下）。这是很有可能性的。南宋时候为什么会盛行这种"水浒故事"呢？宋江等三十六人的故事为什么会那么快的便成了一种英雄传说了呢？这个理由是很简单的。周密跋龚氏的《三十六人赞》说：

> 此皆群盗之靡耳。圣与既各为之赞，又从而序论之，何哉？太史公序游侠而进奸雄，不免后世之讥。然其首著胜、广于列传，且为项羽作本纪，其意亦深矣。识者当能辨之。

换一句话，便是龚氏之作《三十六人赞》是有深意的。他处在蒙古民族的铁蹄之下，颇希望有宋江之类的豪杰出来，以恢复故邦。南宋之盛行"水浒故事"便也是这个心理。他们为金人所侵凌，畏之如虎，便不禁的会想起了"能征惯战"的水浒英雄来。虽然只不过是想慕而已，却也聊足以快意，正如唐末之盛行着剑侠故事，刘邦之吟着："安得猛士兮守四方"，李晔之叹着："安得有英雄，迎归大内中"一样的心理。这都是时代的变化使他们不由得不有这样的心情。又，宋江诸人是离南宋时代很近的人，关于他们的遗闻轶事，一定是故老野民口中所津津乐道着的。——民间原是产生或传播许多英雄传奇的大本营。当时虽没有"行吟诗人"将他们的小传说团结为一部伟大的英雄史诗，却有一班的说书先生与好事文人，将他们编为话本或散文的英雄传奇。《水浒传》的最初雏形便是这样的形成了。

二

这种《水浒传》的最初雏形，我们既不可得，只好将《宣和遗事》所载的来研究一下。《宣和遗事》将这个"水浒故事"放在宣和四年。所叙事实极为简单，不像是民间传说或英雄传奇的本来面目。无论如何原始的或粗制的民间传奇，尽管别字连篇，不能成文，其叙写总是虎虎有生气的，尽管荒诞无稽，附会可笑，其情节总是浩浩莽莽，有长江大河的气势的。我们看敦煌所发现的几种唐人小说便可明白。所以我们猜想《宣和遗事》所录的"水浒故事"显然是这种传说或传奇的一个极简单的概略，或系说话人作为底本用的一个提纲，也说不定。这个《水浒传》的最初概略

或草案，可分为五段：

（一）杨志、李进义（即后来的卢俊义）、林冲、王雄（即后来的杨雄）、花荣、柴进、张青、徐宁、李应、穆横、关胜、孙立等十二人同为押运"花石纲"的制使。他们结义为兄弟，"誓有灾厄，各相救援。"李进义等十人运花石已到京城。只有杨志在颍州等候孙立不来。又值雪天，旅况贫困。只得将一口宝刀出卖，终日无人过问。至日晡，却有一个恶少，要买这刀，与杨志相争，被他所杀。因此杨志被刺配卫州城。正行时，遇见孙立。孙立连忙到京与李进义等商议，一同赶到黄河岸边，杀了防送军人，救了杨志。这十二人同往太行山落草为寇。这时是宣和二年。

（二）同年五月，北京留守梁师宝将上万贯金珠珍宝，差人送至京师，为蔡京上寿。中途却被晁盖、吴加亮、刘唐、秦明、阮进、阮通、阮小七、燕青等八人劫去了。官厅当下行文下郓城县跟捉。被押司宋江通信放走。这八人便也约了杨志等十二人，共有二十个，结为兄弟，同赴太行山梁山泊去落草为寇。

（三）一日，他们思念宋江相救情义，使刘唐带将金钗一对去酬谢他。宋江将这金钗给与阎婆媳收了，被她得知来历。一日，宋江父亲生病，他告假回家省亲。路遇相识杜千、张岑，又有索超及董平。江送他们四人到梁山泊去。宋江假满回县时，却见阎婆媳又与吴伟打暖。心中大忿，拔刀将二人都杀了。郓城县官司得知，差人去捕宋江。他躲在屋后九天玄女庙里，跟捉不获，只拿了他的父亲而去。这时，官兵退走，宋江只见香案上一声响亮，有天书一卷在上。书中载有三十六个姓名。晁盖在内，宋江不在内。又题着诗道："破国因山木（宋），兵刀用水工（江）。一朝充将领，海内耸威风。"他便带领了朱全、雷横、李逵、戴宗、李海等九人直奔梁山泊。这时晁盖已死，他们便推宋江为强人首领。寨内连宋江共三十三人。天书上的三十六人，现在只少了三人，即鲁智深、李横、呼延绰。宋江同这三十三人，统率强人，掠州劫县，杀人放火。攻夺淮阳、京西、河北三路二十四州，八十余县。朝廷命呼延绰为将，统率投降海贼李横等出师收捕宋江等。却因屡战屡败，朝廷督责严切，呼延绰反率李横投入梁山泊中为寇。其时僧人鲁智深也来入伙。这三人来后，恰好是三十六人足数。

（四）朝廷无奈这三十六人何，只得出榜招安。元帅张叔夜前来招诱这三十六人归顺宋朝，各授武功大夫诰敕，分注诸路巡检使去。

（五）后遣宋江取方腊有功，封节度使。

这五段的叙述，虽然简单无比，却已立下了后来诸种《水浒传》的模型。在这五段里，《宣和遗事》的作者，或这一段"水浒故事"的作者，所着力叙写的，只有三节：

（一）杨志卖刀；

（二）晁盖等伙劫生辰纲；

（三）宋江杀阎婆媳。

至于其余李进义、林冲、李逵、武松、鲁智深诸人都没有个别的描写，打州劫县，收抚投降，讨平方腊诸事也都只轻轻的带过了一笔。最与后来诸本《水浒传》不同的，是这个最初的《水浒传》雏形，是将三十六位好汉分做五批投入梁山泊的，而后来的《水浒传》却将一百单八位好汉，至少分做三五十批陆续的投入梁山泊。除了晁盖等数人是一伙儿加入梁山泊之外，还有其他一小部分好汉也是一伙儿投入的，如孙立、孙新、顾大嫂等，此外却便都是单独的，或两个三个的投入了。所以，这个雏形的《水浒传》的提纲，真不过是一个最简率的草底而已。

三

到了南宋末年，龚圣与作《三十六人赞》，便将这三十六人个别的写作赞语。或者，当时流行的《水浒传》，对于这三十六人已有了的详细的描写，也说不定。可惜龚氏的赞，只是些泛泛之语，且只在那些绰号的字面上做文章，一点也不能使我们明白这三十六位好汉的故事在当时是一个什么样子的。在龚氏的赞里，这三十六人有与《宣和遗事》中的三十六

人略略不同的，如将吴加亮改作吴用，李进义改作卢俊义，阮进改作阮小二，李海改作李俊，王雄改作杨雄；又少了公孙胜、杜千、林冲、张岑四人，换上宋江、解珍、解宝、张横四人。可见在南宋之末，《水浒传》的人名已改得与今本诸种《水浒传》完全相合了。又可见当时的三十六个人，其姓名是没有一定，随时可以改换变动几个的（即在《宣和遗事》中，也已有些不同的了，如张横、李横、张顺的纠纷）。即后来《水浒传》中最重要的人物林冲、公孙胜在这时也还可以不被列入三十六人之数内呢。元陆友仁有《题宋江三十六人画赞》诗："睦州盗起尘连北，谁挽长江洗兵革？京东宋江三十六，悬赏招之使擒贼。后来报国收战功，捷书夜奏甘泉宫。"则在元初，宋江故事中也已有了征方腊的事了。到了元曲异常发达之时，戏曲里便也有了不少的"水浒剧本"。其中以关于黑旋风李逵的为最多。高文秀的水浒剧本八种，自《黑旋风双献功》以至《黑旋风敷演刘耍和》，全是写的李逵。杨显之的一种水浒剧本《黑旋风乔断案》，写的也是李逵。康进之的水浒剧本二种，《梁山泊黑旋风负荆》及《黑旋风老收心》，写的又是这位"黑爷爷"。李致远的《都孔目风雨还牢末》与红字李二的《板踏儿黑旋风》，写的也都是李逵的事。李逵之外，写武松的有红字李二的《武松打虎》；写杨雄的，有同人的《病杨雄》；写燕青的有李文蔚的《燕青博鱼》，及《燕青射雁》；写张顺的有无名氏的《张顺水里报怨》。又无名氏的《争报恩三虎下山》，则写关胜、徐宁、花荣三人。明初的《周宪王乐府》中，又有水浒剧本二种：一写鲁智深，《豹子和尚自还俗》；一写李逵，《黑旋风仗义疏财》。在这些水浒剧本中，今存者，共有七种。五种是元曲，即《黑旋风双献功》《李逵负荆》《燕青博鱼》《还牢末》《争报恩》。其他二种是周宪王的《豹子和尚》与《仗义疏财》。这二种虽是明初之作，也许仍是以元曲为蓝本而改编的。在这现存的七种元代及明初的"水浒剧本"中，我们知道，当时戏曲中的"水浒故事"是与今本《水浒传》不甚相同的，特别是《还牢末》《争报恩》与《豹子和尚自还俗》三剧本中的故事。这或者因为当时的一种《水浒传》本与今本《水浒传》不甚相同也难说。但我们与其这样相信，毋宁相信：当时的一种《水浒传》已与今本相差不远，或者今本之中有一种竟是由元人底本演化而来的，而元人的戏曲的叙述则本与这部小说不同。盖戏曲作家的描写与叙述，原是往往与流行的书本不很相同的。如马致远不是不懂得历史的，却将《汉宫秋》有意写成那个样了，梁辰鱼也不是不明白吴越故事的，却又将《浣纱记》有意的写成那个样子。至于今日流行的戏曲，本来取材于流行的小说而又显然的与之违反者，更不知凡几。此可见戏曲家之运用材料是极自由的，决不会为流行的小说所拘束。

更有趣的是，周宪王的《豹子和尚自还俗》，其剧名上题曰"新编"，当然是他自己编的，他生在罗氏的《水浒传》已出之后，然这一个剧本所叙的事，却与《水浒传》相差得非常的远：（一）《水浒传》上的鲁智深是因犯案而削发为僧的，孑然一身，无妻无子。在这剧里，则鲁智深是自幼出家的。因幼年戒行不精，被师嗔责，还俗为民。他有母，有妻，有子。（二）《水浒传》上写梁山泊气势如何的大，水浒英雄如何的勇敢，如何的光明磊落，即在元曲中，水浒人物也是为"盗"不为贼，做杀人放火的勾当，而不做鼠窃狗偷的行为的。然而在这剧里，作者却借鲁智深的嘴里说道：

〔混江龙〕想起那昔时模样，身穿着短裙窄裤，手抧着黑油枪。风高时杀人放火，月黑时窨窟剜墙。想当日提着胆，惊着心，施勇力，常子是侧着身，蹑着足，暗潜藏。想当时睡时呵不曾安稳，觉来呵常是荒獐。每夜价披星带月，逐朝价卧雪眠霜。

〔天下乐〕你将这柳盗跖的门风自忖量，参详，是什么好勾当。（末云）你那做贼的惊心怕胆，这边赫赫，那边赫赫。跳过墙去，有人惊觉，又跳出墙来。若还不出来，就被人拿住了。（末唱）似你这做贼的有一日拿住赃，大沉枷膊项上拓，粗麻绳脊背后绑。那些个男儿当自强。

这那里是梁山泊英雄的行藏，简直是一伙小毛贼的举止！（三）水浒故

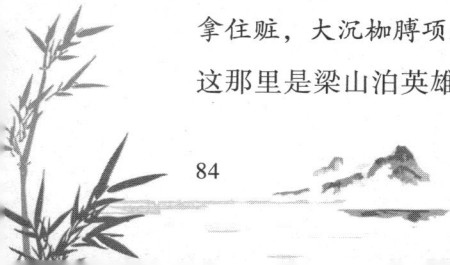

事，自龚圣与的赞上，已将吴加亮改为吴用，李进义改为卢俊义，王雄改为杨雄，然而这剧里却仍是吴加亮、李义（不作李进义）及王雄。仿佛作者连龚赞也不曾见到似的。这还不足以证明在元人戏曲中考察元人的《水浒传》的内容如何如何是不大可靠的么？

但在这些剧本中，至少有几点是可以注意的：

（一）梁山泊已由三十六位好汉，一变而增至"三十六大伙，七十二小伙"（只有《豹子和尚》等二剧仍说是三十六人）。

（二）各个英雄已有个别的描写，特别是李逵、燕青诸人。

（三）各剧里所有的情节，往往雷同。《双献功》《还牢末》《争报恩》以及《燕青博鱼》所写的四剧，其事实几乎是完全相同的。全都是正人被害，英雄报恩，而以奸夫淫妇授首为结束。此可见剧作家想象力的缺乏，更可见他们是跟了当时的民间嗜好而走去的。民间喜看李逵戏，作者便多写李逵，民间喜看杀奸报仇的戏，作者便多写《双献功》一类的戏。至于其他很可取为剧材的"水浒故事"，他们却不大肯过问了。这更可证：当时一定有一部《水浒传》，有一个完全的水浒故事，所以他们不妨零星取用，不妨各奔前程，专写小说中一部分的事以自名家。水浒剧本，其所叙的事实，与小说愈趋愈远，而这部《水浒传》却是与今本《水许传》愈走愈近。

这一部元代中叶的《水浒传》，我们也已无从得到。但据我们猜想，其大节目当仍不外于《宣和遗事》之所叙者。小节目或已添了不少。宋末元初的三十六位水浒好汉，在这时当已添到了一百单八位（这在元剧中可以看出）。这一部元代《水浒传》，我们很希望能够如元代的《三国志平话》《武王伐纣》一样的突然出现于世。这一部《水浒传》的作者或编者大约便是施耐庵氏。《百川书志》："《忠义水浒传》一百卷，钱塘施耐庵的本；罗贯中编次。"《七修类稿》三十三也说："宋江，又曰钱塘施耐庵的本。"一百回本的《水浒传》及一百二十回本的《水浒全书》也都写着："施耐庵集撰，罗贯中纂修。"在明代的诸本《水浒传》中，其作者的标题很少不是施、罗并列的。大约罗氏原本便已是这样的写着的吧。这都可见今本的《水浒传》的祖本，有某一部是施氏的"的本"的可能。

四

元末明初，乃是今本《水浒传》祖本出现的时代。这一部《水浒传》即所谓今本《水浒传》的祖本者，当亦如今本《三国志演义》一样的，虽脱胎于元人施耐庵之作，却颇有些不同。元代的《水浒传》可能像他们的《三国志平话》等作，半文半白，辞法比较生硬。这部元末明初的改作本子，也许与原本大异其面目。但他们的文笔却也许不会比近日发现的《三国志演义》原本（即弘治本）高明了多少。这部《水浒传》的作者亦即为《三国志》作者罗贯中氏。罗氏之为元末明初人，自近来发现了《龙虎风云会》一剧及弘治本《三国志演义》一书而已可确定。郎瑛《七修类稿》二十三："三国、宋江二书，乃杭人罗本贯中所编。予意旧必有本，故曰编。"《续文献通考·经籍考》亦说："《水浒传》，罗贯著。贯字贯中，杭州人，编撰小说数十种。而《水浒传》叙宋江事，奸盗脱骗机械甚详。"《也是园书目》也著录："旧本罗贯中《水浒传》二十卷。"这部二十卷本的旧本罗贯中《水浒传》，当不至于绝迹于人寰。《古今书刻》上著录："都察院：《水浒传》《三国志演义》。"这部罗氏的《三国志演义》当即为近日所发现的嘉靖本。这本《三国志演义》现已发现，则罗氏的《水浒传》也总有一日会复现于世间的吧。这一部罗贯中原本的《水浒传》，据我们所悬想，其内容当有如下面的几则的可能。

（一）其文辞一定不会高过弘治本的《三国志演义》；其叙述描写，一定是很简率的。大约后来诸种简本的《水浒传》，如《英雄谱》本《水浒传》，如文杏堂评点三十卷本的《水浒传全本》，如万历时余氏刊本《新刊京本插增王庆田虎忠义水浒传》，如一百二十四回本的《水浒传》等，其中必有一部分是罗氏的原文。长篇小说的艺术的进步，是嘉靖以后的事。在此时之前，其文笔都是比较幼稚的。世所传的许多罗氏的著作，如《三国志演义》、如《五代残唐》、如《隋唐志传》等等，都可证明罗

氏原本的《水浒传》一定不会高明了多少。据此，我们可以想见，罗氏的原本一定不会是后来诸种繁本的《水浒传》如一百回本、一百二十回以及七十回本等的原本的。

（二）罗氏的原本一定只是分作二十卷，每卷又分作若干则，每则一个标目。且这个标题一定是单句的，决不会是分作一百回或一百二十回，也决不会具有对偶的回目。小说的分回与乎回目的对偶，当起于嘉靖以后。原本《三国志》《隋唐志传》《残唐五代传》等都只是分则，不分回的。原本《水浒传》当然也不会违反此例。（五湖老人刊的三十卷本《水浒传》是分卷、分则不分回的，犹存古本之旧）

（三）罗氏的原本，其故事实与今日流行的任何的简本、繁本大致相同。我们仔细的研究了几种本子的《水浒传》，无论其为繁本、简本、一百回本、一百十五回本或一百二十回本之后，我们便显然的可以看出，原本《水浒传》的结构是一个什么样子的。除了金圣叹伪托的七十回的删本之外，其余的许多繁本、简本的《水浒传》，都只是在原本之上增加了些什么上去，但这些增加的痕迹却是异常的显明的。原本《水浒传》的结构，当系始于张天师祈禳瘟疫，然后叙王进、史进、鲁智深、林冲诸人的事，然后叙晁盖诸人智取生辰纲的事，然后叙宋江杀阎婆媳，武松打虎杀嫂，以及大闹江州，三打祝家庄的事，然后叙卢俊义的被赚上山，一百单八个好汉的齐聚于梁山泊，然后叙元宵夜闹东京，三败高太尉，以及全伙受招安的事。至此为止，原本与诸种繁本、简本的事实皆无大差别。此下，诸本或添征辽，或添征田虎、王庆，或并添征辽及征田虎、王庆，皆为原本之所无。原本当于"全伙受招安"之后，即直接征方腊的事。在征讨方腊的一役中，一百单八位好汉便陆续丧亡，十去七八。最后宋公明、卢俊义等衣锦还乡之后，却又为奸人所陷害，身丧于他们之手。这一段征方腊又是后来的一切《水浒传》的本子所同有的。我们看，这个原本的结构，原是一个很严密的盛水不漏的组织。就全部观之，确是一部很伟大的很完美的悲剧。其布局当如下图。

误走妖魔 → 史进、鲁智深等出现 → 劫生辰纲 → 杀阎婆媳 → 闹江州 → 三打祝家庄 → 打曾头市 → 梁山泊英雄排位次 → 闹东京 → 二败童贯 → 三败高太尉 → 全伙受招安 → 征方腊 → 功成遭害 → 魂聚蓼儿洼

（起点）　　　　　　　　　　（顶点）　　　　　　　　　　（终点）

因为全书的布局是这样严密，每位英雄的身世结果都已安排好了，完全不能更动，做续书的人要插增几段故事进去，便觉非常困难，如要使这种"插增"成为"无缝的天衣"，却更为难中之难。所以那几位做"插增"《水浒》的人都感到左支右绌，无往而不露出大裂缝来，正如将水滴在油中，将泥涂在石上，任这样也不能搅在一块、打成一片的。这个大裂缝，最使我们看得出的便是：当梁山泊诸英雄出师征辽、征田虎、征王庆时，一百单八个好汉，虽受过许多风波，却一个也不曾伤折。其阵亡的，受害的，全都是一百单八个好汉以外的新附的诸将官。然而到了征方腊时，阵亡的却是梁山泊的兄弟们了。这岂不是明明白白的指示给我们看：梁山泊的许多英雄，原本已安排定或在征方腊时阵亡，或功成受害，或洁身归隐的了。其结局一点也不能移动，但是攻战又不能一无伤折，所以做"插增"《水浒传》的作者们只好请出许多别的将军们来以代替他们去伤折、阵亡，而留下他们来，依照着原本的结局以结束之[1]。不然，征辽及征田虎、王庆如是原本所有的话，则罗氏尽不妨将水浒英雄在这些战役中牺牲了几个，很可以不必将许多英雄都死在征方腊一役之中。更有一点可以看出来的，便是：无论任何的后来的本子，除了七十回的金删本不算，在"全伙受招安"以前的情节，都是相同的，"在张顺夜伏金山寺"以后的情节也都是相同的，只有中间的叙述征辽及田虎、王庆的一大段却是各本不同。这又足以看出这征辽、征田虎、征王庆的三宗大事，乃无疑的是后

---

[1] 这种推测，我在《巴黎国家图书馆中之中国小说与戏曲》一文已说得颇详。

来的"插增"，而为原本之所无。像这样的一部《水浒传》原本，出现于元末明初，也恰恰的可以使我们知道所谓"钱塘施耐庵的本，罗贯中编次"的《水浒传》，或罗贯中所改编的元人的《水浒传》，乃是与《宣和遗事》所叙的结局相同的。《宣和遗事》所叙的只有征方腊一事。大约当时流传于民间的也只有征方腊一事。所以施氏、罗氏便这样的照着南宋以来的传说将《水浒传》结束于征方腊，而并不于中别添什么"周折"，别添什么征辽或征王庆、田虎的波澜的[2]。

----

[2] 按罗贯中与施耐庵的关系，别无可考。罗氏之写上施耐庵"的本"，而自居于"编次"之列，也许不过如他的《三国志通俗演义》之写上"晋平阳侯陈寿史传，明罗本贯中编次"一样而已；至多也不过如他之取材于《三国志平话》的关系而已。以罗氏为施氏的门人，乃始于胡应麟。胡氏在《少室山房笔丛》四十一说："余偶阅一小说序，称施某尝入市肆，紬阅故书，于敝楮中得宋张叔夜擒贼招语一通，备悉其一百八人所由起，因润饰成此编。其门人罗本亦效之为《三国志演义》，绝浅陋可笑。"我们知道《水浒传》是很早的便有了民间传说的，所以胡氏的"擒贼招语"之说，是不可信的。他说："《三国志演义》，绝浅陋可笑。"不知罗氏的原本《水浒传》其文字正也是那样的"绝浅陋可笑"的。他的"门人"之说，别无旁证，恐亦系"想当然"的假设。金圣叹因为要表彰他的伪古本的七十回《水浒传》，便伪作施序于前，且断自七十回之后，为罗所续，极口诋罗，更为可笑。圣叹同时人周亮工在《书影》上便已反对此说，说他"不知何据"。其实像圣叹所评的七十回的《水浒传》，决不会是元人施耐庵之作，且连罗贯中之作也不是。在下文，我们便可知，他的七十回乃是取之嘉靖本的。嘉靖本之于施本至少已是三变的了。至于施作罗续之说，更为无根可笑。罗氏是取了施本改造的，并不是续的。"梁山泊英雄排位次"即金本的"梁山泊英雄惊噩梦"，此下的事实，是很早便已有了的，并不是始自施氏，也不是始自罗氏。罗续之说是绝对的

（四）有"致语"冠于每卷（？）之首。"致语"即"致辞"或"楔子"。《宋文鉴》第一百三十二卷，载有宋祁、王珪、苏轼等教坊致语。《宋史·乐志》记教坊乐队之制，亦有乐工致辞，小儿队致辞，女弟子队致辞诸仪节。这些致语，与罗氏《水浒传》上的致语，未必是同物。但其置于最前，用以引起正文或正事的功用，却是一样的。罗氏"致语"，其内容似当与《京本通俗小说》《古今小说》中诸短篇小说正文前的"得胜头回"，或今日弹词每回之前的"开篇"相同。这些"得胜头回"或"开篇"，或与本文完全无干，不过说说闲话，背背诗词，或与本文略有关系，或先引一小段与本文相同或相反的故事，用以引起正文，相映成趣。杨定见在他的一百二十回本《水浒全书》的一条发凡上说："古本有罗氏致语。相传'灯花婆婆'等事，既不可复见。"周亮工的《书影》一，也说："故老传闻罗氏为《水浒传》一百回，各以妖异语引其首。嘉靖时郭武定重刻其书，削其致语，独存本传。"金坛王氏《小品》中亦云："此书每回前各有楔子。今俱不传。"谢无量的《平民文学两大作家》说："略记某明人笔记（忘其书名及撰人名）云，少时听人说《水浒传》滩头，每竟半日，甚为可听。后郭本《水浒》引删去前段，殊觉可惜云云。"（页四十七）杨氏与周氏都没有见过罗氏原本，所以杨氏只作为相传，周氏却以为罗氏本是一百回的，每回有一个致语。周氏此语与事实略有不符，因为罗本本是没有"回"数的，更不会是一百回。但每卷有一个致语，却是可能的。有人以为，每回"各以妖异语引其首"是不可能的。但我们要晓得弹词至今尚是每一回或每一卷有一个"开篇"的。马如飞的开篇且单行出版。《倭袍传》的许多开篇也较本文更为隽妙。为什么罗氏的书每卷（？）有"致语"便会是不可能的呢？

罗氏致语灯花婆婆一则今尚存于冯氏改本《平妖传》的卷首。张无

无根的。其实罗氏之于施本，其工作是超出于"续"以上百倍的。他是"编次"，不是"续"。金氏之说，惑世已久，故一辨之。

咎序冯本《平妖传》说："余昔日见武林旧刻本二十卷，开卷即胡员外逢画，突如其来。"可见《平妖传》上的灯花婆婆故事当是冯氏将郭氏《水浒》所删下的移过来用的。《也是园书目》著录的词话中，也有灯花婆婆的一个名目，不知是否与冯氏所引者相合。

五

到了嘉靖的时候，罗氏本的《水浒传》便有了一个绝大变动。这个时候有一部嘉靖本的《水浒传》出来，吞没了、压倒了罗本。这个嘉靖本的《水浒传》，乃是《水浒传》的最完美的一个本子，也是一切繁本《水浒传》的祖本。这个本子相传是武定侯郭勋家中所传出的。沈德符的《野获编》五说："武定侯郭勋在世宗朝号好文，多艺能计数。今新安所刻《水浒传》善本，即其家所传。前有汪太函序，托名天都外臣者。"郭勋不止刻《水浒传》，尚有《英烈传》，相传也是他所作、所刻的。长篇小说到了这个时候，正是黄金时代的开始。《金瓶梅》《西游记》《封神传》与《西洋记》，也后此不久便出现。白话的技巧已臻于纯熟超隽之境。一切的叙写描状，都深邃而婉曲，精悍而活泼，真切而完美。我们看那么行文笨拙的一部《武王伐纣》会变成了一部那末活跃的《封神传》，便知像罗贯中那样的结构比较严密，叙写比较进步的《水浒传》，一定会被改造得更为可观的了。郭本（我们姑称此本为郭本）对于罗氏原本有几点可知的改造，虽然我们并没有见到郭勋的原本：

（一）郭本第一次将单语标目的"则"，改为第几回第几回，且取消了卷数，又加上了对偶的回目。每回必有二语。《三国志演义》之改为对偶的回目，始于毛宗岗本，《隋唐志传》之改为回目，始于褚人获本，《水浒传》之改回目，在诸书中可算是独早的了。小说回目之创，当始于此时。以其创始，故对偶尚未十分工整，如第二十回："梁山泊义士尊晁盖，郓城县月夜走刘唐"，第七十二回："燕青智扑擎天柱，李逵寿张乔坐衙"，都是不大对得准的。

（二）罗本于全伙受招安后，即接入征方腊。郭本则于受招安之后，征方腊之前，"插增"一段征辽的故事进去，并将全书定为一百回。杨定见刊的一百二十回《水浒传全书》的发凡说："郭武定本即旧本移置阎婆事，甚善。其于寇中去王、田而加辽国，犹是小家照应之法。不知大手笔者，正不尔尔。"杨氏的"其于寇中去王、田而加辽国"一语，前半句是谎话，后半句却是实情。郭勋的《水浒传》，只是在罗氏原本上加添了征辽一段。至于征田虎征王庆的事，却是郭氏所不及知，而为嘉靖以后的作者所"插增"的（详见下文）。杨氏之所以要编这个谎者，或者是：为的要表彰他的"一百二十回"《水浒传》是古本，增入王庆、田虎二事也是原有的之故。换句话，他便是要保全他的征四寇的故事，不使读者生疑是后来的"插增"之故。或者他竟是完全不知有罗氏原本，而误以万历的余氏全本为罗氏原本的吧。我们在发凡同条里，见他所说的："乃后人有因四大寇之拘而酌损之者，有嫌一百二十回之繁而汰之者，皆失"诸语，便知道他所以要编造这个谎的心事了。但郭本为什么要编造征辽这一大段事，加入原本之中呢？有人说，这一段事原是旧有的，今本《水浒传》原是由几个流传于各地方的《水浒传》记并合而为一的。但这句话太没有事实上的根据了，颇不可信。水浒故事，就其发展的历程看来，处处都可见其为由一个核心而放大了的，不是由几个中心扭合在一处而成了的（下文可见）。郭本产生在嘉靖的时候。我们如果看那时的时事，便可知郭勋（？）之编造征辽的故事，其原意与陈忱之作《后水浒传》，金人瑞之表彰七十回《水浒传》，俞万春之写《荡寇志》，并没有什么两样，都是"时代"的变化，使他们产生了这些故事的。嘉靖时代凡四十五年，我们只要看前三十几年的大事，便可知当时的时势是并不怎么乐观的：

三年正月，朵颜入寇。

六年二月，小王子寇宣府。

七年十月，土鲁藩入寇。

十二年十二月，吉囊入辽。

十四年三月，辽东军乱。

十六年六月，吉囊入寇。

二十一年六月，俺答入寇山西。

二十二年八月，俺答犯延绥。十月，朵颜入寇。

二十五年九月，俺答侵宁夏。

二十七年八月，俺答犯太同。

二十八年二月，俺答入寇。七月，倭寇侵浙东。九月，朵颜犯辽东。

二十九年八月，俺答逼京师。

三十年十一月，俺答犯大同。

三十一年四月，倭寇侵浙江。

三十二年七月，俺答大举入寇。

三十四年七月，倭寇犯南京。

在这三十九年中前半是蒙古人的犯边，后半是倭寇的侵入东南诸省。当时吏治的腐败，军兵的无用，在在都足以使人愤慨。郭本作于此时，自然会有心想到要草莽英雄来打平强邻的了。但郭勋死于嘉靖二十八年。此本则似作于三十年以后。盖所谓传自"武定侯府"诸语，本不是指此本为郭勋所自作的。也许是作书者借郭勋或郭府以自重而已。

加上了征辽的故事之后，《水浒传》之结构便成了下图的样子：

误走妖魔 → 史进、鲁智深等出现 → 劫生辰纲 → 杀阎婆媳 → 闹江州 → 三打祝家庄 → 打曾头市 → 梁山泊英雄排位次 → 闹东京 → 二败童贯 → 三败高太尉 → 全伙受招安 → 征辽 → 征方腊 → 功成遭害 → 魂聚蓼儿洼

（起点）　　　　　　　　　　　　　　（顶点）　　　　　　　　　　　　　　（终点）

（三）郭本最大的好处，并不在改换回目，"插增"征辽诸点，而实在于他将罗本的《水浒传》又改造得进步了不少。在今本的许多《水浒

传》中，郭本乃是一个最完美的定本。无论杨定见也好，李卓吾也好，金圣叹也好，都不能在他的一百回之中再有些什么润饰、加工。至多只不过改换几个字眼儿而已。金氏七十回本，当然是截取了他的前七十一回的（金氏将郭本第一回改作楔子，不计回数，故只有七十回）。即杨氏刊的一百二十回本，也只是插增他所改写的征田虎、征王庆的二十回而已，其余一百回，仍是郭氏的原文。我们拿它与一百回本对读一下，便可以说，原来的那一百回，是一点也没有变动。至于所称为李卓吾批评的一百回本《水浒传》，则更是全本郭氏，无所改动的了。巴黎国家图书馆所藏的一部钟伯敬先生批评《忠义水浒传》也是一百回，与李氏的百回本完全无异。这都可证明郭本至今仍是完完整整的在于人间，虽然我们没有见到他的原刻本。这一百回的郭本《水浒传》，与罗氏的原本是大差其面目的。他将罗氏本的文句完全加以改造，润饰。浅的改之为深；陋的改之为雅；拙的改之为精妙；粗笨的改之为隽美；直率的改之为婉曲。特别是在遣辞用句上，几乎和罗本完全改观。我们如果取任何一部简本来，与郭本一对读，便可知郭本的艺术是如何的进步。他直将一部不大有情致的《水浒传》改成一部生龙活虎似的大名作了。这位改作者的功绩，实较冯梦龙之改《平妖》，改《列国》，褚人获之改《隋唐》为更伟大。假如《水浒传》没有这位大作家的改作，则其运命其声价也不过止于《三国志演义》而已，决不会够得上第一流的伟大作品之列的。胡应麟说："《水浒》，余尝以拟《琵琶》，谓皆不事文饰而曲尽人情耳。述情叙事，针工密致，亦滑稽之雄也。"又说："世但知其形容曲尽而已，至其排比一百八人分量重轻，纤毫不爽，而中间抑扬映带，回护咏叹之工，真有超出语言之外者。"（《少室山房笔丛》四十一）这些赞语当系指着郭本而说的。他接着又慨叹于简本的不佳："余二十年前所见《水浒传》本，尚极足寻味。十数载来，为闽中坊贾刊落，止录事实。中间游词余韵，神情寄寓处，一概删之，遂几不堪覆瓿。"他所称的简本，当然指的是罗氏原本或坊间翻刊本。所谓"简本"，当然不是坊贾刊落，而是原本如此。然据此，可见

文人学士们对于郭本是如何的倾倒了。现在将郭本的几段与简本的几段，比较如下：

简本：

郑屠正在门前卖肉。鲁达走到门前，叫一声郑屠。郑屠慌忙出柜唱喏。便教请坐。鲁达曰："奉着经略相公钧旨，要十斤精肉，切做臊子。"郑屠叫使头快选好的切十斤去。鲁达曰："要你自家切。"郑屠曰："小人便自切。"遂选了十斤精肉，细细的切做臊子。那小二正来郑屠家报知金老之事，却见鲁达坐在肉案门边，不敢进前，远远立在屋檐下。郑屠切了肉，用荷叶包了。鲁达曰："再要十斤都是肥肉，也要切做臊子。"郑屠曰："小人便切。"又选十斤肥的，也切做臊子。亦把荷叶包了。鲁达曰："再要十斤寸金软骨，也要细细剁作臊子。"郑屠笑曰："却是来消遣我。"鲁达听罢，跳将起来，睁眼看着郑屠曰："洒家特地要消遣你！"把两包肉臊子，劈面打去。郑屠大怒，从肉案上，抢了一把尖刀，跳将出来，就要揪鲁达，被鲁达就势按住了刀，望小腹上只一脚，踢倒了。便踏住胸前，提起拳头看看郑屠曰："洒家始从老种经略相公，做到关西五路廉访使，也不枉了叫做镇关西。你是个卖肉的屠户，狗一般的人，也叫做镇关西！你因何强骗了金翠莲？"只一拳，正打中鼻子上，打得鲜血迸流，鼻子歪在一边。郑屠挣不起来，口里只叫："打得好！"鲁达曰："你还敢应口！"望眼睛眉梢上又打一拳，打得眼珠突出。两傍看的人，惧怕不敢向前，又打一拳，太阳上正着。只见郑屠挺在地上，渐渐没气。鲁达寻思曰："俺只要通打这厮一顿，不想三拳真个打死了。"脱身便走，假意回头指着郑屠曰："你诈死，洒家慢慢和你理会。"大踏步去了。街坊邻舍，知他利害，谁敢拦他。（一百十五回本第三回）

郭本：

且说郑屠开着两间门面，两副肉案，悬挂着三五片猪肉。郑屠正在门前柜身内坐定，看那十来个刀手卖肉。鲁达走到门前，叫声："郑屠！"郑屠看时，见是鲁提辖，慌忙出柜身来唱喏道："提辖恕罪。"便叫副手掇条凳子来，"提辖请坐。"鲁达坐下道："奉着经略相公钧旨：要十斤精肉，切做臊子，不要见半点肥的在上头。"郑屠道："使头，你们快选好的切十斤去。"鲁提辖道："不要那等腌臜厮们动手，你自与我切。"郑屠道："说得是，小人自切便了。"自去肉案上，拣了十斤精肉，细细切做臊子。那店小二把手帕包了头，正来郑屠家报说金老之事，却见鲁提辖坐在肉案门边，不敢拢来，只得远远的立住在房檐下望。这郑屠整整的自切了半个时辰，用荷叶包了道："提辖，教人送去？"鲁达道："送甚么，且住，再要十斤，都是肥的，不要见些精的在上面。也要切做臊子。"郑屠道："却才精的，怕府里要裹馄饨，肥的臊子何用？"鲁达睁着眼道："相公钧旨分付洒家，谁敢问他？"郑屠道："是合用的东西，小人切便了。"又选了十斤实膘的肥肉，也细细的切做臊子，把荷叶来包了。整弄了一早晨，却得饭罢时候。那店小二那里敢过来。连那正要买肉的主顾，也不敢拢来。郑屠道："着人与提辖拿了，送将府里去？"鲁达道："再要十斤寸金软骨，也要细细地剁做臊子，不要见些肉在上面。"郑屠笑道："却不是特地要来消遣我？"鲁达听罢，跳将起来，拿着那两包臊子在手，睁着眼看着郑屠道："洒家特地要消遣你！"把两包臊子，劈面打将去，却似一阵的肉雨。郑屠大怒，两条忿气，从脚底下直冲到顶门，心头那一把无明业火焰腾腾的按捺不住，从肉案上，抢了一把剔骨尖刀，托地跳将下来。鲁提辖早拔步在当街上。众邻舍并十来个火家，那个敢向前劝。两边过路的人都立住了脚，和那店小二也惊得呆了。郑屠右手拿刀，左手便来要揪鲁达。被这鲁提辖就势按住左手，赶将入去，望小腹上只一脚，腾地踢倒在当街上。鲁达再入一步，踏住胸脯，提起那醋钵儿大小拳头，看看这郑屠道："洒家始投老种经略相公，做到关西五路廉访使，也不枉了叫做镇关西，你是个卖肉的操刀屠户，狗一般的人，也叫做镇关西！你如何强骗了金翠莲？"扑的只一拳，正打在鼻子上。打得鲜血迸流，

鼻子歪在半边，却便似开了个油酱铺：咸的，酸的，辣的，一发都滚出来。郑屠挣不起来，那把尖刀也丢在一边，口里只叫："打得好！"鲁达骂道："直娘贼！还敢应口！"提起拳头来，就眼眶际眉梢只一拳，打得眼棱缝裂，乌珠迸出，也似开了个彩帛铺：红的，黑的，紫的，都绽将出来；两边看的人惧怕鲁提辖，谁敢向前来劝。郑屠当不过，讨饶。鲁达喝道："咄！你是个破落户！若是和俺硬到底，洒家便饶了你，你如今对俺讨饶，洒家偏不饶你！"又只一拳，太阳上正着。却似做了一个全堂水陆的道场：磬儿，钹儿，铙儿，铙儿，一齐响。鲁达看时，只见郑屠挺在地上，口里只有出的气，没有入的气，动弹不得。鲁提辖假意道："你这厮诈死，洒家再打！"只见面皮渐渐的变了。鲁达寻思道："俺只指望痛打这厮一顿，不想三拳真个打死了他。洒家须吃官司，又没人送饭，不如及早撒开。"拔步便走。回头指着郑屠尸道："你诈死，洒家和你慢慢理会！"一头骂，一头大踏步去了。街坊邻舍并郑屠的火家，谁敢向前来拦他。鲁提辖回到下处，急急卷了些衣服盘缠，细软银两，但是旧衣粗重，都弃了，提了一条齐眉短棒，奔出南门，一道烟走了。（一百回本第三回）

简本：

却说武松行了几日，来到阳谷县，见一个酒店。下写着"三碗不过冈"。武松入店坐下，叫主人快把酒来吃，只见店主把三碗酒并熟肉一斤放在武松面前，连筛三碗酒。武松都吃了。又叫曰："主人怎的不来筛？"酒家曰："客官，招牌上写道三碗不过冈。"武松曰："这是怎么说？"酒家曰："这酒但凡客人吃了三碗，便醉了，过不得山冈。"武松笑曰："我吃了三碗，如何不醉？"酒家曰："我这酒叫做出门倒。初入口时香美，少刻时便醉。"武松曰："休胡说，你再筛三碗来我吃。"酒家见武松全然不动，又筛三碗。武松曰："虽然好酒，吃得口滑。"还了酒钱，绰起哨棒，出门便走。酒家赶来，叫曰："客官且停住，前面景阳冈上有只吊睛白虎，天晚出来伤人，官司榜文晓谕。往来结伙成队，于巳、午、未三个时过冈。其余时辰，不许过冈。你莫送了性命。不如在我店里歇罢。"武松笑曰："景阳冈上，我走过二三十遭，何曾见说有大虫。你留我店里歇，半夜要谋我的财么？"店主曰："我是一片好心反成恶意。你不信我说，随你出去。"这武松大步走上景阳冈。见一大树，去一片板上写着："此冈上大虫伤人，但有过往客商，于巳、午、未三个时辰结伙过冈，请勿自误。"武松看了，笑曰："这店家惊吓客人的话，留在他店中歇宿。"挺着哨棒，便上冈子来。见所山神庙，门上贴着榜文。武松读下，方知端的有虎。欲待回店，又怕店主耻笑。且奔上冈子去。见一块青石，把哨棒立在一边，翻身欲睡。只见一阵狂风过后，树后大吼一声，跳出一只吊睛白额虎来。武松见了，从青石上翻身下来，拿起哨棒。那大虫把两只爪罗按一按，望着武松，从半空扑将下来。武松见大虫扑来，却闪在大虫背后。但是大虫拿人，只是一扑一掀一翦。三般捉不着，将气性先自没了一半。那大虫再吼一声，兜将回来。武松双手举起哨棒，打将下去，手脚慌了，却打在枯树上，把哨棒折做两断。那大虫咆哮，翻身又扑将来。武松跳在一边，两手就势把大虫两耳揪住，把右脚望大虫眼睛乱踢。那大虫咆哮起来，扒起两脚，爬泥做一土坑。武松把大虫尽力按下坑去，提起拳头，打得大虫口鼻迸出鲜血，打死在地。有篇古风，单道景阳冈武松打虎。诗曰："景阳山头风正狂，万里阴云霾日光。焰焰满山枫叶赤，纷纷遍地草芽黄。触目晚霞挂林薮，侵人冷露满穹苍。忽闻一声霹雳响，山隈飞出兽中王。昂头踊跃逞牙爪，谷口麋鹿皆奔忙。卞庄见后魂魄散，存孝遇时心胆强。清河壮士酒未醒，忽在冈头偶相遇。上下寻人虎饥饿，撞者咆哮来扑人。虎来扑人似山倒，人去迎虎如岩倾。臂腕落时似飞炮，爪牙爬处成泥坑。拳头脚尖如雨点，淋漓两手鲜血染。近看千钧势未强，远观八面威风敛。身横野草铺班锁，紧闭双睛光不闪。"那景阳冈下猛虎，却被武松打得动弹不得，武松放了手。只怕大虫不死，又打了一回。大虫死了。武松曰："且拖这大虫下冈去。"伸手来拖，那里拖得动。武松力倦，再来石上坐。寻思曰："天色黑了，

倘或又跳出一个大虫来，怎斗得他过！"且下冈来。只见树林中钻出两个大虫来。武松曰："我命合休。"再细看时，却是两个人，把虎皮缝作衣裳，穿在身上。那两人见了武松，惊曰："这人好大胆，如何独自半夜，又没器械，敢过冈来。"武松曰："你两个是谁？"其人曰："我等是本处猎户。因这景阳冈上有只大虫，夜夜出来伤人。本县知县，着落我等捕捉。正在这里埋伏。你曾见大虫么？"武松曰："我是清河县人氏，姓武名松，恰才冈上撞见大虫，被我一顿拳脚打死了。"两人不信。武松曰："你们不信，只看身上血迹。"猎户问："被你怎的打死了？"武松将大虫事说了一遍。两个猎户，点起火把，聚集多人，跟武松上冈来。看见大虫死做一堆。众人把大虫抬下冈来，却请武松到里正家。（一百十五回本第二十二回）

郭本：

武松在路上行了几日，来到阳谷县地面。此去离县治还远，当日晌午时分，走得肚中饥渴，望见前面有一个酒店，挑着一面招旗在门前，上头写着五个字道："三碗不过冈"。武松入到里面坐下，把哨棒倚了，叫道："主人家快把酒来吃。"只见店主人把三只碗，一双箸，一碟熟菜，放在武松面前，满满筛一碗酒来，武松拿起碗，一饮而尽，叫道："这酒好生有气力！主人家，有饱肚的，买些吃酒。"酒家道："只有熟牛肉。"武松道："好的切三二斤来吃酒。"店家去里面切出二斤熟牛肉做一大盘子，将来放在武松面前，随即再筛一碗酒，武松吃了道："好酒！"又筛下一碗。恰好吃了三碗酒，再也不来筛。武松敲着桌子叫道："主人家怎的不来筛酒？"酒家道："客官要肉便添来。"武松道："我也要酒，也再切些肉来。"酒家道："肉便切来添与客官吃，酒却不添了。"武松道："却又作怪！"便对主人家道："你如何不肯卖酒与我吃？"酒家道："客官你须见我门前招旗上面明明写道：'三碗不过冈'。"武松道："怎地唤做'三碗不过冈'？"酒家道："俺家的酒虽是村酒，却比老酒的滋味，但凡客人来我店中吃了三碗的便醉了，过不得前面的山冈去，因此唤做'三碗不过冈'。若是过往客人到此，只吃三碗，更不再问。"武松笑道："原来恁地。我却吃了三碗，如何不醉？"酒家道："我这酒，叫做'透瓶香'，又唤做'出门倒'，初入口时醇酽好吃，少刻时便倒。"武松道："休要胡说！没地不还你钱，再筛三碗来我吃！"酒家见武松全然不动，又筛三碗。武松吃道："端的好酒；主人家，我吃一碗还你一碗钱，只顾筛来。"酒家道："客官休只管要饮，这酒端的要醉倒人，没药医！"武松道："休得胡鸟说！便是你使蒙汗药在里面我也有鼻子。"酒店家被他发话不过，一连又筛了三碗。武松道："肉便再把二斤来吃。"酒家又切了二斤熟牛肉，再筛了三碗酒。武松吃得口滑，只顾要吃，去身边取出些碎银子，叫道："主人家，你且来看我银子，还你酒肉钱彀么？"酒家看了道："有余！还有些贴钱与你。"武松道："不要你贴钱，只将酒来筛。"酒家道："客官，你要吃酒时，还有五六碗酒哩，只怕你吃不得了。"武松道："就有五六碗多时，你尽数筛将来。"酒家道："你这条长汉，倘或醉倒了时，怎扶得你住？"武松答道："要你扶的，不算好汉！"酒家那里肯将酒来筛。武松焦躁道："我又不白吃你的；休要引老爹性发，通教你屋里粉碎，把你这鸟店子倒翻转来。"酒家道："这厮醉了，休惹他。"再筛了六碗酒，与武松吃了。前后共吃了十八碗，绰了哨棒，立起身来道："我却又不曾醉。"走出门前来笑道："却不说'三碗不过冈'！"手提哨棒便走。酒家赶出来叫道："客官那里去？"武松立住了问道："叫我做甚么？我又不少你酒钱，唤我怎地？"酒家叫道："我是好意，你且回来我家，看官司榜文。"武松道："甚么榜文？"酒家道："如今前面景阳冈上有只吊睛白额大虫。晚了出来伤人，坏了二三十条大汉性命。官司如今杖限猎户擒捉发落。冈子路口，都有榜文，可教往来客人结伙成队，于巳、午、未三个时辰过冈，其余寅、卯、申、酉、戌、亥六个时辰不许过冈，更兼单身客人务要等伴结伙而过。这早晚正是未末申初时分，我见你走都不问人，枉送自家性命。不如就我此间歇了，等明日慢慢凑得三二十人，一齐好过冈子。"武松听了，笑道："我是清河县人氏，这条景阳冈上，少也走过了一二十遭，几时见说有大虫？你休说这般鸟话来吓我。便有大虫，我也不怕！"酒家道："我是好意救你，你不信时，进来看官司榜文。"武松道："你鸟做声！便真个有虎，老爷也不怕。你留我在家里歇，莫不半夜三更，要谋我财，害我性命，却把鸟大虫唬我？"酒家道："你看么，我是一片好心，反做恶意，倒落得你怎地，你不信我时，请尊便自行。"一面说，一面摇着头自进店里去了。

这武松提了哨棒大着步，自过景阳冈来。约行了四五里路，来到冈子下见一大树，刮去了皮，一片白，上写两行字。武松也颇识几字，抬头看时，上面写道："近因景阳冈大虫伤人，但有过往客商可于巳、午、未三个时辰，结伙成队过冈。请勿自误。"武松看了，笑道："这是酒家诡诈，惊吓那等客人，便去那厮家里宿歇。我却怕甚么鸟！"横拖着哨棒便上冈子来。那时已有申牌时分，这轮红日，厌厌地相傍下山。武松乘着酒兴，只管走上冈子来。走不到半里多路，见一个败落的山神庙，行到庙前，见这庙门上贴着一张印信榜文。武松住了脚读时，上面写道："阳谷县示：为景阳冈上，新有一只大虫，近来伤害人命，见今杖限各乡里正并猎户人等行捕未获。如有过往客商人等，可于巳、午、未三个时辰结伴过冈，其余时分及单身客人，不许过冈，恐被伤害性命。各宜知悉。政和年月日。"武松读了印信榜文，方知端的有虎，欲待转身再回酒店里来。寻思道："我回去时，须吃他耻笑，不是好汉，难以转去。"存想了一回，说道："怕甚么鸟，且只顾上去看怎地！"武松正走，看看酒涌上来。便把毡笠儿掀在脊梁上，将哨棒绾在肋下，一步步上那冈子来。回头看这日色时，渐渐地坠下去了。此时正是十月间天气，日短夜长，容易得晚。武松自言自说道："那得甚么大虫？人自怕了不敢上山。"武松走了一直，酒力发作，焦热起来。一只手提着哨棒，一只手把胸膛前袒开，踉踉跄跄，直奔过乱树林来。见一块光挞挞大青石，把那哨棒倚在一边。……大虫见掀他不着，吼一声，却似半天里起个霹雳，震得那山冈也动，把这铁棒也似虎尾，倒竖起来只一翦。武松却又闪在一边。原来那大虫拿人，只是一扑、二掀、三翦，三般捉不着时，气性先自没了一半。那大虫又翦不着，再吼一声，一兜兜将回来。武松见那大虫复翻身回来，双手抡起哨棒，尽平生气力只一棒，从半空劈将下来，只听得一声响，簌簌地将那树连枝带叶劈脸打将下来。定睛看时，一棒劈不着大虫，原来打急了，正打在枯树上，把那条哨棒折做两截，只拿得一半在手里。那大虫咆哮，性发起来，翻身又只一扑，扑将来。武松又只一跳，却退了十步远，那大虫恰好把两只前爪搭在武松前面。武松将半截棒丢在一边，两只手就势把大虫顶花皮胳搭地揪住，一按按将下来。那只大虫急要挣扎，被武松尽力捺定，那里肯放半点儿松宽。武松把只脚望大虫面门上，眼睛里，只顾乱踢。那大虫咆哮起来，把身底下爬起两堆黄泥，做了一个土坑。武松把那大虫嘴直按下黄泥坑里去，那大虫吃武松奈何得没了些气力。武松把左手紧紧地捺住顶花皮，偷出右手来，提起铁锤般大小拳头尽平生之力只顾打。打到五七十拳，那大虫眼里、口里、鼻子里，耳朵里都迸出鲜血来，更动弹不得，只剩口里兀自气喘。武松放了手，来松树边寻那打折的哨棒，拿在手里，只怕大虫不死，把棒橛又打了一回。眼见气都没了，方才丢了棒，寻思道："我就地拖得这死大虫下冈子去！"就血泊里双手来提时，那里提得动。原来尽了气力，手足都苏软了。武松再来青石上坐了半歇，寻思道："天色看看黑了，倘或又跳出一只大虫来时，却怎地斗得他过？且挣扎下冈子去，明早却来理会。"就石头边寻了毡笠儿，转过乱树林，一步步捱下冈子来。走不到半里多路，只见枯草中，又钻出两只大虫来。武松道："阿呀！我今番罢了！"只见那两只大虫，在黑影里直立起来。武松定睛看时，却是两个人，把虎皮缝做衣裳，紧紧绷在身上，手里各拿着一条五股叉。见了武松，吃了惊道："你——你——你——吃了惊津心，豹子肝，狮子腿，胆倒包着身躯，如何敢独

自一个，昏黑将夜，又没器械，走过冈子来！你——你——你——是人？是鬼？"武松道："你两个是甚么人？"那两人道："我们是本处猎户。"武松道："你们上岭来做甚么？"两个猎户失惊道："你兀自不知哩，如今景阳冈上，有一只极大的大虫，夜夜出来伤人。只我们猎户，也折了七八个。过往客人，不记其数，都被这畜生吃了。本县知县，着落当乡里正和我们猎户人等捕捉。那业畜势大难近，谁敢向前，我们为他正不知吃了多少限棒，只捉他不得。今夜又该我们两个捕猎，和十数个乡夫在此，上上下下，放了窝弓药箭等他。正在这里埋伏，却见你大剌剌地从冈子上走将下来，我两个吃了一惊。你却正是甚人！曾见大虫么？"武松道："我是清河县人氏，姓武，排行第二。却才冈子上乱树林边，正撞见那大虫，被我一顿拳脚打死了。"两个猎户听得痴呆了，说道："怕没这话！"武松道："你不信时，只看我身上兀自有血迹。"两个道："怎地打来？"武松把那打大虫的本事，再说了一遍。两个猎户听了，又喜又惊，叫拢那十个乡夫来。只见这十个乡夫，都拿着钢叉、踏弩、刀、枪，随即拢来。武松问道："他们众人如何不随你两个上山？"猎户道："便是那畜生利害，他们如何敢上来？"一伙十数个人都在面前。两个猎户，叫武松把打大虫的事说向众人。众人都不肯信。武松道："你众人不信时，我和你去看便了。"众人身边都有火刀、火石，随即发出火来，点起五七个火把。众人都跟着武松一同再上冈子来，看见那大虫做一堆儿死在那里。众见了大喜，先叫一个去报知本县里正并该管上户。这里五七个乡夫，自把大虫缚了，抬下冈子来。到得岭下，早有七八十家，都哄将来，先把死大虫抬在前面，将一乘兜轿，抬了武松，径投本处一个上户家来。（郭本第二十三回）

就这所引的两段看来，我们已可充分的知道，郭本之改进旧本，其隽妙正复在："游词余韵，神情寄寓处。"这是黄金时代以前的长篇小说所决不能臻及之境。只有在这个嘉靖时代，《水浒传》才能达到这个顶点。

《水浒传》的伟大，只是郭本的伟大；《水浒传》之光荣，也只是郭本的光荣。罗氏原本，仅不过是一部像《三国志演义》似的英雄传奇而已。使之精神焕发，逸趣横生，完全改了旧观的，却是郭本。所以郭本的出现，是《水浒传》演化过程上最重要的一件事。有郭本，《水浒传》才会奴视《三国》，高出《隋唐》；无郭本，则《水浒传》不过终于《三国》《隋唐》之境地而已。郭本的作者，其重要不下于《封神传》的作者许仲琳，《西游记》的作者吴承恩。而"画鬼容易画人难"，郭本的作者，其技术正当高出于许、吴百倍呢。

（四）但郭氏对于罗氏原本颇有删节的地方。其最为人所惋惜的，便是罗氏的"致语"。这些致语，有灯花婆婆等故事。灯花婆婆今尚见存于冯氏改本的《平妖传》第一回（详见上文）。其他致语，则不可问了。

自金圣叹的七十回本《水浒传》出现之后，郭本七十一回之后的本文，便几为世人所忘。三百年来，世人仅得读圣叹所删的前部七十一回。其后半的二十九回，不必说读者不多，即知之者亦少。圣叹更以倒黑为白，指鹿为马的横暴无比的批评手段，硬派这二十九回的文字是"续本"，是"恶札"。但这二十九回的《水浒》果真是"恶札"么？元夜闹东京的（七十二回）一段又何尝不及闹江州？"分金大买市"（八十二回）与"滴泪斩小卒"（八十三回）二回，其意境更是前半部所全未写及的。最后的一回，"神聚（一作显）蓼儿洼"更极凄凉悲壮之至，令人不忍卒读。有了这一回，全书便更显得伟大了。全书本是一部英雄传奇，有了这一回，却无意中成就为一部大悲剧了。

郭本的著者（我们应该说他是著者）是谁呢？是郭勋他自己呢，还是别的人？《野获编》仅说："今新安所刻《水浒传》善本，即其家所传。"并不说是他所著的。郭勋死于嘉靖二十八年，此书则似当作于嘉靖三十年后，很难说是他著的。《野获编》又说："前有汪太函序，托名天都外臣者。"按汪太函即汪道昆，字伯玉，徽州人，嘉靖二十六年

进士，曾著《大雅堂杂剧》四种（即《洛神记》《五湖记》等），或这部郭本即出之于他的手笔。然《洛神记》诸作中的白话，与《水浒传》的白话却全不相类，决非出之于一人的笔下。可惜我们不能得到郭氏原本，或见到"天都外臣"的原序，使我们对于这部伟大的名著的作者得以有一个确切的证实。而郭氏所作的《英烈传》，我们现在也不能得到。不然，倒也可以有一个旁证（万历刻本《英烈传》题着徐渭作）。像这样伟大的一部名著，我们却不能确切的知道其作者，真是小说史上一件很可遗憾的事。

六

但郭本虽是一部伟大的改作，为文人学士们所倾倒赞赏，一般的民众却并不很能欣赏其好处。罗氏原本的《水浒传》并未因之而遇到了没落的运命。正如《南宋志传》出，而《飞龙传》也不能消灭，《隋唐演义》出，而《说唐传》也仍在流行着一样。有好些坊贾仍在翻印或增改罗氏的原本出售。民众的欣赏力原是这样的，他们只知道"欣赏奇奇怪怪，惊心动魄的故事"，却无暇去注意去留恋什么"游词余韵，神情寄寓处"。这许多坊刻本，并不敢将原本文句多所更动。但也有些"斗方名士""失志文人"，却每每要自逞聪明，或作"插增"的工作，或采取"郭本"的征辽故事，以增补改进"原本"，于是这些"简本"便有了好几种不同的式样。因了这些不同的式样，我们倒可以看出原本的一部分的真相来。胡应麟以为"简本"《水浒传》系为："闽中坊贾刊落，止录事实。中间游词余韵，神情寄寓处一概删之。"周亮工《书影》也以为："建阳书坊中的刻诸书，节缩纸板，求其易售，诸书多被刊落。此书亦建阳书坊翻刻时刊落者。"（按周氏所指书坊所刊落的系"此书每回前"的楔子。）但事实上并不如此。书坊贾人，对于些少的删节是敢于从事的。至于如上文所举的二段，鲁达打死镇关西与武松打虎，一百十五回的坊本，竟与郭本相差两三倍之多，却决不是他们所能所敢动手删改的。且在文字上看来，我们也决不信一百十五回的文字是会由郭本删成的。鲁迅先生说："若百十五回简本，则成就当先于繁本，以其用字造句与繁本每有差违，倘有删存，无烦改作也。"（《中国小说史略》页一四八）这句话很对。我们仔细看上文所引的几段，便可知简本决不是繁本删节了的。坊贾们的能事，往往不在于"删"而在于"增"。一部可以销行的书，他们往往是要一续再续三续……《济公传》与《彭公案》之三十余续而尚未已，便是一例。建阳坊本，本不删削原文，如他们所出版的《三国志演义》等都与原本无二，当然不会独对《水浒》加以刊削的了。这些简本，所增的便是田虎、王庆二大段。这二大段的文字不仅与全书不称，且与征辽一段也不称。鄙俚无文，荒唐不经，正是民间"斗方名士"笔下出品的本色。但这些简本，有时却也受了郭本的影响而将他们的散漫的标目改为对偶的回目（当然是用郭本的），将"卷"与"则"改为第几回。甚且也有采取了郭本的一部分文字而加入简本之中的。因为这种简本改编的人不一，所以回数往往参差。这些简本，今所知者约有下列的几种：

（一）《新刊京本全像插增田虎王庆忠义水浒传》。巴黎国家图书馆藏残本，存第二十卷全卷，及第二十一卷的半卷。万历间书林余氏双峰堂刊本。全书大约有二十四卷，一百二十回左右。上半页是图，下半页是文字；与余氏所刊的《三国志传》及《四游记》同。

（二）《李卓吾原评忠义水浒全传》，宝翰楼刊本。凡三十卷，无回目，每则各有单句的标目。有五湖老人的序。

（三）《忠义水浒传》，一百十五回，二十卷，坊刻本，与《三国志》合称《英雄谱》。有崇祯间熊飞的序。

（四）同上《英雄谱》本，仅一百十回，日本有传本。

（五）一百二十四回本，光绪间坊间重刊。

在这些本子之中，节目删并不一，故有的是一百十五回，有的是一百二十四回，有的是一百十回，有的是三十卷，有的是二十卷，有的是二十余卷。但他们有一个共同的所在，即全都是全本的《水浒传》。所谓全本，即是：于罗本之外加上征辽、征王庆、征田虎的三大段故事的。这些本子，可以说是最完全的本子，因为包括了所有后起的故事都在内。这也是坊本用以号召读者的一面重要的幌子。五湖老人在三十卷的李卓吾评本的序上，便曾说过："余近岁得《水浒》正本一集，较旧刻颇精简可嗜。而其映合关生，倍有深情，开示良剂（？）。因与同社略商其丹铅而佐以评语。名山久藏之书，当与宇宙共之。今而后，安知全本显而赝本不晦，全本行而繁本不止乎？"五湖老人听说的"旧刻""赝本""繁本"都是指的郭本。三十卷本包括了征辽及征田虎、王庆，故他说是"全本"。这些全本的布局都如下图：

误走妖魔 → 劫生辰纲 → 闹江州 → 三打祝家庄 → 打曾头市 → 排位次 → 闹东京 → 二败童贯 → 三败高太尉 → 全伙受招安 → 征辽 → 征田虎 → 征王庆 → 征方腊 → 功成遭害 → 魂聚蓼儿洼

（起点）　　　　　　　　　　　（顶点）　　　　　　（终点）

这些全本与罗本及郭本不同之点，在于其顶点已移到"全伙受招安"，而不在于"梁山泊英雄排位次"。在这些全本之中，最先出现的最重要的乃是《新刊京本全像插增田虎王庆忠义水浒传》。这一部书的出现是极重要的事实。这部《插增田虎王庆忠义水浒传》，其版式与余氏双峰堂所刊的《三国志传》完全相同，上格为图，下格为文字（这是一个很古的版式，宋本《列女传》是如此，元本《评话五种》也是如此），纸张也是相同的，可证其为同一的刊本。《三国志传》题着"书坊、仰止余象乌批评，书林、文台余象斗绣梓"。余象乌不知何人，余象斗则为编《四游记》中的《华光天王传》及《玄武出身志传》者。当时余家所刊的书籍，流行遍天下。余象斗所编的《三台学韵》《诗林正宗》至今也还有翻刻本。余氏刻书的时代是万历之间（《三国志传》刊于万历壬辰，《诗林正宗》刊于万历庚子），这部《插增田虎王庆忠义水浒传》想亦出于这个时候。此书以"插增田虎王庆"为号召，且见之于标题，可见这两大段的故事是到了余氏方才"插增"进去的。这两段故事，在万历之前，全不见于《水浒传》中。余氏大约因为读者喜欢《水浒》的多，所以特别的自编了这两大套的水浒故事进去，以示别于他本。这一个"全本"一出版，便要推翻了一切的以前出版的罗氏本、郭氏本。"水浒故事"的演变，至此始宣告完成。自此以后，坊间所出版的《水浒》便无一不以"全本"为号召。杨定见在繁本的一百二十回《水浒传》上，且有意的或误解的以为郭武定本，即旧本，言"其于寇中去王、田而加辽国，犹是小家照应之法。不知大手笔者，正尔尔"。照他之意乃竟以郭本为"不全本"。所以他自己编著繁本的一百二十回《水浒传》时，便将余氏所"插增"的王、田二大段也加以敷演而"插增"了进去。这可见余氏本的势力是如何的大。余氏本，我所见者，可惜是残本，假定得到了全书，一定可以使我们更明白他所以要"插增"王、田二大段的用意的。这个第一部的"全本"乃是后来各简本的"祖本"。凡简本叙到田虎、王庆两大段的故事时，便直抄这一个本子，没有什么增删。如一百十五回的《英雄谱》本，其中叙王庆的一段，便与余氏本完全相同，所差者不过几个字而已。余象斗本的内容，可知者有六：

（一）以插增田虎、王庆二大段的故事为号召。田、王故事大约是他自己的手笔。其俚拙不经，充满了民间故事的浑朴之处，正足以表见这是第一次的出之于"斗方名士"之手的。余氏的其他著作，如《华光天王传》（《南游记》），如《玄武大帝出身传》（《北游记》），也都是如此的粗枝大叶，浑朴无伦。虽勇于创作，而描写的技术实在不够。

（二）改了罗氏原本的分卷分则的格式，而变为回目。这显然是受着郭本的影响的。

（三）从郭氏繁本中取出征辽的一段来，加以删节，并入罗氏原本

中。其所以少加删节者，盖欲全书文字相称之故。

（四）除了插增征辽及田虎、王庆故事，以及改"则""卷"为"回"之外，其余的内容文字与罗氏原本大概是相同的。余氏刻书颇为谨慎，对于旧本，妄改妄删之处极少。我们读他刊刻的《三国志传》便知。他同时人周曰校等刊行罗氏原本《三国演义》多加释义，而他则一仍旧贯，别无变动。即文字上有更改几个字之处，也是不多的。他的刊刻《水浒》当然亦同此例。可惜我们不能得到余氏的全本，以证实此说。

（五）但也有可能的，他在刊印此书的时候，曾经偶然采取郭本的长处过，特别是原本所无，而郭本所有的诗词。在一百十五回《英雄谱》本的最后一回，有一首哀悼诗："一心报国摧锋日，百战擒辽破腊年。"这是百回本所独有的，因不说平四寇，也不只说平方腊，却说"擒辽破腊"，显然是郭本所有而罗本所无的。但百十五回本却采用上了它。假定一百十五回本与余本全同的话，则采用此诗乃是始于余氏本的了。

（六）余本插画很精美，但刊印则颇不经心。如第二十卷起于第九十九回，下接第一百回，一百回之下应是一百零一回；他却不然，第一百回后，又是一个九十九回（应作一〇一回），又是一个一百回（应作一〇二回），然后才是一百零一回（应作一〇三回）。但这或者足以证明的是"插增"的原本，草创初就，匆匆刊行，未遑整理之故。明刊原本《目莲救母传奇》，便也是中间忽然添插上许多张页的，如已有二十五页，下面又是一个"又二十五页"之类。

余象斗字仰止（一作文台，仰止则为他兄弟［？］余象乌的字），自号三台山人。他的家世，大约是一个以刻书为业的书贾。但又喜欢弄弄文墨，自己编辑、写定了好几部书。也许竟是一位不第的举子，因为累举不第，便放弃了举业，专心从事于"书林"的事业。

在水浒故事的进展上，在《水浒》全书的成就上，余氏的这部《新刊京本插增田虎王庆忠义水浒传》都是极有关系的。他第一次将田虎、王庆的故事，"插增"到《水浒传》中去；他第一次使《水浒传》成为今本的全书。自余氏这一部"全本"出现于世之后，一切刊行《水浒》者便全都受了他的影响，无不以"全本"为号召；无不以他的这一个本子为祖本而翻刻、而传布着。所以胡应麟见了这个现象，便大以古本沦亡为惧。百回的郭本虽不至实际上因了余氏此本的出现而沦亡，究竟敌不过余氏全本《水浒》的势力。百回的郭本虽是最精美的，余氏的全本却是最通俗的。百回的郭本虽为士大夫所激赏，余氏的全本却在民间流行得最广。什么人都喜欢全本的故事，有了全的，看了不全的便觉得不满足，不痛快。所以到了后来，杨定见的《水浒传全书》便索性将郭本与这部插增田虎、王庆的故事的全本，合在一处而成为《水浒全书》了。

次于余本的简本《水浒》全书，便要算五湖老人所评刊的三十卷本《水浒全传》为最重要的了。五湖老人也以郭本为不全本，甚且目之为赝本，而自视为"全本"，且自以为"较旧刻颇精简可嗜，而其映合关生，倍有深情"，其实这一个本子乃是参合了"简本""繁本"而为一的。他以余氏全本（即百十回本）为底子而间添入一百回郭本里的句子。所以这一本是介乎繁本与简本之间的。这一本刊印的时间大约是天启、崇祯之间，虽号为李卓吾所批评，其实也是托名。这个刻本刻得极为草率，图是数幅并为一幅，文字也并不分段分则，仅以一卷为起讫，而每逢分则处则仅以一划为记而已。

我们颇可以明白，五湖老人的本子虽然是简本，却有时也兼取郭本之长，如"卷下一天大雪""把被扯来盖了半截下身"诸句；有时郭本与百十五回本都有的，五湖老人本却删去了，如"四围黄土墙，七八间草屋，做着仓廒"诸句。这可见五湖老人本颇有些增删任意的地方。

不仅五湖老人，凡一切简本，都颇有些增删任意的地方。如一百十五回、一百回、一百二十回，其祖本虽皆为余氏的"插增"本，却没有一种是与余氏的回数相合的。但这些简本都不甚重要，故这里也不必多说。

七

　　简本在当时既这样的流行于民间，繁本的百回本在士大夫阶级里却也未尝无信徒。胡应麟虽慨叹的说道："复数十年，无原本印证，此书（郭本）将永废。"（《少室山房笔丛》四十一）然不久郭本便有了好几个翻本出现。第一个是一百回本《李卓吾批评忠义水浒传》。这书我们很有理由推知其为郭本的全书，不曾加以增订改编的。世传的李卓吾评点的《水浒传》，虽有三种：（一）五湖老人本，根据余象斗本；（二）即此本，翻刻郭本；（三）杨定见本。然世间假如果有李氏评本的《水浒传》时，这一部百回本却是最近于真确的李评本的。李氏的文学见解颇高，当然在余本与郭本之间，会采取了郭本了。且李氏卒于万历三十年，余氏本的出现，至早当在万历二十年左右。时近易得，李氏又岂肯对这些坊本加以批评。而将余氏本田、王二段故事加以改造了的杨定见本的写成，则更远在李氏卒后，万非李氏所能得见，更不必说是加以批评了。又百回本有李氏的一序，也见收于他的《焚书》，而五湖老人本及杨定见本则并无李氏的序。这都可见百回本是最近于真实的李评本，而其他二本，则为显然的假托。第二个是百回本《钟伯敬先生批评忠义水浒传》，这一个本子与李氏评本完全无二，可见其为同出于郭本的一个来源。钟氏评本，今藏于巴黎国家图书馆，中国极少见。少见的主因，在于钟氏的序文，颇有些不敬清人之语：

　　噫，世无李逵、吴用，令哈赤猖獗辽东。每诵秋风思猛士，为之狂呼叫绝。安得张、韩、岳、刘五六辈，扫清辽、蜀妖氛，翦灭此而后朝食也！

第三个是今人李玄伯氏重印的祖本的新安刊百回本。其文字也与李评本与钟评本完全相同。李氏以为，这部本子便是郭刻的原本。我们未见原书，不能下确定的断语，但就这三个本子的如此相同上看来，可决其皆为郭刻的翻本无疑。以后金人瑞撷取了《水浒》的七十一回而恣其纵横无敌的雄评时，其所撷取的来源，却也是从这个郭氏的百回本。除了第七十回最后的一段"梁山泊英雄惊噩梦"，是金氏自己添上去的以外，其余的文句也与这三个刻本相同。这更可见，凡具有文艺欣赏力的人，便都要倾向于郭本，而舍弃了种种的简本。而郭本的活泼泼的如生铁铸就的造语遣辞，也决不容有人去任意添改。诸本文字之极少异同，此为其因。不像那些简本，本来是浅显草创的，尽有被后人任意的加以更改的可能。

八

不过征田虎、征王庆的两大段故事，既已通行于时；《水浒传》上如果没有了这两段，便似乎有些缺憾。百回本虽佳妙，而这个缺憾却终于不能弥补。杨定见本一百二十回《水浒传》便应运产生，以弥补这个缺憾。《水浒传》到了杨本，便完成了它的变异，成为一部最完备的书了。自此以后，便只能有删节而不能有添加的了。杨本的全名是：《新刊李氏藏本忠义水浒全书》。杨氏在序上说："袁无涯求卓老遗言甚力，求卓老所批阅之遗书又甚力。无涯氏岂狂耶？癖耶？吾探吾行笥，而卓吾先生所批定《忠义水浒传》及《杨升庵集》二书与俱。挈以付之，无涯欣然如获至宝，愿公诸世。"仿佛此书乃真系李氏所批定也者。但我们要晓得，杨氏这些话，乃是一个谎，他所称的卓老、卓老，不过是取来作一个幌子而已。这部书的实际，却不仅仅是"批定"而实是"改编"，其中足足有二十回，出于他自己的手笔。这二十回是叙征田虎、征王庆的事的。他取了余象斗本中的征田、王二大段事而加以改造，加以敷演，加以烘染，使之能与百回本的一部分相称相匹。这种的改编不仅仅是润饰字句，增加烘染而已，简直是全部的改写一过，毫不顾忌的删除、淘汰。余本征田虎的开头（据百十五回本）是"宿太尉保举宋江，卢俊义分兵征讨"，而杨本的九十一回却改为"宋公明兵渡黄河，卢俊义赚城黑夜"。此后所改的更多。征王庆则几乎连事实也完全不同。余本写王庆的故事（据巴黎藏残本），始于"高俅恩报柳世雄，王庆仇配淮西地"。余氏将王庆的出身写得光明磊落，慷慨激昂，有类于林冲诸人。然而在杨氏的笔下，王庆却完

全换了一个人了。他不复是一位光明磊落，而是一个无恶不作的棍徒，他的被刺配，不是由于高俅的陷害，而是由于他的"因奸吃官司"。杨氏先使他成为一个与梁山泊诸英雄殊科的人物，然后再使梁山泊英雄对他大张挞伐。这也许是所谓"师出有名"的一例吧。在这二十回以外，杨氏也是全部采用百回本的。仅有二点，略有不同：

（一）增定诗词。杨氏在发凡上说："旧本去诗词之烦芜，一虑事绪之断，一虑眼路之迷，颇直截清明。第有得此以形容人态，顿挫文情者，又未可尽除。兹复为增定，或审厚本而进所有，或逆古意而添所无。"

（二）校订文字。发凡又说："订文音字，旧本亦具有功力；然涛讹舛驳处尚多，今悉校改。其音缀字下，虽便寓目，然大小断续，通人所嫌。故总次回尾，以便翻查。"

杨氏可以说是全本《水浒传》最后的一个编订者。就他所写的征田、王的二十回文字看来，也颇有佳处。

杨氏的生平不可知，据《水游全书》小引，仅知其为楚人，字凤里。

九

《水浒传》的演变，到了杨氏《全书》的出版，已是"山穷水尽"无可再变的了。不料在明末清初之时，却有了一位金人瑞氏，以他的无碍的辩才，强造了一部七十回本的《水浒传》出来。更不料他这一部"腰斩"的《水浒传》，却打倒了、湮没了一切流行于明代的繁本、简本、一百本、一百二十回本、余氏本、郭氏本……使世间不知有《水浒传》全书者几三百年。《水浒传》与金圣叹批评的七十回本，几乎结成一个名辞。除金本外，几乎没有所谓其他《水浒传》。前几年亚东图书馆翻印《水浒传》，也用的是金氏七十回本。清代坊贾翻印七十回以后的《水浒传》时，且很可怜的，很小心的，加上《后水浒》之名（一名《荡平四大寇传》或《征四寇传》）。金氏的威力真可谓伟大无匹了！这个《后水浒》采用的是简本，与金氏所用的繁本或郭本，原是并不相合的。后人见七十回本那么高明，《后水浒》那么浅陋，便益以为金氏本乃是原本；而金氏所极口诋毁的续本，乃真足以诋毁的了。但近年来，《水浒》诸种版本的陆续出现，却使金圣叹已圆了三百年的谎话，再也圆不住了。金氏口口声声说七十回本是古本，然就所发现的观之，却没有一本是七十回的。又在许多种的《水浒传》本子中，也没有一种是具有"梁山泊英雄惊噩梦"的一小段文字的。金氏所称古本，许多人至此乃始恍然知其实为一百回《水浒传》的前七十一回。（金氏将原本第一回移作楔子，第二回移作第一回，故仅有七十回。）而最后的一小段卢俊义的梦，却是金氏自己的手笔。但金氏为什么要编造这样的一个大谎呢？为什么要生生的将一百回《水浒》腰斩了呢？欲明其故，须读他所写的"英雄惊噩梦"的一小段文字：

　　是夜卢俊义归卧帐中，便得一梦。梦见一人，其身甚长，手挽宝弓，自称我是嵇康，要与大宋皇帝收捕贼人，故单身到此。汝等及早各各自缚，免得费我手脚。卢俊义梦中听了此言，不觉怒从心发，便提朴刀大踏步赶上直戳过去，却戳不着。原来刀头先已折了。卢俊义心慌，便弃手中朴刀，再去刀架上拣时，只见许多刀、枪、剑、戟，也有缺的，也有折的；齐齐都坏，更无一件可以抵敌。那人早已赶到背后，卢俊义一时无措，只得提起右手拳头，劈面打去。却被那人只一弓稍，卢俊义右臂早断，扑地跌倒。那人便从腰里解下绳索，捆缚做一块，拖去一个所在，正中间排设公案。那人南面正坐，把卢俊义推在堂下草里，似欲勘问之状。只听得门外却有无数人哭声震地。那人叫道："有话便都进来。"只见无数人一齐哭着膝行进来。卢俊义一看，却都绑缚着。便是宋江等一百七人。卢俊义梦中大惊，便问段景住道："这是甚么缘故？谁人擒获将来？"段景住却跪在后面，与卢俊义正近，低低告道："哥哥得知员外被捉，急切无计来救，便与军师商议，只除非行此一条苦肉计策，情愿归附朝廷，庶几保全员外性命。"说言未了，只见那人拍案骂道："万死狂贼，你等造下弥天大罪，朝廷屡次前来收捕，你等公然拒杀无数官军。今

日却来摇尾乞怜，希图逃脱刀斧，我若今日赦免你们时，后日再以何法去治天下！况且狼子野心，正自信你不得。我那刽子手何在？"说时迟，那时快，只见一声令下，壁衣里蜂拥出行刑刽子二百一十六人，两个服侍一个，将宋江、卢俊义等一百单八个好汉，在于堂下草里一齐处斩。卢俊义梦中吓得魂不附体。微微闪开眼，看堂上时，却有一个牌额，大书"天下太平"四个青字。

这一小段文字续于"忠义堂石碣受天文"之后，原是极不相称的，但金氏之将《水浒传》腰斩，且加上这一段文字却有深意存焉。正如郭本的加征辽，雁宕山樵之写《后水浒传》，俞仲华之写《荡寇志》一样。金氏生当明末农民纷纷起义之时，故对于梁山水泊的英雄们深恶痛绝，以为非杀了这些英雄便不能够"天下太平"。明代诸种《水浒传》对于宋江诸人都口口声声许以忠义，圣叹却将一腔愤气，尽泄之《水浒传》中。一方面于批评中处处寓意，一方面更不惜"托古改制"之嫌，大胆的将《水浒传》全书腰斩了，使它只剩下七十回，不仅不使这些英雄们得专征伐之权，且也不使他们招安受抚。

十

把上面的话总结一下是：

（一）《水浒传》的底本在南宋时便已有了，但以后却经过了许多次的演变，作者不仅一人，所作不仅一书。其故事跟了时代而逐渐放大，其描写技术也跟了时代而逐渐完美。

（二）《水浒传》的作者的最早的作品（在南宋），已绝不可得见。其后有施耐庵（在元代），其所写著的《水浒传》，今也已绝难得到。元末明初，有罗贯中，依据施氏之作，重为编次。罗氏这部书便是许多今本《水浒传》之所从出。但罗书今亦未得见，根据种种理由，略可知其书的内容大概。又其一部或全部的原文，似仍存在各种简本《水浒传》中。

（三）嘉靖间郭勋（？）将罗书重加润饰改编，大异其本来面目，使之成为一部极伟大的名著。于罗本事迹之外，又加入征辽一节，共成百回。

（四）万历间余象斗又取罗氏原书刊行，同时并加入郭氏所增的征辽一节，和他自己所增的征田虎、征王庆二节。水浒故事至此已加无可加。

（五）天启、崇祯间，杨定见又取郭氏本刊行，而加以余氏所增的田、王二节故事。这二节故事并不依据余氏本文，却由他自己加以润改，共定为一百二十回。这是最完备的一部《水浒全书》。

（六）此外，崇祯时有熊飞刊行一百十五回《水浒》，与《三国》合称《英雄谱》；同时又有五湖老人三十卷本《水浒》出现。但皆系简本，与余象斗全本大抵相同。顺治间有金人瑞批评七十回本出现，系割取郭氏本的前七十一回自为一书。但其影响极大。

（七）在这许多本子中，最重要的是罗本、郭本，余本、杨本。在许多作者或编者中，最重要的作者或编者是施耐庵、罗贯中、郭勋（？）、余象斗、杨定见。施是今知的最早的作者；罗是写定今本《水浒传》的第一个祖本的人；郭是使《水浒》成为大名著的人；余是使《水浒》成为第一全本的人；杨是编定最完备的《水浒》全本的人。

（八）水浒故事的逐渐扩大的经过，可列为下图：

南宋

元

元明之间

嘉靖 万历

天启崇祯间

顺治 乾隆

祖本 最早的(？)《节本》《宣和遗事》

(？)本 施耐庵

罗贯中 本 (二十卷)

郭勋(？) 改编增订本 (一百回)

余象斗 增订全本 (二十四卷) (一百二十回？)

杨定见编 定全本 (二百二十回)

金人瑞 删本 (七十回)《后水浒》

本 魂聚蓼儿注 征讨方腊 全伙招安 误走妖魔 罗

＋征辽 ＝

＋征田虎 ＋王庆

郭本

本杨 及 本余 ＝

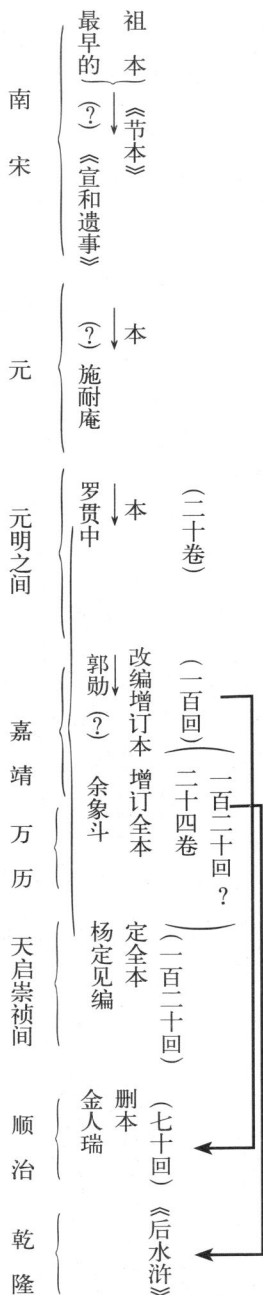

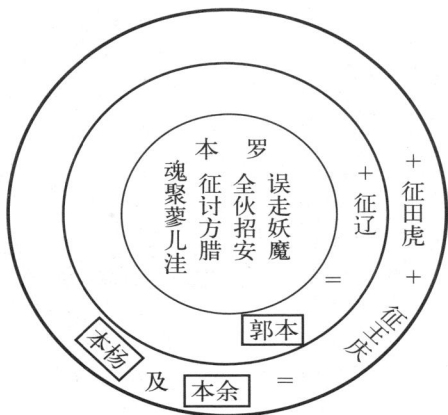

郭本＝罗本放大＋征辽。

余本＝罗本＋征辽＋征田虎＋征王庆。

杨本＝郭本＋余本中征田虎、王庆二部分的放大。

（九）《水浒传》重要版本、产生的时代及其相互间的关系，可列为左表：

（说明一）表中所列举的几个本子，皆系内容文字有所不同的。至于旧本的翻刻或其内容无多大变动的，概不列入。

（说明二）"实矢"表示某本系全部根据于上面的一本的；"虚矢"表示某本仅采取前本的一部分。矢形旁加（？）号者，表示未能确知某本是否根据于前本。

本文有一部分颇得力于鲁迅、俞平伯诸先生的已经发表的论文及著作，虽然意见与他们有时不同。

又日本内阁文库有《水浒志传评林》一书，惜尚未得读，不知其与诸本的关系如何。

作者附识（一九二九年七月十五日）

117

《三国志演义》的演化

郑振铎

一

今所知的讲史，虽以《五代史平话》为最早的一部，然《三国志演义》则在讲史中最为人所熟知，且其势力也最大。《五代史平话》埋没了不少时候，到了前十年方才出现于人间。代替了这部《五代史平话》而流行于人民之间的，只有拙笨无文的《残唐五代传》一部书。所以五代的故事，民间知道的实在不太多——虽然李存孝的神勇，曾在元曲中演之，王铁枪的能征惯战，说书人也曾加夸大、烘染，程思敬到沙陀请兵的故事，今日也还在剧场上十分流行（剧名《珠帘寨》）。宋人孟元老的《东京梦华录》卷五，所载的说话人所说的故事有专门说三分及说五代史的。他在同书中又说，京瓦伎艺，有霍四究说三分，尹常卖五代史。可见当时视五代故事与三国故事为同样的足以号召听众，以致连说话人也成了专科。不知后来怎么样，五代史的故事，竟沦没不彰了，盛行于世的却只剩了三国故事。这一种"三国故事"简直是"妇孺皆知"，"有井水饮处"无不晓得。不仅一般老百姓，皆知刘、关、张的三个结义的英雄，皆知曹操、孙权，皆知诸葛亮与周瑜，而往往以三国人物自喻喻人，以三国故事为谈说之资；即士大夫阶级，素来不大看得起小说的，也无不于暗中受有三国故事的多少影响。袁枚《随园诗话》说："崔念陵进士，诗才极佳。惜有

五古一篇，责关公华容道上放曹操一事。此小说衍义语也，何可入诗？何
屺瞻作札，有生瑜生亮之语。被毛西河诮其无稽，终身惭悔。某孝廉作关
庙对联，竟有用秉烛达旦者。俚俗乃尔，人可不解学耶？"《莼庐杂缀》
说："《三国演义》，不尽子虚。唯诗人不加鉴别，概以入诗，致腾笑艺
林者亦复不鲜。今河南有恨这关，相传因关公过五关时，有'立马回头恨
这关'之句得名。明卢忠肃督师至此，赋诗云：'千古英雄恨这关，疆分
楚豫几重山……遐思壮缪当年事，历尽江山识岁寒。'五关六将，语属不
经。吴拜经谓忠肃此诗，特有为而发。要未免失于检点。"《柳南随笔》
说："《三国志·庞统传》云：'先主进围雒县，统帅众攻城，为流矢所
中，卒。'按统致命处在鹿头山下，今其墓尚在。落凤坡之称，盖小说家
妆点之词。而王新城吊庞士元之作，竟以落凤坡三字著之于题。然则，衍
义可据为典要乎？"

　　更可注意的是，在实际的政治上，三国故事也竟发生了很大的效力与
作用。《郎潜纪闻》："太宗（清）崇德四年，命大学士达海译《孟子》
《六韬》，兼及是书（《三国志演义》），未竣。顺治四年，《演义》告
竣。大学士范文肃公文程等，蒙赏鞍马银币有差。国初满洲武将不识汉文
者，类多得力于此。嘉庆间，毅公额勒登保初以侍卫从海超勇公帐下，每
战辄陷阵。超勇曰：'尔将才可造，须略识古兵法。'因以翻清《三国演
义》授之。卒为经略，三省教匪平，论功第一。明末李定国初与孙可望并
为贼。蜀人金公趾在军中，为说《三国演义》，每斥可望为董卓、曹操，
而许定国以诸葛。定国大感曰：'孔明不敢望，关、张、伯约，不敢不
勉。'自是遂与可望左。及受桂王封爵，自誓努力报国，洗去贼名，百折
不回，殉身缅海，为有明三百年忠臣之殿。则亦传习郢书之效矣。"《小
说考证拾遗》引阙名笔记："本朝羁縻蒙古，实是利用《三国志》一书。
当世祖之未入关也，先征服内蒙古诸部。因与蒙古诸汗约为兄弟，引《三
国志》桃园结义事为例。满洲自认为刘备，而以蒙古为关羽。其后入帝中
夏，恐蒙古之携贰焉。于是累封忠谊神武灵佑仁勇威显护国保民精诚绥靖

翊赞宣德关圣大帝，以示尊崇蒙古之意。是以蒙人于信仰剌嘛外。所最尊奉者，厥唯关羽。二百余年，备北藩而为不侵不叛之臣者，尚在于此。其意亦如关羽之于刘备，服事唯谨也。"又，我从前曾见某笔记（忘其名）载着：清人入关时，将官们多携有满文译的《三国演义》一书。他们最崇信关云长，每逢攻城略地，战败垂危，或攻城久不能下时，往往见红脸美髯的关公出现于前，助之杀敌。以此，往往得以反败为胜，或能乘机登城。是以满洲人最信仰的是关羽。

关羽的崇拜，完全是三国故事制造出来的。不仅在满洲，即在很早的时候，关羽便已特别的受到民众的崇拜了。明富春堂本的《搜神记》，已列他为大神之一："护国祚民庙额曰义勇武安王，宋徽宗加封尊号曰崇宁至道真君。"嘉靖本的《三国志通俗演义》对刘备、诸葛亮、张飞等人，皆书其名，不为之讳。惟对于关羽，则不敢直斥其名，而讳之曰"关某"，有如从前文士们的称孔丘、孟轲的孔某、孟某一样。在它的卷首"三国志宗僚"上是如此，在全书中也都是如此：

……绍问何人？公孙瓒曰："此刘玄德之弟关某也。"绍问："见居何职？"瓒曰："跟随玄德，充马弓手。"帐上袁术大喝曰："汝欺吾众诸侯无大将耶？量一弓手，安敢乱言。与我乱棒打出。"曹操急止之，曰："公路息怒。此人既出大言，必有广学。试教出马。如其不胜，诛亦未迟。"袁绍曰："不然。使一弓手出战，必被华雄耻笑，吾等如何见人？"曹操曰："据此人仪表非俗，华雄安知他是弓手？"关某曰："如不胜，请斩我头！"操教酾热酒一杯，与关某饮了上马。关某曰："酒且斟下，某去便来。"

在毛宗岗改编的《三国志演义》（《第一才子书》）里，凡书中的"关某"二字，已都改作"关公"二字，却仍不敢直呼其名，大约"某"字改"公"，完全为的是"某"字见得生硬拗口之故吧？清代有《文武帝全书》的刊行，武帝便是关羽。坊间也有《关圣全集》的编印。袁世凯更定关羽与岳飞为武圣，每年诞辰，与孔子同样的致极隆重的祭礼。

　　这都是三国的通俗故事使关羽变成了一位很重要的神的。在陈寿的《三国志》中，羽的地位不过与张飞、赵云诸人等耳。

二

　　三国历史之成为通俗的故事，恐怕是很早很早的事，也许还远在《五代史平话》的构成之前。唐李商隐《骄儿诗》有云："或谑张飞胡，或笑邓艾吃。"则当唐时已以三国人物作为笑谑之资。在唐末时，通俗小说，当已很流行于世。说书的风气，早已由印度传入。一面"变文"体的伍子胥故事等成了世人所好，一面类似说书体的《唐太宗入冥记》等当然也博得群众的欢迎。那么佳妙的天然讲材，三国的历史，当然有很快的便成为说书人的专业或至少是所说的讲题之一的可能。苏轼在他的《志林》上说道："王彭尝云：'涂巷中小儿薄劣，其家所厌苦，辄与钱，令聚坐听说古话。至说三国事，闻刘玄德败，频蹙眉，有出涕者。闻曹操败，即喜唱快。'以是知君子小人之泽，百世不斩。"（《志林》卷六）孟元老在《东京梦华录》上也以为"说三分"有了专家。可见在北宋时代，三国故事，已成为极流行的一种讲史了。但北宋的三国志话本之类的作品我们却已不能见得到了。我们所能见到的第一个三国志话本乃是元至治间新安虞氏所刊的五种"全相平话"之中的一种，《全相平话三国志》。金华蒋大器（庸愚子）在嘉靖本《三国志通俗演义》的序上说："前代尝以野史，作为评话，令瞽者演说。其间言辞鄙谬，又失之于野。士君子多厌之。"蒋氏所见的"评话"，或者是一种极古的本子，或者即为新安虞氏所刊的《全相平话三国志》。虞氏刊的《三国志平话》，老实说，也真足以当"言辞鄙谬，又失之于野"的批评。我们猜想，蒋氏之言，十有七八是指着这个元刊本《三国志平话》而发的。

　　但"虞氏新刊"的《三国志平话》果是他自己的"新作"呢，还是因袭、改订或廓大了的旧作？三国故事的流传既是有了那么悠久的历史，"三国志的话本"又颇有很早产生的可能。且我们既有了宋人传下的《五代史平话》，难保同时不有一种宋本的《三国志平话》。所以虞氏所刊的《三国志平话》很有以一种旧作为蓝本的可能。我们并不说它是翻刻，一则因虞氏既自说是"新刊"，当然不会是完全钞袭旧文；再则，虞氏刊的三国，与宋人传本的《五代史平话》，其气韵与结构之间，实迥乎不同，辞语的写作也完全歧异。在取材一方面，更足以见出它们不是一条道路上的伙伴。《五代史平话》似出于通人之手，采用俚俗之说，极为小心，且不大敢十分大胆的超出于历史的真实的范围之外。虞氏刊的《三国志平话》则完全不同。它的取材是十分任意的。历史只有三分，采之传说和作者自己的想象的创作倒有七分。所谓"满纸荒唐言"者是也。且白字连篇，文法也不全不备，人名也音似而实非，种种都足以见出它是由民间的说话人的手笔之下写成了的。

想象中的宋人相传的三国志话本既不可得见，则最早的《三国志平话》的传本，便要算是这部"虞氏新刊"的了。

三

这部"虞氏新刊"的《三国志平话》的发现，在中国小说史上确是一个极大的消息。并不是说，我们发现了一部久已沦没的伟大的名作。这部书实在够不上说是名作，然其关系，则较一部大名作的发现更为重要。最可注意的是：这部"平话"的发现，一面也使我们得以窥见元代通俗文学的真实面目与程度，一面也使我们格外的相信，中国小说的历史原是极为悠久的，且种种的所谓通俗小说，其进展的路途也因此而大为我们所明瞭。这实在不是一件小事，不仅仅是使我们震骇于在历来所承认为历史小说之元祖罗贯中氏所著的《三国志通俗演义》之前尚有一部所谓元刊本《三国志平话》的存在而已。

与这部《三国志平话》同时发现的尚有其他"全相平话"四种：《武王伐纣书》《乐毅图齐七国春秋后集》《秦并六国》及《吕后斩韩信前汉书续集》。每种各三卷，共十五卷。大约我们不能说虞氏所刊的已尽于

这五种全相平话。至少在《七国春秋后集》之前，尚有一部《七国春秋前集》，在《前汉书续集》之前，尚有一部《前汉书正集》。在相传为弘伟无比的罗贯中氏的《十七史通俗演义》之前，居然已有了更早的许多部通俗演义，所谓"全相平话"的，这个发现，实不可谓为很细微、无关紧要的。

别的话且不提，现在专就《三国志平话》而论。这一部《三国志平话》，起于"江东吴王蜀地川，曹操英勇占中原。不是三人分天下，来报高祖斩首冤"的一诗，而终于"汉君懦弱曹吴霸，昭烈英雄蜀帝都。司马仲达平三国，刘渊兴汉巩皇图"的一诗。三卷的内容分配，及其起讫，大略如下：

在第一卷的开端，作者便声明，"不是三人分天下，来报高祖斩首冤"。这与后人之以"夫天下大势，分久必合，合久必分"的模棱的史论式之开端者绝不相同。汉之分为三国，并不是简单的"合久必分"的必然的事，乃是有一宗公案，有一段因果在其间的。"司马仲达"（据原文）之统一了三国，也并不是"分久必合"的玩意儿，仍是有一段冥冥之缘主宰于其间的。在这恩怨因果的玩意儿上，作者便建立了《三国志平话》的架子，正如褚人获氏之以隋炀帝与朱贵儿的两世姻缘，作为《隋唐演义》的架子一样。这一段的因果公案，在第一卷的开端，即很详细的叙述着。却说汉光武得了天下之后，意欲与民同乐，便于某一年的三月三日，清明节日，开放御园，任百姓与他一处赏花。至时，百姓们拥挤的到来。有一位书生，复姓司马，名仲相的，也随了他们进来。他来迟了些，个个亭馆，都为人所占。他只得坐在一株屏风柏下的绿草茵上，一边喝酒，一边观书。酒在半酣之时，看到秦始皇坑儒焚书，虐待百姓的事，不禁大怒，深怨天公见识不到，却教始皇为君，使人民遭涂炭之苦。才然道罢，忽见荼蘼架边，转过锦衣华帽五十余人，当头八人将平天冠衮龙服等与司马仲相穿戴了，请他上轿，竟抬他到报冤之殿去。他们奏说，因仲相毁谤天公，所以天公命他在阴间为君。如果断得明，判得公，便放他到阳间做天子。否则，贬他在阴山背后，永不为人。仲相便传旨放告。韩信、彭越、英布三人，相继前来告状，说：汉家天下，亏了他们打成，刘邦却恩将仇报，终于杀害了他们。仲相大怒，便传了刘邦、吕雉来。二人互相推托。又传了蒯通来折证，才断定了这一场公案。奉了天公谕旨，教三人分了汉朝天下。韩信为曹操，占了中原；彭越为刘备，占了蜀川；英布为孙权，占了东吴；汉高祖则生于许昌，为献帝，吕后则为伏后；教曹操囚帝杀后以报前仇。曹操占得天时，孙权占得地利，刘备占得人和。又教蒯通为诸葛亮，字孔明，作为刘备的谋臣。又教仲相过了许多年后，托生在阳间为司马仲达，并吞三国，独霸天下。

这一段司马仲相的阴间断狱的故事，流传得极广。至今民间故事、民间戏曲中，尚有所谓"半日阎罗"的，在讲述，在演奏。以理推之，此故事似相传已久，当非始于《三国志平话》的作者。平话作者不过取之冠于书首，作为《三国志》的一个缘起而已。这故事之所以发生，原因是很简单的，不过是民众的不平心理的结成而已。稍稍有了历史知识的人，讲述了前汉的故事，韩信他们的始末，给大众听；大众听了这种的怨抑不平的悲剧古话之后，往往是大为愤慨的。恰好佛教的因果报应之说，再世轮回之观念皆深中于人心之中，而三国分汉的故事，便又近在目前，俯拾即是。大众，或要慰藉大众的愤懑与缺憾的说书者，便取了三国分汉的故事，拍合上了这个汉高杀功臣的故事，而凭空捏造出那一大段的因果报应之说。事虽无稽，而听者的心则竟得些快慰了。在绿天馆主编的《古今小说》中，也有一篇平话是专写这一段公案的。那便是《古今小说》第三十一卷《闹阴司司马貌断狱》的一篇。"你又不是司马重湘秀才，难道与阎罗王寻闹不成"之语，显然已成了一句成语。这一篇平话，《闹阴司司马貌断狱》，假如不是绿天馆主他自己所作的话，则当是在他之前不久的明代作家所写的。在《新编五代梁史平话》的卷上，也有小段文字，提起这个恩怨报应的故事的：

刘季杀了项羽，立着国号曰汉。只因疑忌功臣，如韩王信、彭越、陈

豨之徒，皆不免族灭诛夷。这三个功臣，抱屈衔冤，诉于天帝。天帝可怜见三功臣无辜被戮，令他每三个托生做三个豪杰出来。韩信去曹家托生，做着个曹操；彭越去孙家托生，做着个孙权；陈豨去那宗室家托生，做着个刘备。这三个分了他的天下。曹操篡夺献帝的，立国号曰魏；刘先主图兴复汉室，立国号曰蜀；孙权自兴兵荆州，立国号曰吴。三国各有史，道是《三国志》是也。

可见这故事在宋时已有的了，或竟是宋人新编的《三国志平话》的引端也难说。元刊本的《三国志平话》的开端，大体皆与此段文字所说的相同，惟有两点相歧：一，多了司马仲相断狱的一个曲折；二，将陈豨改作了更为合理的英布。《古今小说》中的《闹阴司司马貌断狱》一篇，据此看来，颇有依据于另一个本子，而未必即系依据于这部虞氏新刊的《三国志平话》的可能。但我们也可以说，它乃是依据于虞氏新刊的这部《三国志》的这个开端的引话而放大了的。宋人《三国志平话》虽必有韩信三个豪杰报仇的故事，却很难决定它是否也具有司马仲相断狱的故事。（在《五代史平话》所引的极简略的一段文字中是看不出的，因为这种随笔带起的故事，当然是极为简略，仅述其最要的关键的）而宋本的陈豨之被易为英布，却是到了元代才有的。《闹阴司司马貌断狱》一作，写的既为英布而非陈豨，则已可证其所依据当即为元虞氏刊本而非宋人传本的了。

《闹阴司司马貌断狱》所叙述的，与虞氏刊本的引话，又颇有不同。虞刊《三国志》中的这个断狱故事，只是一个引话；故视司马仲相不甚重要。《司马貌断狱》一篇则其中心即为断狱，故对于司马貌极尽描写的力量。又作者当为家贫不第，怏怏不平的人，所以对于那位怏怏不平的司马貌，抱着无限的同情。司马仲相在《三国志平话》中颇不出色，在此篇中，则大显其辨才与雄略。他只代理了六小时的阎王，却审判了三百五十余年未曾断结的四宗文卷。第一宗是屈杀忠臣事；原告韩信、彭越、英布，被告刘邦、吕氏。第二宗是恩将仇报事；原告丁公，被告刘邦。第三宗是专权夺位事；原告戚氏，被告吕氏。第四宗是乘危逼命事；原告项羽，被告王翳、杨善、夏广、吕马童、吕胜、杨武。元本只有一宗屈事的，在这里却变为四宗了。除了韩信、彭越、英布投胎为曹操、刘备、孙权，刘邦、吕后投胎为献帝、伏后，蒯通投胎为诸葛亮外，又加之以丁公投胎为周瑜，项羽投胎为关羽，王翳等六将投胎为曹操部下守五关的六将，后来俱为关羽所杀。司马仲相断狱已毕，阎王甚为钦敬，便使之改名不改姓，投胎为司马懿，一生出将入相，子孙并吞三国，国号曰晋。"半日阎罗判断明，冤冤相报气皆平。劝人莫作亏心事，祸福昭然人自迎。""半日阎罗"之名，已定于此了。清初徐又陵的剧本《大转轮》（《坦庵四种》之一）叙的也是此事，却更是完全脱胎于《司马貌断狱》这一篇的了。

《司马貌断狱》更有两点与虞本《三国志》的引话不同者，一，虞本将司马仲相的时代放在汉光武，《断狱》却将他放在汉末；二，虞本只作司马仲相，《断狱》却作司马貌，字重湘。重湘当然即为仲相一音之转变。司马貌之名，也许是《断狱》的作者杜撰的，也许他另外更有所根据也说不定。

四

司马仲相断狱，在虞氏本《三国志平话》中，其位置当只是一个入话或一个引子，或一个"得胜头回"。说了这个入话之后，便直入"平话"的本文，而以"话分两说，今汉灵帝即位，当年铜铁皆鸣"诸语开头。灵帝即位之后，妖异迭见。郓州太山脚下，又塌一穴地，约有车轮大，不知深浅。离穴不远，住有孙学究。他身患癞疾，毛发尽落，遍身脓血，独居一茅庵。他见父母妻子皆有嫌弃之意，便立心自杀。扶了拐杖到于穴边，踊身一跳而下。似有人托，倒于地下，昏迷不省。待他醒来时，却寻见一洞，洞中有文书一卷，乃是医治四百四病之书。"不争学究到此处，单注着汉家四百年天下合休也。"学究得了此书，先医好自己之病。然后广为

世人治疗，无不愈者。度徒弟约五百余人。内中有一人名张觉。张觉辞师出游四方，度徒弟约十万人。以后便以黄巾为记，与二弟同行叛变。先取扬州，"逢一村，收一村，逢一县，收一县，收讫州府，不知其数。汉家天下，三停占了二停。"灵帝便以皇甫松为元帅，出师讨贼。"不因贼子胡行事，合显擎天真栋梁"，刘备、关羽、张飞三位豪杰便乘时而出。三人相遇于市，杯酒交欢，便成莫逆。遂到张飞桃园中聚谈结义。"大者为兄，小者为弟，宰白马祭天，杀乌牛祭地。不求同日生，只愿同日死。"他们见黄巾遍州郡，便告燕主，自行招集义军。皇甫松使他们为先锋。张飞先在杏林庄杀败了张表。他又设计破了兖州城，张宝死于乱军之中。他们直至广宁郡，与张觉相敌。结果，张觉、张表也都死于乱军之中。皇甫松班师回朝，命众军在东门外下寨。因常侍段珪让向刘备索贿不遂，反为张飞所殴，便半月不得宣见。诸将都得官赏赴任了，独有他们还无宣唤。亏得遇见国舅董成，为他奏帝，才得补定州附郭安喜县县尉。定州太守有意要辱刘备，张飞大怒，便于"天晚二更向后，手提尖刀"，越墙而进府衙，杀死了太守。朝廷发下使命督邮崔廉来问此事，因擅作威福，张飞便将他缚于厅前系马桩上，"打了一百大棒身死，分尸六段"。刘备、关、张便领了众军，都往太行山落草。汉帝闻报大惊。国舅董成力言刘备不反，皆为十常侍所逼。帝便斩了十常侍，以他们的首级往太行山招安。刘备随即入朝见帝。帝授他为德州平原县县丞。灵帝崩，献帝立，迁都于洛阳。宰相为王允、蔡雍、丁建阳。一日，西凉府申报黄巾张、李四大寇占了西凉府，王允举荐董卓为元帅。卓收了杀死丁建阳的家奴吕布为义子，赐以赤兔马。卓至西凉府，即招安了四大寇，声势极盛。卓当朝弄权，人心不忿。献帝密遣曹操去招致天下诸侯之兵来灭董卓。操至平原，先约刘备等三人同到虎牢关前破贼。诸侯以袁绍为元帅，同会于虎牢关，他们颇看不起刘备等三人。吕布出战，英勇无敌。孙坚险为所擒，却使了一个金蝉脱壳计将袍甲挂于树上走了。张飞夺了盔甲还他，孙坚恼羞成怒，几乎要斩张飞。第二天，吕布又来搦战。刘、关、张三将同战吕布，杀得他大败而入关。第三天，张飞独战吕布，布又不能胜，只得闭关不出。这时，王允却使了一个连环计，命任貂蝉入了董卓府中，离间卓与吕布。布遂杀了董卓。殿前太尉吴子兰率兵围了宅，吕布夺门而去，又为董卓四元帅所阻。但终得脱围，至于徐州。这时徐州太守乃是刘备。前太守陶谦临死，三让徐州与玄德。陈宫劝吕布去投刘备，备使他屯军于小沛，他却暗有图取徐州之心。半载后，袁术使子袁襄取徐州，却为张飞所杀。术立志报仇，即命大将纪陵将三万军取徐州。刘备与关公并众官等南迎纪陵，一月不回，却留张飞守徐。张终日带酒不醒，不理正事。他责打了军官曹豹，豹便投诚吕布，献了州城。张飞力战，夺城而出，与刘备合军一处。备无可奈何，即将徐州让了吕布，而自退居于小沛。纪陵引军前来，吕布为他们两家解和，令人向南一百五十步，树立方天戟。"吕布曰：'我发一箭，可射戟上钱眼，若射中，两家各罢战。'"果然一箭而中。纪陵便引军而退。有一天，张飞引军收捉贼寇，却夺了吕布钱物。吕布领军逼近小沛，声言要索交出张飞。刘备不从。关公说道："张飞！安喜时鞭督邮，军去大半，为贼三载。前者失了徐州，皆尔之过！今又夺吕布钱物，又是尔之过！"张飞大怒，领了十八骑，冲出阵去，赴睢水向曹操求救。操不信其言。飞又回去取书。仍是十八骑，冲阵而进，冲阵而出。曹操见了书便到小沛相救。一面合兵与吕布相战，一面却使许褚袭占了徐州。吕布又不肯听陈宫之计，自恃有赤兔马。夜间，侯成却盗了赤兔马献与曹操。吕布大败而逃，中途为张飞所捉，陈宫也被捕。操杀了陈宫。吕布尚希被赦，他对曹操说道："丞相倘免吕布命，杀身可报。今闻丞相能使步军，某能使马军。倘若马步军相逐，令天下易如番手。"曹操不语，目视玄德。玄德道："岂不闻丁建阳、董卓乎？"操遂言："斩，斩！"吕布大骂："大耳贼逼我速矣！"操乃斩布。他深爱刘备、关羽、张飞及吕布的降将张辽。每日与玄德携手饮酒，有意要用玄德为扶佐。然而"他家本是中山后，肯做曹公臣下臣？"第一卷便在这里终止了。

五

第二卷的开始，叙曹操引刘备军到长安见帝。帝大喜，加备为豫州牧，左将军，汉皇叔。这时，帝因曹操弄权，心中不安，赐诏董成，暗藏于衣带之中，传出宫来，几乎为操搜得。成便与刘备及太尉吴子兰等商议除操之计。太医院医官吉平献计进毒于操，不料为操所觉，将吉平勘打而死，终不说出何人所使。然操颇疑刘备。一日，操遂请备筵会，名曰论英会。唬得皇叔心惊胆战。恰好，东方贼发，操奏帝，举备去保徐州。同时，他却故使车胄为徐州太守，以夺备职。车胄欲先到徐州就职，却为关羽追上杀死。不到一月，曹兵来攻徐州。张飞献计去劫寨，不料反为曹操所包围。杀至天明，张飞、刘备失散，死生各不相知。操力劝关羽投降了他，保全刘备家族。羽与他立下信约，如知皇叔信，便往相访，且降汉不降曹。操一一依允。且说备大败而逃，到了青州袁覃处安身，屡次请兵攻操。覃却口允而不起兵。一日在馆邸中遇见赵云，云劝他去投信都袁绍。他们便同去冀州见冀王袁绍，绍允许起军，以颜良为大元帅，文丑为典军校尉，许由为随军参谋，领军十万，来破曹操。操军出战大败。恰好关公运粮到来。他自请出战。在十万军中，一刀砍落颜良之头，用刀尖挑头而回。绍军知杀良者为关羽，便回去报告他，绍欲斩刘备。文丑出战，又为关羽所杀。绍益怒，赵云劝他道："其实关公不知刘备在此。若知先主此处，一径来投。"云愿保备出阵，绍许之。备得脱，便飞马奔荆州而去，赵云也随之而去。且说操自关公斩了颜良、文丑之后，待他益厚。三日一小宴，五日一大宴，上马金，下马银，又献美女十名与他。然关公终于无意在此，他探知刘皇叔在袁绍处，便欲辞了曹操去投绍。他封金挂印，保护二嫂，离长安而去。操军预先埋伏霸陵桥，欲执关公下马，终于被关公脱去。他到了绍处，却知皇叔不在，又往南而去。却说刘备与赵云南投荆州，中途知道张飞占住了古城，自号无姓大王，便去见他。张飞一见备，滚鞍下马，纳头便拜，说道："哥哥怎生来这里？且入城里做皇帝去来！"不久，关公也到了古城。飞知他做了曹操的官，一见面举枪便刺。恰好蔡阳来追关公，公便一刀斩之，以明心迹。飞便迎他进城，是"名曰'古城聚义'"。备觉得古城不是久恋之乡，便率众南投刘表。表待之甚厚，不料快越、蔡瑁二人却有不忿之心。他们设计使表以备为辛冶太守。又遣关、张先去，单留备在城，欲使壮士杀之。亏得有一壮士通信，皇叔便飞马而逃，跳过坛溪，救了性命。备到辛冶，以徐庶为参谋。曹兵来攻，被庶设一计，杀得他们大败而去。但庶母住在许昌，他恐母亲受苦，便辞备而去。临别时，他荐了卧龙、凤雏给备。卧龙是诸葛亮，凤雏是庞统。备便到卧龙冈去请诸葛亮，三顾茅庐，诸葛亮方才出见。他算定三分之局，欲取西川为基业。刘皇叔既得孔明，如鱼之得水。曹操使夏侯惇将十万军来取辛冶，被孔明设计，杀得他们大败而回。不料操却更引一百万大军，千员名将而来。刘备欲到刘表处求救时，表已死，次子刘琮继立。孔明使备弃了辛冶，去投荆州。刘琮却闭城不纳，辛冶、樊城的百姓们又追随而来，至被曹军追上，备之家小皆不知所在。张飞招二十人立于当阳长坂上，以当操。赵云单骑在操军中寻找备家小，甘、梅二夫人皆死，只救了阿斗（原作阿计）而回。飞立在高阜，望南岸操军三十万如无物。他连声大叫："吾乃燕人张翼德！谁敢共吾决死？"叫声如雷贯耳，桥梁皆断，曹军倒退三十余里。刘军南行，中途与孙吴使者鲁肃相遇。鲁肃劝备等投托肤将军孙权处，合力讨曹。备等安军于夏口，使孔明持书过江，投给孙权。张昭等主张曹操势大，不宜抗敌。孙权犹豫未决。曹操却已将了一百三十万军兵，围了夏口，使人投书给权。孔明提剑就阶斩了来使，权等大惊，欲杀孔明，亏得鲁肃劝住了。权夜与太夫人商议，太夫人说："你父临终，曾言，倘有急事，可以周瑜为元帅，黄盖作先锋。"权便使人至豫章请周瑜，瑜不至。孔明以计激之，并说操建铜雀台，欲得乔公二女。瑜大怒，遂出为帅，率三十万人屯军江南岸。瑜先设计，引曹军用箭去射他的船，却得了数百万支的箭来。操颇忧闷，访得蒋干，拜他为师。干至瑜处游说，不入。当夜，干宿于瑜处。瑜使了一个反间计，打了

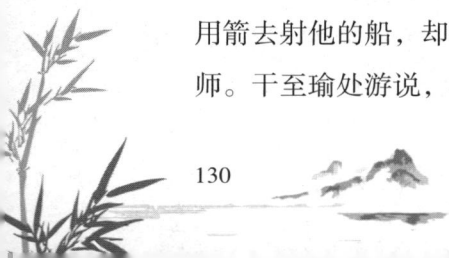

黄盖。盖却诉苦于干，又言快越、蔡瑁已投于瑜。干大惊，归言于操，操即斩了快、蔡二人。瑜众将皆主张采用火攻曹军，独孔明掌中写着风字。他便立坛祭风，以助火势。曹军大败，众官乱刀砍蒋干为万段。瑜军四面逼来，曹操死战得脱。到了滑荣路，又有关云长领了五百校刀手拦住。曹操以情恳之，云长不听。天空却生了尘雾，使操得脱。瑜与刘备相见，惊其有君人之貌，便欲设计除之。他请备会宴于黄鹤楼，备乘其醉，得脱而归。曹、孙二军交战，周瑜中了一箭，荆州为刘备乘机而得。瑜大怒，更设计使权妹孙夫人嫁了刘备，欲乘机杀之。太夫人却以为不可，孙夫人也不忍杀备。等到他们夫妇过江时，又由太夫人暗中维持，保送了他们夫妇回去。周瑜又大怒几死。后荆州三年大旱。鲁肃送粮，欲借路使周瑜收川。第二卷至此而止。

第三卷开头叙鲁肃回后，不到二月，周瑜果然引军五万，向荆州而来，前去收川。周瑜领军在前，张飞却领军蹑其后，凡瑜所夺州府县镇，皆被飞所收。瑜大怒，疾复作，死于巴丘。庞统压住将星，不使人知道。运丧到吴时，鲁肃即荐举庞统，却为孙权大骂一顿而罢。庞统便到荆州，去投刘备。备使他为历阳县令，不遂其志。张飞持剑去杀他，连砍数剑，杀的却是一狗。不到几天，统却去说沿江四郡皆起兵叛备。孔明命赵云到长沙收赵范，范欲以嫂嫁云。云大怒，因此相恶，范被云所杀；他收了长沙郡。军师又命张飞去收桂阳郡，也得了手。只有武陵郡韩国忠一处，因有庞统、魏延相助，却不能得手。军师却使一计，与统通谋，降了魏延，斩了国忠。又去收金陵郡，太守金族使黄忠出马。连日相战，并无胜负。孔明又使计杀了金族，降了黄忠。备军因此声威大振，奄有荆州十三郡，雄军五万，猛将三十员。曹操闻之，颇为忧虑。便到平凉府招了马滕来。滕忠心耿耿，生有二子，马超、马大。闻招，即知不返。他说，假若他死在操手，二子须为他报仇。滕到京，当面骂曹。曹操便使军兵乘夜杀死了滕，马超兄弟知道此事，兴兵前去杀操，杀得曹操割髯弃袍而逃。有华山云台观仙长楼子奋来献计给马超，超不听。楼子奋便又到曹营献计，操用其计，果然散了马超的军队。超领军不上三千，投奔张鲁。鲁欲与超复仇。二人领军驻于剑关之下。川中四面皆敌。川主刘璋颇以为患。便遣张松献西川图于曹操。松人物矮小，言语不多，操不甚加礼。松见杨宿，宿取《孟德书》一十六卷，《孙子书》一十三篇给他看。他看一遍，便会背诵。宿大惊。言于曹操。操急使人追之，松已自去了。松见旺气在荆州，便向此地而去。到了荆州，松见备与诸文武皆有龙虎之相，便将西川图献与备。备便作书交松带给刘璋，璋使法正去请备入川。在入川之前，孔明设计大败曹操之军，使他不敢正视江南。以后，便以庞统为帅，帅兵收川。备入川，在离成都府百里地，名曰"符家会"与刘璋相见。统欲使黄忠杀璋，为备所阻。统对备说："今日不得西川，非统之过，盖主公之罪也。"次日璋请备筵会。法正、张松欲献川于备，为人所知，告发于璋。璋便会请了巴郡太守严颜来，元帅张任又引五万军把了险要处。统与备到了落城，统为乱箭所射死。荆州又起了三路军来接应刘备。这时，孙夫人抱了阿斗，要投东吴，却被张飞夺了阿斗，以言相责，孙夫人"羞惨投江而死"。然后张飞追上众军，一同入川。他擒住了严颜，义释了他，严颜遂降于飞。又有铁臂将军张益败了赵云，势不可当。璋使国舅赵师道来助他，赵却是朝廷之贼，又辱骂官。益不忿，便杀了他，降于备。大军至濯锦江，江上有升仙桥。庞统却显灵，助黄忠夺了此桥。自此，大军便很容易的到了成都府。刘璋引百姓们袒臂牵羊来迎备，刘备遂为西川之主。这时，张鲁、马超已引十万军上剑关，又夺了阳平关，又有曹操军二十万蹑其后。孔明设计招降了马超。刘备递封关羽、张飞、赵云、黄忠、马超五人为五虎将。独关公不在川，他正镇守着荆州。他臂伤未愈，每天阴辄觉臂痛。便请华佗来医，刮骨疗疮，关公面不改色。关公箭疮方愈，却有鲁肃引万军过江，请关公赴单刀会。关公挺身而去，安然而回。鲁肃又过江请吕蒙来取长沙四郡，关公求救于川，杀得吕蒙大败。这时，曹操又起大军攻川。孔明设计，一昼夜折了他十万军。不到十日，曹军又来，马超却带酒战败，失了阳平关。曹军进至紫乌城，见百姓尚作营生。曹军不敢入

城，向东北而去。却为川中诸将截住，大杀几阵。曹军粮食，皆聚于定军山。军师使黄忠至定军山，斩了夏侯渊，夺了粮食。曹操欲去不能，欲留不可。一夕，夜静私行，却见军兵打操行李。询知乃杨宿因操叹鸡肋，食之无味之语而传出来的。操遂斩了杨宿，退军而去。操回军至长安，贾许暗对操说，献帝之子，要暗害他。操便扬言太子要谋篡位，立迫献帝杀了太子。帝惧怕操，封之为大魏王。孙权也自立为大吴王。皇叔则自封为汉中王。汉中王欲立太子，问于关公。关公主张立刘禅，刘封因此怨恨关公。半年后，江南有使来，要求关公之女与吴王之子为妻。关公带酒，叱骂使臣而去。不久，曹军来攻荆州。关公出战，斩了来将庞德，水淹七军，杀得曹军大败而去。操更连结东吴，起兵夹攻荆州，关公不肯求救于川。及事急，一月之中，三次求救，文书却皆为刘封扣下不申，关公遂力战而死，吴、魏二家分了荆州。这个消息，军师不敢告知刘备。操回朝后，一日，奏献帝，说他年老，可立嗣。然帝无后嗣。操便说，可立他儿子曹丕为天子。帝只好依言，筑受禅台以授受帝位。曹丕即位，改元黄初，国号曰魏，封献帝为山阳公。孙权闻之，也立为吴大帝，改元黄龙。刘备也立为蜀川皇帝，改元建武。备即位后，思念爱弟关公数年不见，令人赴荆州去招他。军师至此，不敢隐瞒，即将前事说知。先主听了，晕去数番，立誓讨吴，军师力阻不听。西川起军四十万，又向蛮王孟获借了十万军，拜张飞为元帅，留武侯太子权国。先主到了白帝城，扎下五座连珠寨。张飞因责打部下军卒，为他们所杀，提头投吴去了。先主又为之气杀数次，卧病了好几天。吕蒙与陆逊设计大败了先主。他困守白帝城，军无三万。病重茶饭不能进，急派人去西川宣太子及军师等至。先主对孔明说道："阿斗年幼，不堪为君。中立则立之，不中立，军师即自为之。"军师泣矢竭忠辅主。先主又吩咐太子，诸事听命军师。言讫，帝崩。诸葛亮即同太子扶棺而归。半年以后，孟获派人来索借去的十万军，军师无以应之。不久，孟获便起兵十万，来侵西川。诸葛武侯亲自出征南蛮。凡七次擒住孟获，七次放他。孟获乃心服，自誓不复再反。

这时，后顾之忧既绝，武侯便专意经营中原。凡六出岐山，与司马益对敌，皆无功。其间，他造了木牛流马来运粮。姜维欲来抢夺，却为武侯所擒，维乃拜武侯为父。最后，武侯带兵私行，离皆庭百里，见一娘娘。问是何处。娘娘答是黄婆店。"又问，今岁好大雨。娘娘言，卧龙升天，岂无大雨。"她又说是"君亡白帝，臣死黄婆。""又问西高山甚名。娘娘言：秋风五丈原也。"言毕，化阵清风而去。武侯自此卧病月余，针药不能疗治。魏延见军师病重，便欲为帅，武侯伪许之。数日后，武侯命杨仪、姜维、赵云诸将近前，"哭而告曰：吾死，可将骨殖归川。"众人皆泣下。当夜，军师扶着一兵，"左手把印，右手提剑，披头点一盏灯，用水一盆，黑鸡子一个，下在盆中，压住将星。"武侯归天，姜维遵遗教杀了魏延。司马益知武侯身死，率兵追来，却为杨仪、姜维杀得大败。长安为之语曰："死诸葛能走活仲达。"此后，两国相安无事。后司马氏篡魏，是为晋。汉献帝闻之，笑而死。晋王使邓艾、钟会入川伐汉。姜维征西凉国去了，因此邓艾军无甚阻挡的便入川来。汉帝欲降。宰相王湛劝之不听，遂先杀妻子，后自刎。汉帝敕诸边将皆降，姜维得诏，怒以刀砍石，不得已而降。晋王封汉帝为扶风郡王。只走了汉帝外孙刘渊，投北去了。晋王又使王濬、王浑伐吴，也降了吴主孙皓。自此天下复统于一。刘渊逃北，杰士多归之。其子刘聪，也骁勇绝人。刘渊自立国号曰汉，为刘氏复仇。这时，晋惠帝死，怀帝立。汉王领军至洛阳伐晋，杀了怀帝。又有晋愍帝立于长安，汉王又遣将掳了他来。他遂灭晋国，即皇帝位。遂立汉高及昭烈、刘禅诸庙而祭之，"大赦天下"。

六

以上是《三国志平话》一书的提纲（叙事一本其旧，俱无变更，人名地名也一仍原本，不加改动）。在这短短的概略中，我们已可知道这部《三国志平话》尚是纯然的民间粗制品，未经学士文人们的润改的。其最足注意的有几点：

第一，叙事略本史传，以荒诞无稽者居多。最可诧怪的，是：张飞殴打常侍段珪让；刘备太行山落草，国舅董成劝汉帝杀了十常侍，以他们的首级去招安刘备；张飞大叫一声，如雷贯耳，桥梁皆断；关公守住滑荣路，曹操因天空生了尘雾，得脱他手；张飞持剑杀庞统，不料杀的却是一只狗；庞统鼓动沿江四郡叛刘备；曹操逼献帝禅位于他的儿子曹丕；刘渊为汉帝外孙，后立汉国，灭了晋朝，为汉复仇等等，俱是离开史实太远，太觉荒唐可笑的。这真是一部民间传说中的《三国志》。好像作者只是耳听说书先生说过三国故事，而且实未见过陈"志"裴"注"似的。

第二，人名、地名触处皆谬，往往以同音字与同形字来代替了原名。如以糜夫人为梅夫人，糜竺为梅竹，皇甫嵩为皇甫松，张角为张觉，董承为董成，蔡邕为蔡雍，蒯越为快越，新野为辛冶，阿斗为阿计，讨虏将军（孙权）为托肤将军，华容道为滑荣路，杨修为杨宿，街亭为皆庭，司马懿为司马益等等。更奇怪的是，竟有以二人合为一人者，如将段珪、张让二人合而为段珪让一人。似此白字连篇，同音字任意借用，皆是原始的民间文学的本色。或者北宋人以来的《三国志平话》，原来并未曾有过传本，只是口说相传，或仅有最原始的秘本，只是父子师弟相传着，至元代前后，方才见之于刊本的吧？或者宋代刊本已失了传，这部元刊本只是由说书者口中写下来的吧？今俱未能明。然总之，这部《三国志平话》是民间的原始文学作品之一却是无可疑问。当时或者更有一部比较合理的《三国志平话》，如《五代史平话》同样的著作在坊间流传着也难说（这有如今日之有两部不同的《飞龙传》，不同的《说岳》，及既流传着《说唐》，又流传着《隋唐志传》，既有《东周列国》，又有《列国志传》一样）。或者此种合理的《三国志平话》早已不传，或本来便不曾有过，正有待于罗贯中辈的文人们，将这种原始的"平话"来大大的修正重编过。

第三，在文辞上，作者也颇现着左支右绌，狼狈不堪之态，有许多所在简直是不能成句成章，有许多所在似是只说了半句，还没有说完，有许多地方，似脱落一段半节，有许多地方更大似一种匆匆草成的备忘的节本。总之，是可充分的表现出原始的民间作品的本色。这并不足以证明元代白话文学的不大高明，却足以证明民间的原始文学作品，在未经文人学士的写定，或润饰修正之前，全都是这么不大高明的。姑引一段于下：

却说周郎每日与小乔作乐。有人告曰："托肤今委差一官人，将一船金珠缎匹，赐与太守。"小乔甚喜。周瑜言："夫人不会其意。"诸葛、鲁肃亲自来请。须臾，诸葛至。问："何人也？"诸葛自言："南阳武荡山卧龙冈，元名诸葛亮。"周瑜大惊。问："军师何意？"诸葛曰："曹操今有百万雄兵，屯于夏口，欲吞吴、蜀。我主在困，故来求救。"周瑜不语。又见数个丫环侍女，簇小乔过屏风而立。小乔言："诸葛，你主公陷于夏口，无计可救，远赴豫章，请周郎为元帅？"

却说诸葛身长九尺二寸，年始三旬，髯如乌鸦，指甲三寸，美若良夫。周瑜待诸葛酒毕，左右人进枨橘，托一金瓯。诸葛推衣起，用左手捧一枨，右手拾其刀。鲁肃曰："武侯失尊重之礼。"周瑜笑曰："我闻诸葛出身低微，元是庄农，不惯。"遂自分其枨为三段。孔明将一段分作三片，一片大，一片次之，一片又次之，于银台内。周瑜问："军师何意？"诸葛说："大者是曹相，次者是孙托肤，又次者是我主孤穷刘备也。曹操兵势若山，无人可当。孙仲谋微拒些小，奈何？主公兵微将寡，吴地求救，元帅托患。"周瑜不语。孔明振威而喝曰："今曹操动军远收江吴，非为皇叔之过也。尔须知曹操长安建铜雀宫，拘刷天下美色妇人。今曹相取江吴，虏乔公二女，岂不辱元帅清名！"周瑜推衣而起，喝："夫人归后堂。我为大丈夫，岂受人辱！即见托肤，为帅，当杀曹公。"周瑜上路，数日到。孙权众官，推举周瑜挂印，筵会数日。托肤送周瑜上路，起三十万军，百员名将，屯军在江南岸上，下寨柴桑渡十里。却说曹操知得周瑜为元帅。无五七日，曹公问言："江南岸上千只战船，上有麾盖，必是周瑜。"被曹操引十只战船，引快越、蔡瑁江心打话。南有周

瑜，北有曹操，两家打话毕。周瑜船回，快越、蔡瑁后赶。周瑜却回。周瑜一只大船，十只小船出，每只船一千军，射住曹军。快越、蔡瑁令人数千放箭相射。却说周瑜用帐幕船只。曹操一发箭，周瑜船射了左面，令扮棹人回船，却射右边。移时，箭满于船。周瑜回，约的数百万只箭。周瑜喜道："丞相，谢箭！"曹公听的大怒，传令："明日再战。依周瑜船只，却索将箭来。"至日，对阵。周瑜用炮石打船，曹公大败。军到寨，曹相曰："倘若在旱滩上，赢了周瑜。水面上交战，不得便宜。"曹操生心，言孙权有周瑜，刘备有诸葛，惟有吾一身，与众官评议，可举一军师。曹公将素车一辆，从者千人，引众官住江。见一仙长，抚琴而坐。曹相又思，西伯、奚侯得太公，兴周八百余年。曹操披乘而见，邀上车与对坐。曹相问："师父莫非江下八俊？"先生曰："然。"〔曹操拜蒋干为师〕曹公大喜，入寨筵会数日。曹相问曰："师父，今退周瑜，事如何？"蒋干言曰："周瑜乃江南富春人也。与某同乡。某见周瑜，着言说他，使不动兵。江北岸夏口先斩刘备，然后驱兵，南渡取吴，克日而得。"曹相大喜，看蒋干似太公、子房之人。

第四，这部《三国志平话》，内容虽多荒诞，白字虽是连篇累牍，人名地名虽是多半谬误，文辞虽甚粗鄙不通，然其结构却是很弘伟的。其描写虽是粗枝大叶，有时却也十分生动。它虽是原始的《三国志通俗演义》，虽是后来的《三国志通俗演义》的一个骨架子，然后来的《三国志通俗演义》的内容却也已完全包括于此了。民间的作品总是这样的：虽似谬诞粗野，却很弘伟，很活跃可爱。

第五，这部小说对于曹操已是没有好感，只是着力写他几次狼狈的失败，对于诸葛亮却是很着力的写他的智计满胸，算无不准，谋无不验。然对于关羽却是写得颇为冷淡，并没有什么生气。全书中写得最有生气，最可爱的人物却是张飞。他是个闯祸的太岁，好勇无谋的将军，却是胸无宿物，干脆可喜，几次的败也由他，成也由他。几乎全部《三国志平话》中，乃是以张飞的活跃为中心似的。

七

通俗小说《三国志》之成为正则的演义，不惟通俗，抑且通"雅"，且远超出于《前后七国》《说唐》数传同科之列者，第一个——或者是最大的一个——功臣，自要算是罗贯中。《三国志通俗演义》与罗贯中这两个名辞，久已胶结在一处的了。自北宋以来，通俗传说中的《三国志》愈走愈野，加入莫须有的传说愈多，而离开历史上的故事愈远，甚且违背史实的地方也更为繁夥。其结晶，便有了那么粗野的一部虞氏新刊的《三国志平话》。这个"传说"到了罗贯中手里，他便踌躇着、迟疑着，颇想完全廓清了许多太荒诞了的传说与事实。他究竟是一位"秀才"（即读书人之谓），多读了几本书的，便取了陈寿的《三国志》来，与这种通俗传说的《三国志平话》之类的书来对照，加入许多陈志所有的材料，去了许多陈志所无而太觉谬诞的传说。但对于俗本传说，有描写动人的地方，也颇有所采取。结果，便成了第一部的"按'鉴'重编"的历史小说《三国志通俗演义》。

我们知道，历史小说的趋势是愈走愈向"历史"走去的。到了后来，便简直成了用文言式的白话写出的历史的复本、副本了，不过不用纪传编年诸体而用"章回体"罢了（这如杜纲的《南北史演义》以及今人所作的许多演义）。而领导了这班卫护"历史"的小说作家们向前走去的，便是罗贯中。第一个由许多荒诞的传说中，回顾到真实的历史的作家便是罗贯中。演义到了此后，便真成了名副其实的历史小说了。而此后的演义，便有了两歧的趋势。一方面文人学士拉了它向历史走，一方面民众拉了它向"英雄传说"一条路上去。其结果，演义的发展，便有了绝不相同的二型。一是愈趋愈文的"按'鉴'重编"的历史故事。一是愈趋愈野，更扩大了，更添加了许多附会的传说进去的通俗演义，若《说唐传》之类。所以同一部名目的演义，往往是有了两个本子的，一是通俗的，一是较近于历史的。

　　金华蒋大器（庸愚子）序罗贯中的《三国志通俗演义》说："语云：质胜文则野，文胜质则史。此则史家秉笔之法。其于众人观之，亦尝病焉。故往往舍而不之顾者，由其不通乎众人。而历代之事，愈久愈失其传。前代尝以野史作为评话，令瞽者演说。其间言辞鄙谬，又失之于野。士君子多厌之。若东原罗贯中，以平阳陈寿传，考诸国史，自汉灵帝中平元年，终于晋太康元年之事，留心损益，目之曰：《三国志通俗演义》，文不甚深，言不甚俗，事纪其实，亦庶几乎史。盖欲读诵者人人得而知之，若诗所谓里巷歌谣之义也。"

　　他这一段话，颇能抉出罗贯中著作的本意与真相来，对于当时的通俗平话与罗氏书的分别，也能一言而显其要。"文不甚深，言不甚俗，事纪其实。"这几句话便是罗氏书之所以能够"雅俗共赏"的原因；也便是前代的评话之所以渐渐消灭，而罗本《通俗演义》之所以能够盛行于世的原因。

　　罗贯中是一位甚等样子的人呢？他的详细的生平，没有一个人说起过。蒋大器的序，只是轻轻的带起一句道："东原罗贯中。"在《三国志通俗演义》每卷之下也只题着："后学罗本贯中编次。"但他书上则也有题为"庐陵罗本"的，也有题为"武林罗贯中"的。总之，他姓罗，名本，字贯中，这一层却是无可怀疑的。至于他到底是庐陵人、东原人或是武林人，则不可知。他的生年，大约在元末明初。周亮工《书影》说他是洪武初人，则他当是跨于元、明二代之间的一位作家（约1328—1398）。他的生平，没有人说起的原因，当然是因为他不过系一位通俗的作家，又只写着不为人看重的小说与戏曲，所以传记家也不会看得起他而为他写什么传记了。他的著作很多，传于今者也不少。戏曲有《龙虎风云会》一本，今存。叙赵普辅宋太祖得了天下，太祖为了国事，雪夜还去访他的事。至今《访普》一折，尚为剧场上颇受欢迎的戏。他的小说，相传有《十七史演义》的巨作。今虽未必俱存于世，然如今存的《列国志传》《东西汉》《南北史》《三国志》《隋唐志传》《五代志传》等等都有为他所写的痕迹存在。特别是《三国》《隋唐》《五代》《列国》等，都还明显的标出他的姓名来。这几部书，笔调的相同，格式的类似，都不必怀疑的知道其必出于他一手所写。又他们的可以衔接的地方，便前后都是衔接的，例如《隋唐志传》之后，紧接着便是《五代残唐传》。此外，又有好几部英雄传奇，如《水浒传》《平妖传》《粉妆楼》等等，相传也为罗氏所著。在当时，一家刻了一长套的小说，并不是不习见的事，例如，在至治间，建安虞氏便刻了至少五部以上的像《三国志平话》一类的东西，则罗贯中氏一手写著《十七史演义》的巨大无伦的长著并不是不可能的。

关于《水浒传》的作者问题，还有人有疑问，但关于《三国志通俗演义》，则无人疑其为非出于罗氏之手。在罗氏的许多作品中，《三国志通俗演义》乃是最著名，且也是流行最广的一部代表作。

八

罗贯中本的《三国志通俗演义》与新安虞氏本的《三国志平话》，其不同的地方，便在：虞氏本是民间传说中的《三国志》故事的一个结果，罗氏本虽题着"通俗演义"，却是抛弃了民间传说，而回转到真实的历史中去的。因此，罗氏本与虞氏本便有了很不相类的几点：

第一是削去了流俗传说中太过荒诞不经的事实，如张飞打段珪让，杀太守，诛督邮；曹操劝汉献帝让位于其子曹丕；庞统既投了刘，不得意，又去劝说沿江四郡，皆起叛刘之类。

这些事实，实在离开历史太远了，稍有历史知识的人，一见便可知其为荒谬，所以罗氏也不得不将他们逐一的削去了，免得贻通人以口实，免得这部"演义"，只能流行于民间，而上不了士大夫阶级中的"台盘"。最大的刊落便是将司马仲相断狱的一大段入话及孙秀才发见天书的故事完全删去了。这颇使我们的眼界为之一清。本来历史小说以因果报应为起结实是太幼稚、太可笑的。罗贯中氏毅然舍弃了这些"入话"，而单刀直入的即以"后汉桓帝崩，灵帝即位时，年十二岁"开始，诚是很有眼光、很

有胆识的。

第二是增加了许多历史上的真实事实。虞氏本只是一个壳子，叙事既疏，所收罗的三国故事也极不完备；一方面既收集了许多的民间的传说，一方面却又遗落了《三国志》上的许多绝好的资料。罗氏本在一方面确尽削除之力，在别方面便自然的要加上了许多的历史上及其他方面所给他的好材料。这些增加的东西，约有三方面：（一）历史故事，如何进诛宦官，祢衡骂曹操，曹子建七步成章，以及姜维的许多故事，钟会、邓艾的取蜀等等。（二）诗词，《平话》诗词，寥寥可数，罗本则搜罗"后人""史官""宋贤""胡曾"等等的诗词，在四百余首以上，诚是洋洋大观。（三）表章书札，罗氏本也依据陈志裴注及本集，搜入不少。《平话》对于当时往来信札表章，往往出之于伪造，极多鄙陋可笑的，罗氏本则一扫此种俗文，大多数改用原作。

第三是改写了许多虞氏本所有的故事。这一点最多，罗本原是全部改写的，特别是许多虞氏本太过谬诞不经的地方，例如张飞独拒当阳长坂桥一段，虞氏本以为张飞大喊一声，竟喊断了长坂桥，喊退了曹军，这是很可笑的传说。罗氏知其无理，便将其改作了张飞大喊一声，吓破了曹操身边的侍从夏侯傑之胆，跌落马下而死，曹军为之惊退者三十里。这一点是比较有可能性的。

就这三点看来，可知罗氏本对于虞氏本，其进步是如何的巨大。罗氏在卷首大书着"晋平阳侯陈寿史传，后学罗本贯中编次"，这诚是"言副其实"的标示。我们与其说，罗氏本是出于虞氏本，不如说他是出于陈寿的史书更为妥当。真不愧为第一个"接鉴重编"的演义小说作家。

但第四，罗本的最重要的一点，还在保存了一部分《平话》的旧事而大加增饰，将原来一页的东西，变成了好几十页。《平话》原文是极为粗糙，不堪一读的，但一经过罗贯中的手下，这同一的材料却成了一篇绝隽绝妙的文章了。全部《三国志通俗演义》中，像这样结构奇幻，意境高超，可以自成为一篇独立的短篇小说的原也不多。故不避引用繁重之嫌，将这段全文都引了来。三顾茅庐的事是颇容易写得重复的，像《平话》的一段，便是很不高明，一点生气也没有的文字。然罗氏却极意经营，竟将这三节易于雷同的故事，写得像生龙活虎般的活泼生动。先是，刘备去访孔明，第一次见到山水之美，从农夫口中见出卧龙先生来。又见到崔州平的来到，备却误以为孔明，不料却不是他。第二次去访时，是严冬天气，大雪纷飞之时。备冒雪而去，在茅庐左近酒店，见二人饮酒作歌，词意不凡，他以为二人中必有一个是卧龙先生的了。不料又扑了一场空。到了茅庐门口，问童子先生在家否。童子说，在堂上读书。备以为这一次定可遇见孔明了，读者至此，也总以为备可以见到卧龙了，不料又扑了一个空。在堂上的却是孔明之弟诸葛均。备别均而回去时，见一人骑驴冒雪而来，童子呼之为老先生。备以为这一位一定是卧龙了，读者也以这一位一定是卧龙了，不料他却是孔明之岳父黄承彦，又不是孔明！但写备第三次再去的事时，作者的笔调却完全一变了，他觉得像上面两次的故布疑阵，已经足够使人心满意足，再写下去，便要犯厌了，所以直率的使刘备终于见到了卧龙。但他还不肯就此平平凡凡的结束了，却反另增波澜，加上孔明酣睡不醒的一小段事。作者的笔锋，真可谓活脱到极端了！像这样的迷离惝恍的布局，欲擒故纵的情调，在中国小说之中，虽不能说是绝后，却实在是空前的。颇有人看不起罗氏的文章，以为过于朴质通俗，然而我们看这一小段文字，却颇觉得罗氏实不仅以作素朴的"演义"与粗枝大叶的英雄传奇自限的。

九

罗氏的《三国志通俗演义》既高出于《三国志平话》远甚，于是《三国志平话》不久便废而不行。坊间所有的《三国志》都为罗氏本的《三国志通俗演义》。正像毛宗岗改本的《第一才子书》出而罗本便废而不行的情形一样。今所知的《三国志通俗演义》的最早的刻本是有弘治甲寅（1494）庸愚子（金华蒋大器）及嘉靖壬午（1522）关中修髯子（关西张

尚德）的二序的一本。这一个本子，通称为弘治本，盖因昔人曾抽去了嘉靖壬午修髯子的一序，仅存弘治甲寅庸愚子的一序之故。（据马廉氏所见的一本，是有修髯子的一序的）嘉靖壬午离弘治甲寅还不到三十年；或者庸愚子所序的一本，并未刊印，直至嘉靖壬午方才见之于刻本的吧。较此本更早的《三国志通俗演义》，到今日为止，尚未为我们所发现。庸愚子在序上说："书成，士君子之好事者，争相誊录，以便观览。"并没有说起刊刻的事来，则在这时之前，罗氏的这一部巨作乃是不曾刻过，只有传钞本在流传的了。这一部嘉靖壬午本的《三国志通俗演义》也许竟是罗氏此书的第一个刻本吧。这部"演义"之见于著录者，有都察院本，有二百四（十）卷本，有十二卷本。《百川书志》六《史部·野史》："《三国志通俗演义》，二百四（十）卷（卷应作节）。晋平阳侯陈寿史传，明罗本贯中编次。"此或即为嘉靖本。《古今书刻》："都察院《三国志演义》。"此都察院刻的《三国志演义》大约也即为嘉靖本。《也是园书目》十："《古今演义三国志》十二卷。"此仅有十二卷，则当系嘉靖以后万历间所刊的合并二卷为一卷的本子。总之，都察院是确乎刻过一部《三国志演义》的。细观嘉靖本的《三国志通俗演义》，一察其纸墨笔体，以及版式等等皆与明官版诸书相同。闽郑以祯所刊的《新镌校正京本大字音释圈点三国志演义》的题页上，有"金陵国学原板"字样。这一个嘉靖壬午本如不是都察院本，便当是所谓"金陵国学原板"了。总之，这一个嘉靖壬午刻本是我们现在所知道的最早的一个刻本，却是没有疑问的。

这个刻本，凡分二十四卷，每卷十节，共二百四十节。每节有一标目，目皆单句，句有七字，大约如"刘玄德斩寇立功""诸葛亮一气周瑜"等，是后来"回目"的最早的形式。

从这个刻本以后，别的刻本更纷纷的出现。即就明代而论，自嘉靖壬午起，截至崇祯十七年为止，《三国志通俗演义》究竟有过多少种刻本，我们实在无从知道。玩虎轩刊元本《琵琶记》时（万历间），刊者在序上说，他所见的《琵琶记》的本子，共有七十余种之多。这可见明代的刻书业是如何的发达。恐怕明刊本的《三国志通俗演义》决不止限于二十种、三十种的数目吧！就今所发见的而论，已有明版十种之多：

（一）新刊校正古本大字音释三国志通俗演义，明万历辛卯（十九年，1591年）金陵周曰校刊本。其内容与嘉靖壬午刊本全同，唯并合二十四卷为十二卷（但仍是二百四十节），又补插图，加音释而已。插图为双叶的，图上题着：上元泉水王希尧写，白下魏少峰刻。绘刻均甚精。图目分列于图的左右边上，绝似罗懋登氏的《三宝太监西洋记》。序后附"万历辛卯季冬吉望刊于万卷楼"一行，版心下方题着"仁寿堂刊"字样。其音释则为周曰校氏所加入者。其与嘉靖刊本的不同之点，大约即在于此。嘉靖本于原文之下，原有少许注释，或为刊行者所加，或即罗氏原本所有，唯极为简略，此本的音释则颇为详细，不惟有注释，而且对于文字的音义也都添入。周曰校在题页上写得很明白："是书也，刻已数种，悉皆伪舛，茫昧鱼鲁，观者莫辨。予深憾焉，辄购求古本，敦请名士，按鉴参考，再三雠校。俾句读有圈点，难字有音注，地理有释义，典故有考证，缺略有增补，节目有全像。如牖之启明，标之示准。此编之传，士君子抚养，心目俱融，自无留难，诚与诸刻大不侔矣。览者顾诨书而求诸，斯为奇货之可居。"

（二）新刻校正古本大字音释三国志通俗演义，明夏振宇刊本，凡十二卷，版心上有"官版三国传"字样。

（三）新刻按鉴全像批评三国志传，明万历壬辰（二十年，1592年）余氏双峰堂刊本。全书凡二十卷；二百四十节。这书每页分为三栏，上栏最短，载批评，中栏较长，载图画，下栏最长，载本文。这一本正文与嘉靖本无大区别。但有最可注意的三点：一，加"批评"于上端；二，大标着"按鉴"二字于书名之上；三，加诗歌。在余氏此本以前，《三国志通俗演义》似乎从不曾有特标着"按鉴"及"批评"于题目上的，又诗词也绝少异同。自余氏本出现，于是罗氏的原本的面目便略略的有所变动了。

余氏兄弟们原是几位知书的"书贾"，他们所刻、所编、所著的书，流行遍于各处。《水浒传》他们也有评刊本；《列国志传》等等也都曾经过他们的刊印、传布。余象斗氏还著了《南游记》及《北游记》等。

（四）新镌京本校正通俗演义按鉴三国志，明万历乙巳（三十三年，1605年）闽建郑少垣联辉堂三垣馆刊本。凡二十卷，首有顾充序。每页上端为图，下半页为本文。这一个本子，后余氏刊本者凡十余年，其受有余氏本的影响是无可置疑的。特别是"按鉴"及半页是插图的两端。余氏本刊于闽南，首受其影响的，当然是闽南一带的书业了。这一本又标着别名："三国志赤帝余编"，如此多用奇名，大约是为了易于销售之故。凡书贾的印书，每遇易于销售者，便急起直追，立行翻版。余氏本的影响流传之速，其原因大约即在于此。

（五）重刻京本通俗演义按鉴三国志传，明万历庚戌（三十八年，1610年）闽建杨起元闽斋刊本。凡二十卷，二百四十段。每页上端为图，下端为正文。我们可信其亦为余氏本的"重刻"——虽然没有见到原书。

（六）新刻按鉴演义全像三国英雄志传，明闽书林杨美生刊本。亦为二十卷二百四十段。每页亦为上图下文。首有闽西桃溪吴翼登序。

（七）新镌校正京本大字音释圈点三国志演义，明闽瑞我郑以祯刊本。题页上写着："卓吾李先生评释圈点《三国志》，金陵国学原版，宝善堂梓。"凡十二卷，二百四十段。这是一本集合了众长的刊本。有图，且回复了闽省以外刊本的十二卷的面目，故郑氏特别提出"金陵国学原版"的话来。每卷书名之下，又题着："晋平阳侯陈寿史传，明卓吾李赞评注。"其注夹在正文之中，其评则写在正书栏外。余氏本的所谓"按鉴"及所添的诗词，也俱添入。

（八）李卓吾先生批评三国志，明建阳吴观明刻本。与郑以祯本一样，有眉批，有总评。又有图，甚精，题着："书林刘素明全刻像。"首有李赞序，缪尊素序及无名（即庸愚子）序。刘素明盖即为陈眉公评本诸传奇绘刻插图者。这一本最特别的一点，乃在不分卷，只分作一百二十回，将原书的二百四十节，每二节合并为一回。因此，每回便成二目。此二目是参差不对的。毛氏的"第一才子书"凡例说："俗本题纲，参差不对，错乱无章，又于一回之中，分上下两截。"盖即指此两种合并为一百二十回的本子而言。

（九）李卓吾先生批评三国志真本，吴郡宝翰楼刊本。亦为一百二十回，不分卷。亦有图。惟眉评及总评与他本有不同，故刊行者自命为"真本"。[1]

（十）精镌合刻三国水浒全传，明雄飞馆熊飞编刊本。《三国志》凡二十卷，二百四十回，亦载李贽的批评。版心题着："二刻英雄谱"。[2]

在这许多不同的传本中，足使我们注意的很少，因其本文与罗氏此作第一次（？）刊本的原本并无多大的差别，至多只有几个字的不同，或不关重要的一二句东西的增删而已。例如，以郑以祯本与嘉靖本校对一下，其不同的地方极少，仅在每节之末，加入一句："毕究性命如何"（卷二），或"下回便见"（卷三）等等字样而已。此可见这许多刊本必定是都出于一个来源，都是以嘉靖本为底本的。其与嘉靖本大不同的地方，大都仅在表面上及不关紧要处，而不在正文。综合的研究一下之后，可知诸本之与嘉靖本不同者约有下列五端：

第一，加插图。插图似乎是小说戏曲书上必要的东西。元刊本《三国志平话》上原是有插图的。但在明代嘉靖的前半期，插图似尚未为读者所重视。所以小说如《三国志演义》，戏曲如李开先的《宝剑记》等皆未有插图。到了万历间，插图的应用才大为发展，几乎没有一本小说戏曲书是

---

[1] 李卓吾批评本，清初翻刻者颇多，如绿荫堂翻本，藜光楼、楠槐堂翻本，皆为吴郡出版者。

[2] 清翻本，《水浒》仍旧，《三国》已改用毛宗岗改本的"第一才子书"。

没有插图的，连散曲集子及普通的应用书籍也都加上了插图，以为号召。所以在这个时代及其后，出版的《三国志通俗演义》，无不加有插图，自周曰校本以至熊飞本皆然。且其插图都是很工细可爱的。（直到了清刻的若干翻刻本出现之时，《三国志》的插图方才邻于没落之境，粗鄙不堪一阅）这是万历以后本与嘉靖本面目不同的一要点。

第二，卷数、回数的不同。嘉靖本的卷数是二十四卷；周曰校本及夏振宇本、郑以桢本是十二卷，余象乌批评本是二十卷，以后，许多闽刊本，大都亦为二十卷。为什么他们要将原书的二十四卷并合为十二卷或二十卷呢？这并没有什么特殊的重要的原因，大约全为的是卷帙上的便利吧。然无论他们是二十卷，是十二卷，其分为二百四十节，却与嘉靖本完全相同。在十二卷本则每卷为十节，在二十卷本则每卷为十二节。但到了最后，更有二种不分卷，只分为一百二十回的李卓吾评本出现，一为闽吴观明刊本，一为吴郡宝翰楼刊本。他们将嘉靖本的两节，合并为一回，两节的节目，即作为回目的二句。因为并不曾加以修改，所以"回目"却是并不对偶的，完全与原文无异。又每回之中，仍分为上下二节。其结果，仍与嘉靖本之分为二百四十节无所殊别。他们之所以必将二百四十节合并为一百二十回者，其原因乃在要使回目成为相对的二句。回目之所以必须对偶的二句，则为当时的风气，使他们不得不如此。《水浒传》的回目早已成为对偶的二句。《西游记》的回目是对偶的。《金瓶梅》的回目也是对偶的。时代的风尚使《三国志》的编者也不得不将两节并合作为一回，以期每回也得有两句标目——虽然他们还没有胆气与学识去修润原来参差不对的两句标目而使之对偶齐整。

第三，加入批评。嘉靖本并无批评；周曰校本也只有圈点、音释而无批评。有批评的一本《三国志通俗演义》当始于万历二十年出版的那部余象乌批评本。余象乌字仰止，与其兄弟余象斗等同为闽南著名的书贾，刻印了不少新旧书籍。他们会作诗，会写小说，也会批评故籍。那时，所谓李卓吾氏的批评尚未流行，钟伯敬等的批评，也尚未出世，于是余氏便自挥巨笔，逞臆批弹。他并不批评原书文字，只是批评原书事实。这是与张采之批评《西厢》《水浒》，毛宗岗之批评《第一才子》完全不同的。例如他"评（姜）维擒徐质"道："姜维与夏侯霸领兵于葭藜寨外，多置鹿角，作为久住之计，以擒徐质，谋何高也。""评晋主问刑"道："晋主问孙皓之刑，而皓举弑逆对，贾充当愧死于地下矣。何默默而无人心也。""评晋朝一统"道："此记凡三国君臣，尽皆善终，讵知一统，归于晋朝矣。"文字似通非通的，是略略知书识字的书贾的笔墨。过了不久，吴观明本及郑以祯本出版时，便知利用李卓老的高名，而以标榜他的批评或批注为号召了。闽地以外的书坊，如吴郡宝翰楼之类，便也立刻的传录或修改这些卓老批语以为号召的了。所谓李氏批语，虽各本不大相同，总之是很浅陋的。郑以祯本还是照原来字样写刻的，有如陈眉公所评的诸种传奇，用以表示这是真迹。大凡卓吾之评，约可分为两类。一为批评书中人物，其可笑多有类于余象乌氏。二为批评原书的文法及叙写与乎指出它的缺点，这是余氏的笔锋所未及的。所谓卓吾氏的批评本，对于原书颇知保存本相。他有时不客气的讥弹原书的不合理处，却只不过是"指出"它而已，并不敢动笔加以修改。这是他的值得称赞的一个好处。或以为凡所谓卓老批评诸书，皆为叶昼所伪作，此亦无什么确证。叶昼所评的《橘浦记》，今见到明刊本，固是自署着他自己的姓名，而非用卓老之名的。

第四，"按鉴"增补。所谓"按鉴"，在周曰校本已是如此标榜着的了。他说："敦请名士，按鉴参考"，又说，"缺略有增补"。其实他所增补的，真是微乎其微。余象乌本也题着"按鉴"二字，我们未见此书全本，不知所谓"按鉴"者究竟何所取义。也许此"按鉴"二字已与《三国志通俗演义》结下了不解之缘，每本都要如此的标榜着的了。在明刊本的《新刊徐文长先生评隋唐演义》的卷一标题之下正文之上，有着下列的几个字：

按隋唐史鉴节目

起自隋文帝仁寿四年乙丑岁改元大业元年至

炀帝大业十三年丁丑岁秋七月凡十三年事实

《残唐五代史演义传》的卷一之下，正文之上，也有着"按宋制孙甫史记：子丑乾坤判，唯寅人所生"一篇短短的文字，叙述历代沿革及唐代的诸帝名号。其他《南北宋》《东西汉》《东西晋》诸演义，也都于每卷之首或末，写着这一卷所载的某年至某年的"事实"一段文字。也许这些添加于原文之上的东西，便是所谓"按鉴"之意吧？余象乌本，在卷首卷末皆无这种年数的统计，也许在卷一之首，为了嫌原文直题"后汉桓帝崩，灵帝即位"过于单刀直入，所以加上了像《残唐五代》之上所加的文字似的一段文字也说不定。在郑以祯及许多别的本子上，则于每卷之末，皆有一行关于年数的结算。郑本凡十二卷，共有十二行这样的总结算：

第一卷之末写着："起汉灵帝中平元年甲子岁至汉献帝初平三年壬申岁，共首尾九年事实。"

第二卷以下，写的是：

（二卷）起汉献帝初平三年壬申至汉献帝建安四年己卯岁，共首尾七年事实；

（三卷）起汉献帝建安四年己卯至汉献帝建安五年庚辰岁，共首尾一年事实；

（四卷）起汉献帝建安五年庚辰岁至汉献帝建安十三年戊子岁，共首尾九年事实；

（五卷）起汉献帝建安十三年戊子岁至本年止，共首尾一年事实；

（六卷）起汉献帝建安十三年戊子岁至汉献帝建安十六年辛卯岁，共首尾四年事实；

（七卷）起汉献帝建安十七年壬辰岁至汉献帝建安二十三年戊戌岁，共首尾七年事实；

（八卷）起汉献帝建安二十四年己亥岁至汉献帝建安二十五年庚子

岁，共首尾二年事实；

（九卷）起自蜀昭烈章武元年辛丑岁至后主建兴三年乙巳岁止，共首尾五年事实；

（十卷）起自蜀后主建兴三年乙巳岁至本年止，共首尾一年事实；

（十一卷）起自蜀后主建兴九年辛亥岁至延熙十八年乙亥岁止，共首尾二十五年事实；

（十二卷）起自蜀后主延熙十九年丙子岁至晋武帝太康元年庚子岁止，共首尾二十五年事实。

像这样的年数的统计，也许便是所谓"按鉴"增补吧——至少也是"按鉴"增补的一端。

第五，加入周静轩的诗。我们未见到嘉靖本《三国志通俗演义》时，每以为所谓"周静轩先生"的诗是罗氏原本所本有的。但我们一执了嘉靖本与其他各本对校一过，便立刻知道周静轩的诗，乃是嘉靖以后人所羼入者。在嘉靖本上，什么都有，特别是诗词，与诸本完全相同，独独是没有周静轩的诗。我其初还疑心嘉靖本的刻者，也许是一位毛宗岗的同志，他觉得静轩的诗实在不大高明，所以把他们刊落了。然而经过仔细考察之后，便知道这一个猜测是不对的。第一，嘉靖本中所谓"史官""后人"的诗，实在未见得比静轩的诗高明了多少。例如：

汉室倾危天数终，无谋何进作三公。几番不听忠臣谏，难免宫中受剑锋。

（嘉靖本卷一）

荆州兄弟两相猜，诸葛三含口不开。以使片言能救脱，至今犹在玉梯台。

（嘉靖本卷八）

武侯魂已升天去，军士号啕血泪流。因念从前恩德重，甘心不食丧荒丘。

（嘉靖本卷二十一）

这几首诗，谁能说与下面所列的那几首"周静轩先生"的诗有什么高下之不同呢？

董贼潜怀废立图，汉家宗社委丘墟。满朝臣宰皆囊括，惟有丁君是丈夫。

（一卷，《废汉君董卓弄权》）

昭烈乘危一骑行，蜀兵追急绕山城。苍天终祐仁明主，又遇张飞救驾兵。

（九卷，《孔明定计捉张任》）

为国平蛮统大兵，心存正道合神明。耿恭拜井甘泉出，诸葛虔诚水夜生。

（九卷，《诸葛亮五擒孟获》）

仲达深谋善用兵，孔明妙算鬼神惊。临危解作疑兵计，十万曹兵怕近城。

（十卷，《孔明智退司马懿》）

兴师伐魏报先王，天命何其有短长。仲达料人真妙算，预知食少事烦亡。

（十一卷，《孔明秋夜祭北斗》）

报国心坚不顾家，见危授命念非差。当时若听诸谋士，安得人称井底蛙。

（十二卷，《忠义士于诠死节》）

嘉靖本的刻者不删落一首一句的许多似通非通的"史官""后人"的诗，而独独将周静轩的诗全部刊落了，这实在是说不过去的一句话。所以，在这一点上，我们便已可知道周静轩的诗乃是嘉靖本刻者所不及见，更是罗贯中原本所不能有的了。第二，还有一点，也可证知周诗为晚出。在罗氏原作中，并无特对曹操不满，仅偶有一二处称操为"奸雄"的。所谓"史官""后人"的诗中，更是并无一语直斥曹操为奸雄的。独有周静轩的诗，则凡写到曹操处，便口口声声骂他是"奸雄"：

奸雄曹操并中原，社鼠城狐弃塞垣。莫笑温侯无决断，丈夫多惑妇人言。

（二卷，《白门楼曹操斩吕布》）

夜深喜识故人客，疋马来还寄旧踪。一念误将良善戮，方知曹操是奸姦。（原文如此，"姦"应作"雄"）

（一卷，《曹孟德谋杀董卓》）

十万貔貅十万心，一人号令众难禁。拔刀割发权为首，方见曹瞒诈术深。

（二卷，《曹操会兵击袁术》）

曹操奸雄不可当，一时诡计中周郎。蔡张卖主谋生计，谁料翻为剑下亡。

（五卷，《群英会瑜智蒋干》）

这显然是嘉靖时袁了凡诸人的《纲鉴》流行以后，人人皆知三国正统之有归，与曹操罪恶的结果。

第六，嘉靖本中所载"史官""后人""古人""宋贤""前贤""胡曾先生""邵康节"诸诗，共三百三十余首，万历诸本所载周静轩诗凡七十一首。这些静轩诗似乎是有意要补前人之缺，所以凡三百三十余首诗咏到的地方，静轩便不之及。（只有二处是例外：一，曹操败走华容道处，静轩别加一首："山高月小水茫茫，追忆前朝暗惨伤。"二，关公为东吴所败处，静轩也别加一诗："关公义勇孰能俦，难出东吴吕陆谋。"）这更显然的可见周诗是出于嘉靖本之后，所以会避免重复，专咏"史官""后人"及"前贤"所未咏的关节所在。

周静轩的诗，既不是嘉靖本所有，那么录载周氏的诗的第一本《三国志通俗演义》是何处何人的刊本呢？据今所知，静轩诗的羼入《三国志通俗演义》，似始于万历十九年的周曰校刊本。但在万历二十年刊的余象乌本中，亦录及静轩的诗，则静轩诗的被采入，似当更在周曰校本以前。明末刊本的《隋唐演义》中，也有静轩的诗，如在第一卷中，有他的一首：

兵出成皋用火攻，指麾洛水笑谈中。

浓云扑面山川黑，烈焰飞来宇宙红。

不智仁基夸勇力，故教李密有威风。

真勇惊破隋臣胆，此是攻城第一功。

周静轩的生平，不可知。马隅卿先生来信说："颇疑是《杭州府志》中之周礼。仿佛礼字德恭，号静轩。"此说尚可信。

此外，则大多数的诗，皆为一位诗人名丽泉的所作。又，在《残唐五代传》中，则大多数的诗皆为一位诗人名逸狂的所作。在《列国志传》中，则大多数的诗皆为东屏先生及潜渊居士所作。"仰止余先生"，也写得不少。所谓"仰止余先生"，盖即刊行《按鉴批评三国志传》的余象乌。由此种种事实，我们颇可得一个很有趣的悬想，即在那个时代（万历）的闽南，有一班的村学究们以训蒙校书为业，与余氏等等的书林，很有往来，便以书林为中心，校订刊印了许多的"演义""志传"。读书人好名之心不能尽泯，便于校读之余，高兴的时候，写了许多的咏史诗，按节插入正文之中，俾其名字得以附于所刊之书，传于不朽。这些人中，或有已故先辈，原来作有咏史诗，为余氏等人所采入的也难说。所谓周静轩、逸狂、丽泉、东屏先生及潜渊居士等等皆为这一班人中的一个人物。而余氏兄弟们，有时便也自己写几首诗附插进去。所谓"仰止余先生"的诗，便是如此的发见于《列国志传》之中的。余氏等书林的刊书，虽不敢任意增删原文，然"插增"的工作却是他们所优为、所惯作的。《水浒传》既为他们"插增"了田虎、王庆二大段，则《三国志传》之"插增"周静轩先生诗，《列国志传》之"插增"潜渊居士、东屏先生以及"仰止余先生"的诗，《隋唐演义》之丽泉诗，《残唐五代传》的逸狂诗等等，当然更有可能了。诗词的"插增"，在一切的"插增"工作上实是最为容易的事，因为只要按段插入便完了，一点经营也不必费。以后闽中书贾，翻刻《三国志演义》时，因为余本既有这些诗，便不肯，也不敢割舍了去，刊落了去。否则，便要表现自己刊本上是比人家的刊本少了一些东西了，这是大有影响于他们书籍的销售的，这是坊贾们所不肯做的事。书贾们只知添些东西，放进他们所刊的书中，而不敢删落什么，其原因大约必在于此。所以一个出版家刊印的《三国志演义》有插图，诸家便也有插图。一家有批评，他家便皆有批评。甚且特别抬出一个大名家来以相凌压。于是你一家是李卓吾批评的，他家的注评便也不得不抬出李卓吾来了。一家既多了音注圈点，他家也不能不照样的办。一家插增了周静轩的诗，他家便也不能不有。像郑以祯本，便是一本集诸本之大成的东西。而余象乌本便是一本勇于"自我作古"的一个杰出的坊本。虽然我们还没有见至到余家所刊的《列国志传》《残唐五代》《隋唐演义》诸书，以证实我的这个悬想，然而这个悬想却并不是什么幻想，实在是很有证实的可能性的。

以上六点，皆是万历以后出现的诸本，与嘉靖本面目上有所不同的所在。然其不同，究竟不过在面目上而已，内容实在是一无差别。嘉靖本假定是罗贯中氏的原本的话，则罗氏原本的文字直到明末，还未有人敢加以更动、删落或放大的了；——只除了插增些咏史诗及批注进去。所谓李卓吾氏的批评，虽有时不客气的直指原本的不合理处而加以讥弹，然也不过仅仅指示出来而已，对于原文并不曾擅加删改。书坊们的能事，原来是仅在于"插增"而不敢担当什么润饰、放大、刊落的重任。其敢大大的改动原文，或放大，或刊落，或润饰的，却是需要比较有胆识，有眼光，有笔墨的文人学士们了。《三国志平话》一变而为《三国志通俗演义》，这一个非同小可的进步，却是出之于一位文士罗贯中氏之手。现在这本罗氏的《三国志通俗演义》如果要有所进展，有所改进，便也非求之于一位文人学士不可了。在清代的初期，张采（即金圣叹）的影响弥漫于全个批评界上，而删改古书之习已成了风尚之时，果然出来了一位文士，又将罗氏的《三国志通俗演义》一变而成为《第一才子书》。自《第一才子书》出，于是罗氏原本的真相不再为读者所知者几三百年。其情形，正如罗氏的

《三国志通俗演义》出而《三国志平话》便为之潜踪匿迹一样。这位文士是谁呢？便是张采的跟从者毛宗岗氏。

十

毛宗岗字序始，号声山，茂苑人。他对于张采是极崇拜之诚的。他的批评方法完全承袭了张氏的。张氏生平只批了两部巨作（其余杂诗文不计），一部是小说：《水浒传》；一部是戏曲：《西厢记》。声山也是如此，他生平也只批了一部小说：《三国志演义》；一部戏曲：《琵琶记》。他批评《三国志演义》时，张氏曾为之作序（顺治甲申，1644年）。此序文笔颇平庸拖沓，不似张氏之所作，或者是毛氏的自作而托名于他的也难说。但毛氏的改本，文笔也殊劲健整洁。假如他有所作，当不会是很幼稚的，可惜他的成就仅止于润饰于批评。

传为郭勋府中传本的百回本《水浒传》，较之罗贯中氏的原本，其润饰放大之功力至深且厚，简直是崭然一新的改写，已使我们看不出原本的真相来。冯梦龙氏之增补《平妖传》，著作《新列国志》，褚人获之涂改《隋唐演义》，也都是改写或简直是另作，其内容文字皆与原本大殊。但毛宗岗氏的删改《三国志通俗演义》却没有那么大的成功与成就。他只不过是枝枝节节的删改而已，决不敢放胆去增饰，去改写。对于原文的内容几乎全无改动，只不过：

（一）将原本（毛氏称之为俗本）"龃龉不通"的之乎者也等字，以及"词语冗长，每多复沓处"略略加以改正。"颇觉直捷痛快"。

（二）将所谓一百二十回的李卓吾批评本的"参差不对，错乱无章"的题纲（即回目）改为对偶的二语。"务取精工，以快阅者之目。"

（三）将余象乌本上的周静轩的诗及一部分原本上的"后人""史官"的诗，删除去了，而易以唐、宋名人之作。

（四）将所谓李卓吾先生的批评除去，而易以毛自己的新评。

（五）将原本纪事之讹误，有违于史实者加以辨正。这种内容的改正，简直可算是重写，但全书中究竟不多，据毛氏在凡例中所举，所改写者凡有下列数项：

（甲）昭烈闻雷失箸；

（乙）马腾入京遇害；

（丙）关公封汉寿亭侯；

（丁）曹后骂曹丕；

（戊）孙夫人投江而死。

这几项是毛氏特别举出作例的，但其实全书中真正改写之处，也不过只是这几项而已。

（六）将原本删去若干小节目及文字。此种删节，又分为二类。一类是删除原文中时代错误的七言律诗。"七言律诗，起于唐人"，而原本中钟繇、王朗颂铜雀台，蔡瑁题馆驿屋壁，皆为七言律诗，"殊为识者所笑"，故加削去。一类是删除原文中不经的事实，例如："诸葛亮欲烧魏延于上方谷，诸葛瞻得邓艾书而犹豫未决之类。"

（七）插增原本所无的事实及文字。此种插增也可分为二类。一类是增入事实，例如："关公秉烛达旦，管宁割席分座，曹操分香卖履，于禁陵庙见画，以至武侯夫人之才，康成侍儿之慧，邓艾凤兮之对，钟会不汗之答，杜预《左传》之癖。"一类是增入表檄之类的文字，例如："孔融《荐祢衡表》，陈琳《讨曹操檄》。"

（八）于原文的开始之前，另加入一段类若"楔子"的文字，这一段文字并不长，兹引录于后面：

词曰：滚滚长江东逝水，浪花淘尽英雄。是非成败转头空，青山依旧在，几度夕阳红。白发渔翁渚上，惯看秋月春风。一壶浊酒喜相逢。古今多少事，都付笑谈中。

第一回　宴桃园豪杰三结义　斩黄巾英雄首立功

话说天下大势，分久必合，合久必分。周末七国分争，并入于秦。及秦灭之后，楚、汉分争，又并入于汉。汉朝自高祖斩白蛇而起义，一统天

下，后来光武中兴。传至献帝，遂分为三国。推其致乱之由，殆始于桓、灵二帝……

这八点都是毛本与自嘉靖以下至明末的诸本不同之处。毛宗岗的注重点，仍似在于批评。其实像那样的批评，实在不足使我们注意。他的批评也未必高出于余象乌及他所骂的李卓吾多少。总不外于一面评骘书中人物，一面批判原书的文法关节，与圣叹的批评《水浒》是毫无二致的。圣叹处处骂宋江，声山便也处处骂曹操。这种批评，是大可以不必作的。但毛氏的《第一才子书》却也有几点好处。第一，他将《三国志通俗演义》更牵回到真实的历史一方面去。许多与历史违背的地方皆被削去，又增入许多史有而演义无的东西进去。《三国志》的故事在此是第二次的回顾到历史去的了。第二，他将原书行文拖沓，不大清楚之处，大加整饰，而使之成为简洁流畅的文字。特别是将回目大加以改革，使之焕然一新面目。

无论如何，毛氏的《第一才子书》在内容上，在文字上，我们都不能不说是较原本《三国志通俗演义》有些进步，——虽然其成就远不若郭本《水浒》及冯氏的《平妖》与《新列国》。"后来居上"，这句话在"演义"的演化是很可以用得到的。

十一

但毛氏敢于这样的改动原文，"妄加笔削"，实使当时的好古者不大满意。虽然他满口满声的说道，"俗本"是如何如何的不对，他所改的并不是自逞胸臆，乃是处处依据于"古本"的。然而大众都知道他口中所谓"古本"云者，实在是"乌有先生亡是公"，不过是他随手拈来，作为擅改原本文字的挡箭牌、护身符而已。于是即在毛氏的友人中，且躬为他做序文的一位李渔之手上，重复布露真正古本的本色。这一个本子便是《笠翁评阅第一才子书》。笠翁在此书的序上说："余于声山所评传首，已僭为之序矣。（按今本毛氏书并无笠翁序）复忆曩者圣叹拟欲评定史迁《史记》为第一才子书。既而不果。余兹阅评是传之文，华而不凿，直而不俚，溢而不匮，章而不繁，诚者第一才子书也。因再梓以公诸好古者。"他所谓"因再梓以公诸好古者"一语，实揭发他自己及当时文人们对于声山擅改古本的不满意的心意。他这个本子，面目与一百二十回的李卓吾评本完全相同，而分为一百二十回，每回二目，皆保存原文，并不对偶，每回中也分为上下二段。惟评语与卓吾的不同。在文字上，笠翁对于原本也略略有些更动，惟较毛本为少。例如，关于曹操为关羽铸寿亭侯印一节，便完全依据于原文而不从毛氏的所改。但如刘备畏雷失箸的一节便又舍弃原文而改用毛氏的改本。他似是在原本与毛本之间，时时择善而从。不过大体面目以及文字，仍是保全着真实的"古本"的本色耳。然此书终于流行不广，终于敌不过在实际上是进步的毛宗岗的改本。

十二

上面的话，可以总结一下：

（一）《三国志》通俗小说是早已有之的，在北宋时已被说书人在讲说着，在南宋时，似已有与《新编五代史平话》相同的《新编三国志平话》。

（二）但今所有的《三国志平话》的第一部却是元至治间新安虞氏所刊的《三国志平话》。这一部平话似是民间传说中的《三国志》小说的一个写定本。

（三）元末明初之际，有一位伟大的小说作家，即写了《十七史演义》以及许多英雄传奇的罗贯中氏出来，依据着陈寿的史传，将虞氏本的《平话》完全改写过，而成为《三国志通俗演义》一书（即《十七史演义》之一）。

（四）罗书行，而虞书遂废。罗书的最早刊本似在嘉靖元年。自此以后，传本至伙。最可注意的有余象乌批评本；有吴观明刊的李卓吾批评

本等数种；内容文字与原本皆无殊异，惟多了周静轩的七十多首的诗及批评，又易原本的二十四卷为十二卷、二十卷，或一百二十回，与原本的面目略有不同耳。

（五）到了清初，有毛宗岗者，第二次翻开陈寿、范晔诸人的史传，将《三国志通俗演义》重加修改。自毛本行，罗本原本便也废弃而不为人所知。

（六）但在毛氏同时，尚有李渔者，重复表章罗氏原本，仅略加修改，欲与毛本抗争。然真实的古本，终于失败在进步的伪造的古本的"手"中。

（七）在罗氏的许多演义中，屡经改动而仍能保存其大部分的本来面目者，《三国志演义》实为其一，且为其中的最著者。毛宗岗本虽云改得不少，其实也只是枝节的文字的修改而已，绝非罗氏《水浒》《隋唐》之为后人全部改写的同类。

（八）根据上文，《三国志演义》的演化进程，及诸重要刊本的出现次第与关系，便有如下页图之所示的：

陈寿《三国志》等史书

↓　　　　　↓

《新编三国志平话》（?）　←　《三国志平话》（元虞氏）

《三国志通俗演义》（罗贯中）（二十四卷）

↓

（周日校音释本）（十二卷）

（余象乌批评本）（二十卷）

（郑以桢校刊本）（十二卷）

（吴观月校刊本）（一百二十回）

↓

《第一才子书》（毛宗岗批评本）（一百二十回）

《第一才子书》（李渔批评本）（一百二十回）

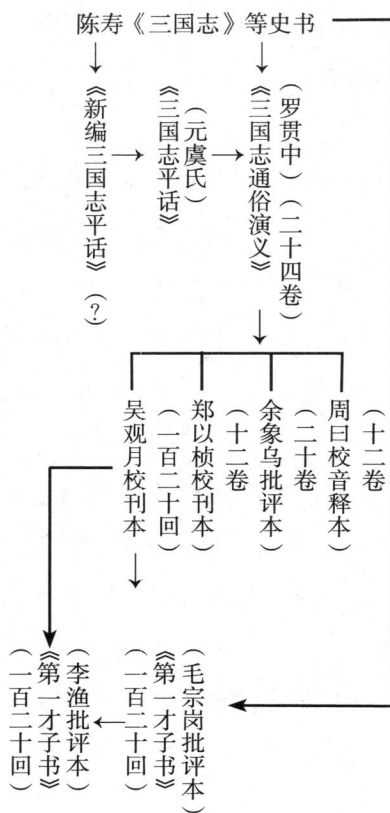

（九）演义的演化，总是沿了一条公同的大路走去的，便是愈趋愈近于真实的历史，愈趋愈远于民间的传说。民间的传说驯至另成了英雄传奇，而演义则结束于"章回体"的白话历史的一个局面之上。

《西游记》的演化

郑振铎

一　当前的难题

说起《西游记》小说来，便立刻会有几个难解决的纠纷，出现在我们之前。这并不是作者的问题。今本最伟大的一部《西游记》小说的作者，早已知道为明人吴承恩而非元代道士邱处机了。也不是什么探求这部小说中所包含的哲理与潜伏的真意；那些《真诠》《新说》《原旨》《正旨》以及《证道书》等以《易》、以《大学》、以仙道来解释《西游记》的书都是戴上了一副着色眼镜，在大白天说梦话的。撇清了那些问题于外，却另有几个问题在着。

最大的一个问题，便是，吴承恩本的《西游记》是创作的呢，还是将旧本加以放大的？易言之，即吴承恩的地位，到底是一位曹雪芹呢，还是一位罗贯中？他的《西游记》，到底是一部《红楼梦》似的创作呢，还是一部《三国志演义》似的"改作"？这是一个很重要的问题，值得仔细的加以讨论。

鲁迅先生以为吴承恩的《西游记》是有所本的，他说道：

又有一百回本《西游记》盖出于四十一回本《西游记传》之后，而今特盛行。

——《中国小说史略》第十七篇

又道：

《西游记》全书次第，与杨致和作四十一回本殆相等。……惟杨致和本虽大体已立，而文词荒率，仅能成书；吴则通才，敏慧淹雅，其所取材，颇极广泛……讽刺揶揄，则取当时世态，加以铺张描写，几乎改观。

——同上

但也有人以为杨致和本是一个妄人删割吴承恩的《西游记》，勉强缩小篇幅的。到底这两说是那一说对呢？假如没有更强更确的证据出来，这场笔墨官司是一辈子打不完的。

我们且等待着看，有没有机会去解决这个重要的问题。

这是其一。

其次，问题虽然较小，却很少有人拈出过。想不到那么大的一个罅漏，居然会没有什么人发现，而任他逃出读者们的"注意"之外。原来近三百余年来盛传的种种异本之吴承恩的《西游记》，无论是《新说》，或《证道书》，或其他，其第九回：

陈光蕊赴任逢灾　江流僧复仇报本

第十回：

老龙王拙计犯天条　魏丞相遗书托冥吏

的开场白若干语，几乎完全是雷同的。第九回的开场白是：

话表陕西大国长安城，乃历代帝王建都之地，自周、秦、汉以来，三川花似锦，八水绕城流，真个是名胜之邦。彼时是大唐太宗皇帝登基，改元贞观。已登极十三年，岁在己巳。

第十回的开场白是：

此单表陕西大国长安城，乃历代帝王建都之地，自周、秦、汉以来，三川花似锦，八水绕城流，三十六条花柳巷，七十二座管弦楼。华夷图上看，天下最为头，真是个奇胜之方。今却是大唐太宗文皇帝登基，改元龙集贞观。此时已登极十三年，岁在己巳。

以上二段文字，皆据张书绅《新说西游记》。为什么紧接着的两回，

《西游记》的作者乃这样不惮烦的钞上如此相同的文字呢？吴承恩是决不会笨到这样的。

这不是一个谜么？要解得这个谜，却须连带解决《西游记》的整个"演化"问题。

所以以上两个问题，原来也只是一个。

二　新证据的发见

说来很觉得有趣，在去年之前，我们对于以上的两个问题，还没有法子窥测得什么端倪。我们相信，鲁迅先生所见到的吴承恩的《西游记》，不过是《真诠》《新说》一类的清刊本。——这有一个证据，他在《中国小说史略》上说："第九回记玄奘父母遇难及玄奘复仇之事，亦非事实，杨本皆无有，吴所加也。"其实吴氏的《西游记》原无今本的"第九回"（其说详下）。亚东图书馆的标点本，所用的底本便是《新说》。但最流行的一本却是《真诠》。《真诠》其实最靠不住，乱改、乱删的地方极多，远不如《证道书》及《新说》的可靠。吴氏原本所有的许多作为烘托形容之用的歌曲，几有十之三四被删去。这是最可慨惜的！吴氏的许多韵语，出之于孙行者、唐三藏或诸妖魔的口中者，乃是那么的有风趣。不知悟一子为何硬了心肠，乱加斫除！

除了《新说》《真诠》本的吴书之外，他们所见到的明人著作，也只有杨致和的四十一回本《西游记传》。

在好久的不知有吴氏原本，无论他著的"黑暗时代"之后，却忽然的于一年之间，乃连续发见了好几部《西游记》的著作，使我们顿时眼界大开，对于这部小说的研究，自信可以暂时告一个结果，还不足以偿"埋头"之苦而若考古学家之掘获古代帝王坟似的欣然自得么？

三年以前，我在上海，已知道日本村口书店有明版《西游记》二种待估的消息。为了索值过高，决非我们教书匠力之所及，虽然天天燃烧着想读到它们的愿望，却只得冷了心肠，不作此想。去年，在时局混乱的情形中，听说这二书已为北平图书馆购得了，这使我们如何的高兴！连忙坐了公共汽车进城，得以第一次获睹数年来念念不忘的两部书。

土黄色的细绫锦套，一望而知为日本式的装潢。凡五套，四套是吴本《西游记》，其他一套却是从未见之记载的一部异本：

鼎锲全相唐三藏西游传（第一卷末，又题作《唐三藏西游释厄传》）

羊城冲怀　朱鼎臣　编辑

书林莲台　刘承茂　绣梓

这一部《西游传》分甲、乙、丙、丁……等十集，凡十卷，但只有四本，篇幅不及吴本《西游记》四分之一，每页分为上下二层，上图下文。就其版式及纸张看来，当是明代嘉、隆间闽南书肆的刻本。其时代最迟似不能后于万历初元。说它是一部孤本，大约不会错。在它出现以前，我们从来不知道有此书。羊城人朱鼎臣固然是一位陌生的作家；即"书林莲台刘承茂"也似是不见经传的一个闽南书肆主人。有了这部书的出现，我们才可以明白，杨致和的《西游记传》是"我道不孤"，才可以知道，杨本四十一回的《西游记传》和朱鼎臣十卷本的《西游传》究竟是什么性质的东西。

但那四套的明刊吴本《西游记》，也并不是什么凡品。明刊小说，惟《西游记》为最罕见。清初刊的《西游真诠》，卷首曾附有插图二百幅（但后来刊本皆已去之），刻工极为精致。就插图的内容看来，确不是《西游真诠》所有。（因插图第九回是袁守诚妙算无私曲，并无陈光蕊赴任逢灾的一回）《真诠》大约是利用了明末的这副图版而"张冠李戴"了的。（这插图本当是天启、崇祯间苏或杭的一个刻本，似即为《李卓吾批评西游记》的插图吧？）三年前，上海中国书店在某书封皮的背面，发现明刻本《西游记》一页，诧为奇遇。后此页由赵蜚云先生送给了我。这一页万历写刻本《西游记》的发现，便是这四大套明刻吴本全书发现的先声。这吴本的《西游记》全书，首有秣陵陈元之序，序末题"时壬辰夏端四日也"，盖即万历二十年（1592）所刊。刊地为金陵，刊者为金陵书贾世德堂唐氏。陈序云：

　　唐光禄既购是书，奇之。益俾好事者为之订校，校其卷目梓之。凡二十卷，数十万言有余。

是此书亦尝经唐光禄"校其卷目"，未必全为原本之式样的了。但今所见《西游记》，则当以此书为最古。插图也很精，与罗懋登的《三宝太监下西洋记》略同式。万历间金陵刊本的插图，殆都是这种式样的。

　　今存的明刻本吴氏《西游记》，尚有：

　　（一）鼎锲京本全像西游记，日本内阁文库藏，题"闽建书林杨闽斋梓"，上图下文，全为闽南书坊的款式。亦为二十卷，亦有陈元之序，而序末年月，已改为"癸卯夏"，盖即万历三十一年，去世德堂本的刊行已十一年。（似即据世德堂为底子，故以京本相号召。闽南书肆，凡翻刻南京、北京书，皆冠以京本二字，以示来源，有别杜撰。其风殆始于南宋）

　　（二）唐僧西游记，日本帝国图书馆藏，似亦万历间刊本，而从世德堂本出者。惜未详为何人所刊。

　　（三）李卓吾先生批评西游记，日本内阁文库藏。亦同世德堂本。卷首插图，凡一百叶二百幅。有题"刘君裕刻"者；当为启、祯间刻本。（以上三本见孙楷第的《日本东京所见中国小说书目提要》，北平图书馆出版）其面目都是和世德堂本不殊的。在世德堂本之前，有无更早的刊本，却不可知，世德堂本题"华阳洞天主人校"，此华阳洞天主人，似即陈序中所谓唐光禄。

　　陈序很重要，惟关于作者则游移其辞：

　　……《西游》一书，不知其何人所为。或曰：出今天潢何侯王之国。或曰：出八公之徒。或曰：出王自制。余览其意，近跅弛滑稽之雄，卮言漫衍之为也。旧有序，余读一过，亦不著其姓氏作者之名。

彼时，似不知此书出于吴承恩手。惟既有"出今天潢何侯王之国"语，则吴氏或尝为"八公之徒"欤？嘉、隆间的文人们，出入于藩王之府，而为他们著书立说者不少概见，吴氏殆亦其一人。惜所云"旧序"，世德堂本未刊入，今绝不可得见，未能一窥其究竟。

世德堂本，粗视之与今坊本无异，但有一点与今坊本大不相同，即今坊本有第九回：

陈光蕊赴任逢灾　江流僧复仇报本

的一大段"陈玄奘出身"事，而世德堂本则无之，其第九回便是：

袁守诚妙算无私曲　老龙王拙计犯天条

恰相当于今坊本第十回的开始。十回以下，文字全同今坊本，惟回目略殊：

	世德堂本	《证道书》《新说》《真诠》诸坊本
第九回	袁守诚妙算无私曲 老龙王拙计犯天条	陈光蕊赴任逢灾 江流僧复仇报本
第十回	二将军宫门镇鬼 唐太宗地府还魂	老龙王拙计犯天条 魏丞相遗书托冥吏
第十一回	还受生唐王遵善果 度孤魂萧瑀正空门	游地府太宗还魂 进瓜果刘全续配

从第十二回起，则诸本回目皆全同，没有什么可注意的。到底这"陈光蕊"故事是吴本所原有而世德堂本删去的呢，还是吴本原无，而为清代诸刊本所妄加的呢？这且待下文再详之。

正当此两部不平常的明刻本《西游记》及《西游传》出现的时候，一个更重大的消息也为我们所宣传着。原来，在北平图书馆善本室所庋藏的许多传钞本《永乐大典》中，有一本第一万三千一百三十九卷的，是送字韵的一部分。在许多"梦"的条文中，有一条是：

魏征梦斩泾河龙。

引书标题作"西游记"，文字全是白话，其为小说无疑。谁能猜想得到，残存的《永乐大典》的一册之中，竟会有《西游记》小说的残文存在呢！在吴承恩之前，果有一部古本的《西游记》小说！鲁迅先生的论点是很强固的被证实了。这一条，虽不过一千二百余字，却是如何的重要，如何的足令中国小说研究者雀跃不已！

我们虽不曾再发现第二条《西游记》残文，但此《永乐大典》本《西游记》之为吴承恩本的祖源，却是无可疑的。就此一条的文字看来，古本《西游记》小说，其骨干与内容是不会和吴承恩本相差得多少的。这部古本《西游记》，就此条残文看来，必定也是分则、分段的，而每则却各有一个六七个字的"回目"，正像古本《三国志演义》一样，条文的题目：《梦斩泾河龙》，或为原文所有，或为《永乐大典》编者所代拟，今不可知。但文中插入

　　玉帝差魏征斩龙

一句，与上下文俱不衔接，却显然是原来的一个"回目"。此条似当是合两个"回目"的两则而成的。第一个"回目"也许是已被《永乐大典》编者所删去而代之以

　　梦斩泾河龙

的一个总题目了。文末有"正唤作魏征梦斩泾河龙"一语，也正是古代"说话人"每喜于一个重要节目处提醒听众的惯技。

　　古本《西游记》的文字古拙粗率，大类《元刊全相平话五种》和罗贯中的《三国志演义》。其喜用"之、乎、者、也"的文言的习气，也正相同。当是元代中叶（或至迟是元末）的作品。元道士邱处机写作《西游记》的传说，虽不过是一个谎话，而元人写作的古本《西游记》，却不料竟实有其书！在这异书奇本陆续的发见的时候，论述中国小说的历史，实在不是一件易事。

三　吴承恩的《西游记》的地位

　　有了上面许多新的发现，我们对于《西游记》的研究，似可更进一步而接近于真实的和正确的结论了。反对鲁迅先生的那一个主张，因了《永乐大典》本《西游记》的出现，已不攻而自破。就那段《永乐大典》本《西游记》的残文仔细研究一下，便可以知道，吴承恩本《西游记》第九回"袁守诚妙算无私曲，老龙王拙计犯天条"的一大段故事，全是根据

此条"残文"放大了的。内容几乎无甚增改。只不过将张梢、李定的两个渔翁，改作"一个是渔翁，名唤张梢，一个是樵子，名唤李定"，而因此便无端生出一大段的"渔樵问答"的情节来。其余像"辰时布云"云云，"下三尺三寸四十八点"云云，也都是完全相同的。如果此古本《西游记》再有下几条"残文"在《永乐大典》中发现，其内容想来当也不会和吴本《西游记》相差得很远的。

所以，吴承恩之为罗贯中、冯犹龙一流的人物，殆无可疑。吴氏的《西游记》，其非《红楼梦》《金瓶梅》，而只不过是《三国志演义》和《新列国志》，也是无可疑的事实。惟那么古拙的《西游记》，被吴承恩改造得那么神骏丰腴，逸趣横生，几乎另成了一部新作，其功力的壮健，文采的秀丽，言谈的幽默，却确远在罗氏改作《三国志演义》，冯氏改作《列国志传》以上。只要把《永乐大典》本的那条残文和吴氏改本第九回一对读，我们便知道吴氏的润饰的功力是如何的艰巨。

吴氏本《西游记》的八十一难，与古本或不尽同。吴氏写作《西游记》的真意，虽不见得像《证道书》《新说》《真诠》《原旨》诸家之所云，但其受有当时（嘉靖到万历）思想界三教混淆的影响，却是很明白的事实。其对于佛与仙的并容、同尊，正和屠隆的《昙花》《修文》，汪廷讷的《长生》《同升》相同。其不大明了佛教的真实的教义，也和屠、汪诸人无异。我们观于吴氏《西游记》第九十八回中所开列的不伦不类的三藏目录，便知他对于佛学实在是所知甚浅的。其必以九九八十一难为"数尽"，为"功成行满"者，也全是书生们的阴阳数理的观念的表现。陈元之的序道：

旧有序，……其序以为孙，猻也，以为心之神。马，马也，以为意之驰。八戒，其所戒八也，以为肝气之木。沙，流沙，以为肾气之水。三藏，藏神，藏声，藏气之三藏，以为郛郭之主。魔，魔也，以为口耳鼻舌身意恐怖颠倒幻想之障。故魔以心生，亦以心摄。是故摄心以摄魔；摄魔以还理；还理以归之太初，即心无可摄，此其以为道之成耳。

假如所谓"旧序"，确是吴氏所自为，则陈氏所称"此其书直寓言者哉"，或很可信。作者殆是以古本《西游记》为骨架，而用他自己（或他那一个时代）的混淆佛道的思想，讽刺幽默的态度，为其肉与血，灵与魂的了。

《西游记》之能成为今本的式样，吴氏确是一位"造物主"。他的地位，实远在罗贯中、冯梦龙之上。吴氏以他的思想与灵魂，贯串到整部的《西游记》之中。而他的技术，又是那么纯熟、高超；他的风度又是那么幽默可喜。我们于孙行者、猪八戒乃至群魔的言谈、行动里，可找出多少的明代士大夫的见解与风度来！

吴氏书的地位，其殆为诸改作小说的最高峰乎？

但于古本《西游记》外，吴氏是否别有取材呢？吴氏是以见收于《永乐大典》中的那部古本为骨架的呢，还是别有他本介于吴氏书与那部古本之间？

鲁迅先生未见《永乐大典》本，但他相信《西游记》里的那部齐云、杨致和编的《新刻唐三藏西游全传》为吴氏书的祖本。如果他的话可信，则在古本与吴氏书之间是别有一部杨氏书介于其间的了。

那部杨氏本《西游记》，就其版式看来，无可疑的乃是万历间闽南书坊余象斗们所刻的书。嘉庆版的一本《西游记》不过照式翻印而已，正如嘉庆间书坊的照式翻印明代闽建余氏版之《两晋演义》一样。（关于《西游记》的年代将别有一文论之）假如编《西游记》或作杨本的是一个"妄人"的话，这"妄人"却决不会在"清代中叶"的。杨致和至迟当是余象斗们同时生的人物。

有人曾举一例，以证明"鲁迅先生误信此书，为吴本之前的祖本"之错误。他说："此本第十八回（收猪八戒）〔按杨本实无回数，第十八回数字为杜撰。此段实见嘉庆本卷二第二十四页。〕收了八戒之后，'唐僧上马加鞭，师徒上山顶而去。话分两头，又听下回分解。'这下面紧接一诗：'道路已难行……你问那相识，他知西去路。'下面紧接云：'行者闻言冷笑，那禅师化作金光，径上乌窠而去。'这里最可看出此本乃是删节吴承恩的详本，而误把前面会见乌窠禅师的一段全删去了，所以有尾无头，不成文理。这是此本删吴本的铁证。"

但此"铁证"实在不足以折服鲁迅先生之心。我且再找一个"铁证"出来吧。在嘉庆版《西游记传》卷一第一页，正论到：

故地辟于丑；当丑会终，寅会初，天气下降，地气上升，一派正合，群物皆生。

下面却紧接云：

玉帝垂赐恩慈曰："下方之物，乃上天精华所生，不足为异。"那猴在山中夜宿石崖，朝游峰洞。

中间花果山的一块仙石产生石猿以及石猿生后，金光焰焰烛天，玉帝命千里眼、顺风耳开南天门观看的一段事，都不见了。这难道也是杨致和删去的么？他虽是"妄人"，却不会妄诞不通至此！"说破不值一文钱"；原来那些"铁证"，乃是嘉庆翻刻本所造成的。余氏的原刊本，流传下来时偶然缺失了半页或一二页，翻刻本以无他本可补，便把上下文联结起来刻了。这还不够明白么？前几年在上海受古书店曾见一部旧钞本的杨致和本《西游记传》，此两段文字俱在，并未"失落"。（不是"删去"！）惜以价昂未收，今不知何在。否则，大可钞在这里，以证明所谓"铁证"实在是不成其为"证"也。

在这里，我可以妄加断定一下了：鲁迅先生所说的吴氏书有祖本的话是可靠的。不过吴氏所本的，未必是杨致和的四十一回本《西游记传》，而当是《永乐大典》本。

自从我们见到了朱鼎臣本《西游记》，这立刻明白它和杨氏书是同一类的著作！他们很可能全都是本于吴承恩本《西游记》而写的。或可以说，全都是吴氏书的删本。因了朱本的出现，增强了我们说杨本是"删本"的主张。为什么呢？这有种种的证据。（那些"铁证"却不足为据！）

现在且先将朱本和杨本的"回目"对照列的表于下：

朱鼎臣本	杨致和本
卷之一： 大道育生源流出 石猴投师参众仙 石猴修道听讲经法 祖师秘传悟空道	卷之一： 猴王得仙赐姓 悟空得仙传道
卷之二： 悟空炼兵偷器械 仙奏石猴扰乱三界 孙悟空拜授仙禄 玉皇遣将征悟空 孙悟空玉封齐天大圣 乱蟠桃大圣偷丹 反天宫诸神捉怪	猴王勒宝勾簿 玉帝降旨招安 大圣搅乱胜会
卷之三： 观音赴会问原因 小圣施威降大圣 大仙助法收大圣 八卦炉中逃大圣 如来收压齐天圣 五行山下定心猿 我佛造经传极乐 观音奉旨往长安	真君收捉猴王 佛祖压倒大圣 观音路降众妖
卷之四： 唐太宗诏开南省 陈光蕊及第成婚 刘洪谋死陈光蕊 小龙王救醒陈光蕊 殷小姐思夫生子 江流和尚思报本 小姐嘱儿寻殷相 殷丞相为婿报仇	
卷之五： 袁守诚妙算无私曲 老龙王拙计犯天条 太宗诏魏征救蛟龙 魏征弈棋斩蛟龙 二将军宫门镇鬼 唐太宗地府还魂	魏征梦斩老龙 唐太宗阴司脱罪
卷之六： 还受生唐王遵善果 刘全舍死进瓜果 刘全夫妇回阳世 度孤魂萧瑀正空门 玄奘秉诚建大会 观音显像化金蝉 唐太宗描写观音像	卷之二： 刘全进瓜还魂 唐三藏起程往西天

朱鼎臣本	杨致和本
三藏起程陷虎穴 双叉岭伯钦留僧	唐三藏被难得救
卷之七：五行山心猿归正 孙悟空除灭六贼 观音显圣赐紧箍 三藏授法降行者 蛇盘山诸神暗佑 孙行者降伏火龙	唐三藏收伏孙行者 唐三藏收伏龙马
卷之八：观音收伏黑妖 三藏收伏猪八戒 唐三藏被妖捉获	观音收伏黑妖 唐三藏收伏猪八戒 唐三藏被妖捉获
卷之九：孙行者收妖救师 唐僧收伏沙悟净 猪八戒思淫被难 孙行者五庄观内偷果 唐三藏逐去孙行者 唐三藏师徒被难 猪八戒请行者救师 孙悟空收妖救师 唐三藏师徒被妖捉 孙行者收伏妖魔	卷之三：孙悟空收妖救师 唐僧收伏沙悟净 猪八戒思淫被难 孙行者五庄观内偷果 唐三藏逐去孙行者 唐三藏师徒被难 猪八戒请行者救师 孙悟空收妖救师 唐三藏师徒被妖捉 孙行者收伏妖魔 唐三藏梦鬼诉冤
卷之十：唐三藏收妖过黑河 观音老君收伏妖魔	卷之四：孙行者收伏青狮精 唐三藏收妖过黑河 唐三藏收妖过通天河 观音老君收伏妖魔 昂日星官收蝎精 孙行者被弭猴紊乱 显圣师弥勒佛收妖
孙行者被弭猴紊乱 三藏过朱紫狮驼二国 三藏历尽诸难已满 三藏见佛求经 唐三藏取经团圆	三藏过朱紫狮驼二国 三藏历尽诸难已满 三藏见佛求经 唐三藏取经团圆

这一个目录已足够表现朱本和杨本是什么性质的东西。朱本虽未写明刻于何时，但观其版式确为隆、万间之物。——其出现也许还在世德堂本《西游记》之前。杨本亦未详知其刊刻年月，但杨致和若为余象斗的同

辈，则其书也当为万历二十年左右之物。我意，朱、杨二本，当皆出于吴氏《西游记》。而朱本的出现，则似在杨本之前。何以言之？

朱鼎臣之删节吴氏书为《西游释厄传》，当无可疑。其书章次凌杂，到处显出朱氏之草草斧削的痕迹。朱本第一卷到第三卷，叙述孙悟空出身始末者，离吴氏书的本来面目，尚不甚远，亦多录吴氏书中的许多诗词。其第四卷，凡八则，皆写陈光蕊事，则为吴氏书所未有，而由朱氏自行加入者。其所本，当为吴昌龄的《西游记杂剧》。盖二者之间，同点极多。因此卷为朱氏所自写，遂通体无一诗词，与前后文竟若二书，不同一格。其第五卷到第八卷，从"袁守诚妙算无私曲"到"唐三藏被妖捉获"，他的作风又开始与一到三卷相同。吴氏书的诗词也被保存了不少。最可注意的是，第五卷的"袁守诚妙算无私曲"一则，其内容及诗词，殆与吴氏书面目无大异：

袁守诚妙算无私曲

却说大国长安城外泾河岸边，有两个贤人，一个是渔翁名唤张梢，一个是樵子名唤李定。他两个都是登科的进士，能识字的山人。一日在长安城里卖了肩上柴，货了篮中鱼，同入酒馆之中吃了半酣，顺泾河岸徐步而回。……张梢道："但只是你山青不如我水秀，有一《蝶恋花》词为证……"李定道："你的水秀不如我的山青，也有个《蝶恋花》词为证……"渔翁道："你山青不如我水秀受用些好物，有一《鹧鸪天》为证……"樵夫道："你水秀不如我山青受用些好物，亦有《鹧鸪天》为证……"渔翁道："你山中不如我水上生意快活，有一《西江月》为证……"樵夫道："你水上还不如我山中的生意，亦有《西江月》为证……"渔翁道："这都是我两个生意赡身的勾当。你却没有我闲时节的好处，又没有我急时节妙处，有诗为证……"樵夫道："你那闲时，又不如我的闲时好也。亦有诗为证……"张梢道："李定，我两个真是微吟可相押，不须板共金樽。"二人行到那分路去处，躬身作别。张梢道：

"李兄，保重，途中上山仔细看虎。假若有些凶险，正是：明日街头步故人。"李定闻言大怒道："你这厮惫赖！好朋友也替得生死，你怎么咒我。我若遇虎遭害，你必遇浪翻江。"张梢道："我永世不得翻江。"李定道："天有不测风云，人有旦夕祸福，你怎么就保得无事！"张梢道："李兄，你须这等说，你还捉摸不定，不若我的生意有捉摸，定不遭此等事。"李定道："你那水面上营生极凶险，有甚么捉摸？"张梢道："你是不晓得，这长安城里西门街上有一个卖卦的先生。我每日送他一尾金色鲤鱼，他就与我袖传一课，百下百着。今日我又去买卦，他教我在泾河湾头东边下网，西岸抛钩，定获大鱼，满载鱼虾而归。明日入城来卖钱沽酒，再与老兄相叙。"二人从此叙别。正是路说话，草里有人。原来这泾河水府，有一个巡水的夜叉，听见了百下百着之言，急转水晶宫，慌忙报与龙王……

这里的张梢、李定，一为渔夫，一为樵子，正和吴氏书同，而与《永乐大典》本的作"两个渔翁"者有异。其所咏《蝶恋花》词以下诸词，也都是吴氏书所有，而《永乐大典》本所无者。此文假如不是从吴氏书删节而来的，则世间而果有此"声音笑貌"全同的二人的作品，实可谓为奇迹！这当是朱鼎臣本《释厄传》非《永乐大典》本和吴氏本《西游记》的中间物的一个"铁证"吧。

更有可注意者，即从第二卷的"乱蟠桃大圣偷丹，反天宫诸神捉怪"一则起，到第六卷的"双叉岭伯钦留僧"一则止，其文字都袭之于吴氏书（除第四卷外）的，仅中插一部分自撰的标题耳。从第七卷以后，方才有些大刀阔斧的杜撰的气象。标题始不再袭用吴氏原题。然内容尚还吻合，诗词间或见收。从第九卷"孙行者收妖救师"起，朱氏便更显出他的手忙足乱的痕迹来了。已到了第八卷了，还只把吴氏书删改了前二十回。如果照这样下去，后八十回的文字，将用多少的篇页去容纳呢？但他的预定却只要写到十卷为止。于是吴氏书五分之四的材料，便被胡乱的塞到那最后的两卷书里去。有的情节全被删去不用；有的则不过只提起了一二语。

这样的草草率率的结局，当是他自己开头写作时所绝对想不到的吧。第十卷的"三藏历尽诸难已满"一则最为可笑。在这短短的快要结束的一段文字中，你看他竟把比丘国、白鹿白狐、陷陷空洞、九头狮子、月中白兔、寇梁诸事全部包纳在内。在吴氏书中，这是第七十八回到第九十七回的浩浩荡荡的二十回文字呢！九头狮子的事，吴氏书从第八十七回"凤仙郡冒天止雨"写到第九十回"师狮授受同归一"一共是四回。而朱本却只有一百三十九个字：

　　到了天竺国凤仙郡，安歇暴纱亭，忽被豹头山虎口洞一妖把行者三人兵器摄去。行者虽神通广大，无了金棒，亦无措手。正在踌躇，忽见妙岩宫太乙救苦天尊，叫声："悟空，我救你也！"行者急忙哀告："万乞老仙一救！"天尊走至洞口，高叫："金狮速现真形。"那妖听得主公喝，慌忙现出原形，乃是九头狮子。被天尊骑于胯下，取出三件兵器，付还行者兄弟，天尊跨狮升天。

这种"节略"，诚可谓无可再简，无可再略的了。

　　但最后一则"唐三藏取经团圆"，关于通天河老鼋的一难，朱氏本却仍不能不为一叙，此益可见其黏着吴氏书的胶性，实甚强大。

　　通体观来，朱氏书之删节吴氏《西游记》是愈后愈删得多，愈后愈删得大胆；正像一个孩子初学字帖，开始不得不守规则，不能不影照红本，渐熟悉，则便要自己乱涂乱抹一顿了，虽然涂抹得是东歪西倒，不成字体。

　　至于杨致和本，则较朱本略为整齐；所叙事实更近于吴氏书。吴氏书之所有，杨本皆应有尽有。但其大部分，则皆有钞朱氏本的删节之文的痕迹。其前半部，为了求全书整齐划一起见，篇幅较朱本更简。但其后半部，却反增加出一部分已被朱本删去的吴氏书的内容节目来。由此可见：当杨致和立志写作他的《唐三藏西游传》的时候，他的棹子上，似是摊放着两部《西游记》：吴氏书与朱氏书的。这两部繁简不同的书，使他斟酌、参考、袭取而成为另一部新的《西游记传》。

　　杨氏的书，确是想比朱氏书更近于吴承恩的原本。所以朱本第四卷的关于陈光蕊事者，便被他全部删去，只在卷二"刘全进瓜还魂"一则里，用百余字提起江流儿的故事；正和吴氏书之以一歌叙述玄奘的身世者相同。其后，第三卷的"唐三藏梦鬼诉冤"，第四卷的"孙行者收伏青狮精""唐三藏收妖过通天河""显圣师弥勒佛收妖"各则，都是朱本所无而杨本则依据了吴氏原书加入的。大约，杨本的第一、二卷，和朱本不同者颇多，标目也大不相同；这二卷的文字只有比朱本简略。到了第三卷，他便信笔直钞朱本的第九卷、第十卷了。杨本的同一节文字，便是全钞朱本的——其中只有几个字的差异。其他第三、四卷中，文字雷同者也几在十之九以上，连标目也是全袭之于朱本。

　　这都显然可见杨本是较晚于朱本。为了较晚出，故遂较为齐整；不像朱本那么样的头太大，脚太细小。

　　杨本最后一段"唐三藏取经团圆"，根据于吴氏原本，屡提起："路走十万八千，难八十次，还有一难未满"；或"路走十万八千，灾逢八十一回"；故其间，遂较朱本多容纳了一部分故事，以足八十一难之数。杨氏对于八十一难的数字的神秘的解念或竟和吴氏有同感罢。

　　这样，《西游记》的源流，是颇可以明瞭的了。最早的一部今日《西游记》的祖本，无疑的是《永乐大典》本。吴承恩的《西游记》给这"古本"以更伟大、更光荣的改造。后来明、清诸本，皆纷纷以吴氏此书为依归。或加删改，却总不能逃出其范围以外。故吴本的地位，在一切《西游记》小说中无疑的是最为重要——自然也无疑的是最为伟大。

　　总结了上文，其诸本的来历，可列一图如下：

古本《西游记》→吴承恩→《西游释厄传》→《西游记传》《西游证道书》
（见《永乐大典》）《西游记》（隆万间）　（万历间）（康熙间）
（嘉、隆间）

朱鼎臣　　杨致和　汪澹漪

一二三四

金陵唐氏世德堂刊本（万历二十年）
闽建杨闽斋刊本（万历三十一年）
某氏刊本（万历间）
李卓吾批评本（天启、崇祯间）

陈士斌《西游真诠》
张书绅（康熙丙子）《新说西游记》
刘一明（乾隆十四年）《西游原旨》
张含章（嘉庆十五年）《通易西游正旨》
（道光十九年）

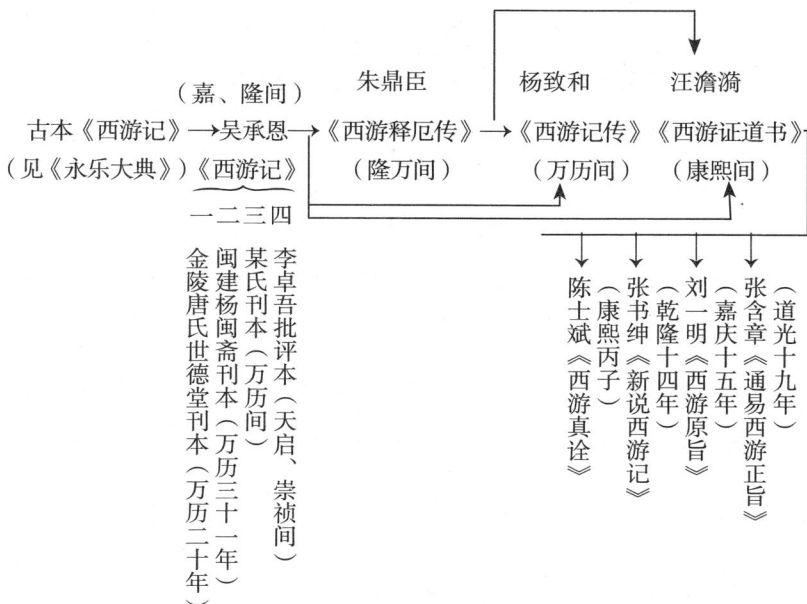

四　陈光蕊故事的插入

由此可知，陈光蕊故事的插入，当始于朱鼎臣本《西游传》。吴承恩的原本，乃至《永乐大典》的"古本"，当都无此故事。关于陈玄奘的身世，吴氏原本仅于第十一回以一篇古歌叙述之：

你道他是谁人？

灵通本讳号金蝉，只为无心听佛讲，转托尘凡苦受磨，降生世俗遭罗网。投胎落地就逢凶，未出之前临恶党。父是海州陈状元，外公总管当朝长。出身命犯落江星，顺水随波逐浪泱。海岛金山有大缘，迁安和尚将他养。年方十八认亲娘，特赴京都求外长。总管开山调大军，洪州剿寇诛凶党。状元光蕊脱天罗，子父相逢堪贺奖。复谒当今受主恩，灵烟阁上贤名响。恩官不受愿为僧，洪福沙门将道访。小字江流古佛儿，法名唤做陈玄奘。（见世德堂本卷三，十二页）

到了朱鼎臣删改吴本的时候，他似见到戏剧中的陈光蕊的故事，而颇以吴本不详为憾。故便自显身手，编了一卷八则的洋洋大文加入。

在明代，吴氏原本的势力极大，朱本见者似不多，故世德堂本以下诸刊本，都不注意到朱本此段文字的添加。连以朱本为删改之底子的杨致和本也竟受吴氏原本的影响，删去此段故事不载，仅以数语述及玄奘，硬交代了过去。

但到了清初，情形便不同了。汪澹漪刻他的《西游证道书》的时候，他似也见到了朱鼎臣的那部《释厄传》，为求全计，便把这段文字也钞刻了上去。他的理由是：

俗本删去此一回，致唐僧家世履历不明，而九十九回历难簿子上，劈头却又载遭贬、出胎、抛江、报冤四难，令阅者茫然不解其故。及得大略堂《释厄传》古本读之，备载陈光蕊赴官遇难始末，始补刻此一回。

——《证道书》第九回评

所谓大略堂《释厄传》当即朱鼎臣本的异刻，或明、清间的一部朱书的翻刻。

张书绅承袭《证道书》之意见，也补刻了此回。他说道：

刊本《西游》，每以此卷特幻，且又非取经之正传，竟全然删去。初不知本末始终，正是《西游》的大纲，取经之正旨，如何去得。假若去了，不惟有果无花，少头没尾，即朝王遇偶的彩楼，留僧的寇洪皆无着落。

——《新说西游记》第九回评

他们的意见，都确有可取处。吴氏原书第九十九回，历数唐僧途中所遇的八十一难：

蒙差揭谛皈依旨，谨记唐僧难数清：

金蝉遭贬第一难，出胎几杀第二难，

满月抛江第三难，寻亲报冤第四难。

为何此后的七十七难吴本皆历历详载，独此四难并不叙述一下呢？吴本第九十三回里，提起抛打绣球事：

三藏立于道旁对行者道："他这里人物衣冠，宫室器用，言语谈吐，也与我大唐一般。我想着我俗家先母，也是抛打绣球，遇旧姻缘，结成了夫妇。此处亦有此等风俗！"

第九十四回里又从行者口中提起此事：

行者陪笑道："师父说，先母也是抛打绣球遇旧缘，成其夫妇。似有慕古之意，老孙才引你去。"

但抛打绣球事，在此二回之前，一字未曾说起，此时突如其来，颇可诧怪。难道吴氏原本果有此一段故事，而为世德堂所脱落？这也很有可能。惟今所见吴氏书，未有更早于世德堂本者，故不知其真相究为如何。

然《证道书》诸刊本中的陈光蕊故事却是无疑的从朱鼎臣本转贩而来的。

为了保存原来面目，故《证道书》第九第十的两回，其开场的若干言，遂致雷同。《新说》亦然。悟一子的《真诠》便比较的聪明了，他的第十回的开场数语，却改成为：

且不题光蕊尽职，玄奘修行。却说长安城外，泾河岸边，有个贤人，一个是渔翁，名唤张梢，一个是樵子，名唤李定。

如此，便泯灭了吴本和朱本重叠雷同的痕迹，使读者看不出二本的不相谐合之处来，且也不易寻出此故事的插入的线索。

此故事既被插入，而原本的一百回又不易变动，汪澹漪便以原本的第九回到第十一回的三回，归并成第十回到第十一回的两回。悟一子、张书绅诸本，也皆从之。

五 《西游记》故事如何集合的？

不仅陈光蕊的故事，在《西游记》中为独立的一部分，《西游记》的组织实是像一条蚯蚓似的，每节皆可独立，即斫去其一节一环，仍可以生存。所谓八十一难，在其间，至少总有四十多个独立的故事可以寻到。

但大的分割点，则可看出三个来，这三大部分，本来都是独立存在的：

第一，孙行者闹天宫

第二，唐太宗入冥记

第三，唐三藏西游记

假若吴氏原本果有陈光蕊的故事，则其所集合的故事的"单元"，不止是三个而是四个的了。

孙行者闹天宫的一部分，为《西游记》中最活跃、最动人的热闹节目，但其来历却最不分明，且也最为复杂。孙悟空的本身似便是印度猴中之强的哈奴曼（Hanuman）的化身。哈奴曼见于印度大史诗《拉马耶那》（Ramayana）里，而印度剧叙到拉马的故事的，也多及哈奴曼。他是一个助人的聪明多能的猴子：会飞行空中，会作戏剧（至今还有一部相传为他作的剧本残文存在）。在印度，他是和拉马同一为人所熟知的。什么时候哈奴曼的事迹输入中国？是否有可能把哈奴曼变成为孙悟空？我们不能确知。惟宋刊《三藏取经诗话》里，已有猴行者。这猴行者是一位白衣秀才，他自报履历道："我不是别人，我是花果山紫云洞八万四千铜头铁额猕猴王。我今来助和尚取经。此去百万程，途经三十六国，多有祸难之处。"他会作诗，尝到处留题，最早的一诗是初伏事法师时做的：

> 百万程途向那边，今来佐助大师前。
>
> 一心祝愿逢真教，同往西天鸡足山。

此孙悟空之助三藏法师的往西天取经，还不是逼像哈奴曼之助拉马征魔么？所谓"八万四千铜头铁额猕猴王"，其身份也大略相类。惟闹天宫的故事，《诗话》里不曾提到，只在"入王母池之处第十一"一则中，说起：

行者道："我八百岁时到此中偷桃吃了，至今二万七千岁不曾来

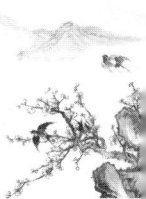

也。"法师曰:"愿今日蟠桃结实,可偷三五个吃。"猴行者曰:"我因八百岁时,偷吃十颗,被王母捉下,左肋判八百,右肋判三千铁棒,配在花果山、紫云洞,至今肋下尚痛。我今定是不敢偷吃也。"

这当是孙悟空偷桃故事的一个最早的式样。至于大闹天宫,或是采用了哈奴曼的大闹魔宫的故事吧。又二郎神的捉悟空,正是脱胎于吴昌龄《西游记》第四折猪八戒被捉的事实。

在吴氏《西游记杂剧》里,孙行者的来历是:

一自开天辟地,两仪便有吾身。曾教三界费精神。四方神道怕,五岳鬼兵嗔!……九天难捕我,十万总魔君。小圣弟兄姊妹五人,大姊离山老母,二妹巫枝祇圣母,大兄齐天大圣,小兄通天大圣,三弟耍耍三郎,喜时攀藤揽葛,怒时搅海翻江。金鼎国女子我为妻,玉皇殿琼浆咱得饮,我盗了太上老君炼就金丹,九转炼得铜筋铁骨火眼金睛!……我偷得王母仙桃百颗,仙衣一套,与夫人穿着。

——《西游记》第三剧第一折

这里的孙行者便俨然是魔王拉瓦那(Ravana)的转变了。从隋、唐间无名氏的《补江总白猿传》起,到宋人话本《陈从善梅岭失妻》止,白猿便总是反串着魔王拉瓦那的。《白猿传》所叙的白猿盗去欧阳纥妻,《陈从善话本》所叙的申公盗去张如春,都和孙行者盗去金鼎国王女,魔王拉瓦那盗去拉马之妻赛泰(Sita)相类。大有可能,《拉马耶那》的故事传述到中国的时候,助人者的猴子和盗妻者的魔王便混淆在一处而成为一人了。

《梅岭失妻记话本》云:

且说那梅岭之北,有一洞,名曰申阳洞。洞中有一怪,号曰白申公,乃猢狲精也。弟兄三人,一个是通天大圣,一个是弥天大圣,一个是齐天大圣,小妹便是泗州圣母。这齐天大圣,神能广大,变化多端,能降各洞山魈,管领诸山猛兽,兴妖作法,摄偷可意佳人,啸月吟风,醉饮非凡美酒。与天地齐休,日月同长。

他还能差使山神,幻化山店。后来的孙行者是免不了有些白申公或白猿的影子的。吴昌龄还说他偷盗金鼎国王女为妻，《西游记》小说，却把这重要的情节删去了，只是着力的写闹天宫的事。小说里的孙行者遂与白猿相离得较远了。

闹天宫的来历，于华光天王的故事，二郎神的故事，鬼子母揭钵的故事，大约都有所取材的吧。

吴承恩以孙行者功成行满时，被封为战斗胜佛，这颇附会得可笑。战斗胜佛见于《佛名经》，如何会是齐天大圣的封号？这可见吴氏的佛教知识实在是不很渊博，他只是望文生义的附会着。

第二部分所叙的唐太宗入冥的故事，其来历也是极早的。在敦煌发见的写本中，有残本的《唐太宗入冥记》在着。其所叙，和《西游记》差不了多少。吴昌龄《西游记杂剧》并无太宗入冥事。而《永乐大典》本《西游记》既叙及魏征斩龙，则其后之紧接的叙到太宗入冥是当然的事。这样，"唐太宗入冥记"之加入《西游记》，也当是元代时候的所为了。这故事在《西游记》中并不重要，但到了后来地方戏里，《刘全进瓜》等节目便很为听众所欢迎的了。

在内阁大库的破书堆里，新近由北平图书馆的清理而发现了不少被遗忘了的怪书。在其中，有一部《冥司语录》，是元、明间的刊本，叙述魏文帝曹丕身入冥间与冥司相问答的事。佛教徒是如何的善于利用帝王的故事以宣传其教义！太宗入冥的被宣传，当亦其同流。

第三部分是《西游记》的主干，篇幅最长，内容最繁赜。如果仔细的考查其来历，其结果，或不止成为一巨册。孙行者闹天宫的故事，只有七回。唐太宗入冥的故事，只有四回。从第十三回以后，便都是"西游"的正文了。所谓八十一难，除首四难外，其余都是西游途程中的经历。但所谓八十一难云云，也只是夸诞之辞；实际上并没有八十一则的故事；有好几个难，都只是一个故事自身的变幻。

且看从第五难以下的七十七个难的内容：

（一）出城逢虎，折从落坑的第五、六难是一件事；

（二）双叉岭上的第七难是一件事（伯钦留僧）；

（三）两界山头的第八难是一件事（收孙行者）；

（四）陡涧换马的第九难是一件事（收龙马）；

（五）夜被火烧，失却袈裟的第十、十一难是一件事（黑风山）；

（六）收降八戒的第十二难是一件事；

（七）黄风怪阻，请求灵吉的第十三、十四难是一件事；

（八）流沙难渡，收得沙僧的第十五、十六难是一件事；

（九）四圣显化的第十七难是一件事（试禅心）；

（一〇）五庄观中，难活人参的第十八、十九难是一件事；

（一一）贬退心猿的第二十难是一件事（尸魔）；

（一二）黑松林失散，宝象国捎书，金銮殿变虎的第二一——二三难是一件事（黄袍怪）；

（一三）平顶山逢魔，莲花洞高悬的第二四、二五难是一件事（金角大王、银角大王）；

（一四）乌鸡国救主的第二六难是一件事（青毛狮）；

（一五）被魔化身，号山逢怪，风摄圣僧，心猿遭害，请圣降妖的第二十七——三十一难是一件事（红孩儿）；

（一六）黑河沉没的第三十二难是一件事（鼍精）；

（一七）搬运车迟，大赌输赢，祛道兴僧的第三十三—三十五难是一件事（虎力大仙等）；

（一八）路逢大水，身落天河，鱼篮现身的第三十六—三十八难是一件事（金鱼精）；

（一九）金岘山遇怪，普天神难伏，问佛根源的第三十九—四十一难是一件事（老君青牛）；

（二〇）吃水遭毒，西梁国留婚的第四十二、四十三难是一件事（女人国）；

（二一）琵琶洞受苦的第四十四难是一件事（蝎子精）；

（二二）再贬心猿，难辨猕猴的第四十五、四十六难是一件事（猕猴）；

（二三）路阻火焰山，求取芭蕉扇，收缚魔王的第四十七—四十九难是一件事（火焰山）；

（二四）赛城扫塔，取宝救僧的五十、五十一难是一件事（九头鸟）；

（二五）棘林吟咏的第五十二难是一件事（荆棘岭）；

（二六）小雷音遇难，诸天神遭困的第五十三、五十四难是一件事（黄眉童儿）；

（二七）稀柿衕秽阻的第五十五难是一件事；

（二八）朱紫国行医，拯救疲癃，降妖取后的第五十六—五十八难是一件事（金毛犼）；

（二九）七情迷没的第五十九难是一件事（蜘蛛精）；

（三〇）多目遭伤，路阻狮驼，怪分三色，城里遇灾，请佛收魔的第六十一—六十四难是一件事（狮象、大鹏）；

（三一）比丘救子，辨认真邪的第六十五、六十六难是一件事（寿星之鹿与白面狐狸）；

（三二）松林救怪，僧房卧病，无底洞遭困的第六十七—六十九难是一件事（耗子精）；

（三三）灭法国难行的第七十难是一件事；

（三四）隐雾山遇魔的第七十一难是一件事（豹子精）；

（三五）凤仙郡求雨的第七十二难是一件事；

（三六）失落兵器，会庆钉钯，竹节山遭难的第七十三—七十五难是一件事（黄狮精与九头狮子）；

（三七）玄英洞受苦，赶捉犀牛的第七十六、七十七难是一件事（犀牛怪）；

（三八）天竺招婚的第七十八难是一件事（玉兔）；

（三九）铜台府监禁的第七十九难是一件事（寇洪）；

（四〇）凌云渡脱胎的第八十难是一件事；

（四一）通天河老鼋作祟的最后一难（第八十一难）是一件事。

虽说是八十一个难，却只有四十一个故事。这四十一个故事便构成五色迷人的一部西行历险图。其中亦有情节相雷同的。但大体上都有变化，都很生动，很有趣，亦且富于诙谐。魔王皆通人情，随事随时发隽语。其真价殆尤在于此种插科打诨处。

最早的一部宋人的有关《西游记》的作品《唐三藏取经诗话》（即《三藏取经记》），所记玄奘西行的历险，精彩固远不如吴氏书，其所记历险也殊少惊心动魄的力量。除残佚者外，今存的书目是：

行程遇猴行者处第二

入大梵天王处第三

入香山寺第四

过狮子林及树人国第五

过长坑大蛇岭处第六

入九龙池处第七

"遇深沙神处第八"（此则原缺一页标题失去）

入鬼子母国处第九

经过女人国处第十

入王母池之处第十一

入沉香国处第十二

入波罗国处第十三

入优钵罗国处第十四

天竺国度海之处第十五

转至香林寺受心经第十六

到陕西王长者妻杀儿处第十三（三应作七）

和吴氏书异同处极多；不仅吴承恩未及见此书，即《永乐大典》本

《西游记》的作者恐怕所依据的，也未必便是此本。

吴昌龄的杂剧，便和吴氏书渐渐相近了。《西游剧》凡六卷。第一卷叙玄奘身世；第二卷叙玄奘动身西行，写得异常的郑重；"木叉售马"一折，和吴氏小说收伏龙马事同；"华光署保"一折，则为吴氏小说所无。第三卷的上半叙的是：

神佛降孙　收孙演咒

可以说孙行者卷，但其下半卷则入杂事。在行者除妖一折里写的是：

（一）收沙和尚

（二）灭黄风山银额将军

其"鬼母皈依"一则，则叙红孩儿事。此皆吴氏小说所有。惟鬼母揭钵事，则小说所无。盖小说以红孩儿为铁扇公主、牛魔王子，故遂不及鬼母事。其第四卷则为猪八戒卷，全叙八戒事；其出现的所在名裴山庄，不名高老庄。以二郎神为收伏八戒者，亦与小说略异。第五卷所叙述的是：

（一）过女人国

（二）过火焰山遇铁扇公主

其第六卷第一折所叙"贫婆心印"一折，全是禅语，亦为小说所无。第二折即入参佛取经事。孙行者、沙和尚、猪八戒即在西天圆寂，不回东土。此与小说大异。送唐三藏东归（第三折）者别为佛座下弟子成基等四人。最后的一折"三藏朝元"，则和小说略同。

吴氏此剧，为戏台的习惯所限制，故所写的故事最少；不仅不及吴承恩的小说十之一二；亦且不如《诗话》的变化多端。

剧中第一卷陈光蕊的故事，是吴氏所独有的。在他之前，"西游"故事中未见有此者。《焚香室丛钞》（卷十七）引宋周密《齐东野语》所述某郡倅江行遇盗，其子为僧报仇事，以为《西游演义》述玄奘事，似本

此。但徐渭《南词叙录》所载宋、元戏文名目中，已有

陈光蕊江流和尚

戏文一本，则宋、元间陈光蕊事的流传，似已甚盛。吴昌龄殆以其为世俗所熟知，故采入剧中欤？明人传奇，亦有《江流记》一本，惜不传。

谈《金瓶梅词话》

郑振铎

《金瓶梅》所表现的社会

　　《金瓶梅》是一部不名誉的小说；历来读者们都公认它为"秽书"的代表。没有人肯公然的说，他在读《金瓶梅》。有一位在北平的著名学者，尝对人说，他有一部《金瓶梅》，但始终不曾翻过；为的是客人们来往太多，不敢放在书房里。相传刻《金瓶梅》者，每罹家破人亡，天火烧店的惨祸。沈德符的《顾曲杂言》里有一段关于《金瓶梅》的话：

　　袁中郎《觞政》，以《金瓶梅》配《水浒传》为外典，余恨未得见。丙午遇中郎京邸，问曾有全帙否？曰：第睹数卷，甚奇怪。今惟麻城刘延伯承禧家有全本，盖从其妻家徐文贞录得者。又三年，小修上公车，已携有其书，因与借钞挈归。吴友冯犹龙见之惊喜，怂恿书坊以重价购刻。马仲良时榷吴关，亦劝余应梓人之求，可以疗饥。余曰：此等书必遂有人板行，但一出则家传户到，坏人心术。他日阎罗究诘始祸，何辞以对？吾岂以刀锥博泥犁哉！仲良大以为然，遂固箧之。未几时而吴中悬之国门矣。

　　在此书刚流行时，已有人翼翼小心的不欲"以刀锥博泥犁"。而张竹坡评刻时，也必冠以苦孝说，以示这部书是孝子的有所为而作的东西。他道：

　　作者之心其有余痛乎！则《金瓶梅》当名之奇酸志、苦孝说，呜呼，孝子，孝子，有苦如是！

他要持此以掩护刻此"秽书"的罪过。其实《金瓶梅》岂仅仅为一部"秽书"！如果除净了一切的秽亵的章节，它仍不失为一部第一流的小说，其伟大似更过于《水浒》，《西游》《三国》更不足和它相提并论。在《金瓶梅》里所反映的是一个真实的中国的社会。这社会到了现在，似还不曾成为过去。要在文学里看出中国社会的潜伏的黑暗面来，《金瓶梅》是一部最可靠的研究资料。

近来有些人，都要在《三国》《水浒》里找出些中国社会的实况来。但《三国志演义》离开现在实在太辽远了；那些英雄们实在是传说中的英雄们，有如荷马的Achilles，Odysseus，《圣经》里的圣乔治，英国传说里的Round Table上的英雄们似的带着充分的神秘性，充分的超人的气氛。如果要寻找刘、关、张式的结义的事实，小说里真是俯拾皆是，却恰恰以《三国志演义》所写的为最驽下。《说唐传》里的瓦岗寨故事；《说岳精忠传》的牛皋、汤怀、岳飞的结义；《三侠五义》的五鼠聚义，徐三哭弟；够多么活跃！他们也许可以反映出一些民间的"血兄弟"的精神出来吧。至于《水浒传》，比《三国志演义》是高明得多了。但其所描写的政治上的黑暗（千篇一律的"官逼民反"），于今读之，有时类乎"隔靴搔痒"。

> 赤日炎炎似火烧，田中禾黍半枯焦。
>
> 农夫心内如汤煮，公子王孙把扇摇。

《水浒传》的基础，似就是建筑在这四句诗之上的。水泊梁山上的英雄们，并不完全是"农民"。他们的首领们大都是"绅"，是"官"，是"吏"，甚至是"土豪"，是"恶霸"。而《水浒传》把那些英雄们也写得有些像半想象的超人间的人物。

表现真实的中国社会的形形色色者，舍《金瓶梅》恐怕找不到更重要的一部小说了。

不要怕它是一部"秽书"。《金瓶梅》的重要，并不建筑在那些秽亵的描写上。

它是一部很伟大的写实小说，赤裸裸的毫无忌惮的表现着中国社会的病态，表现着"世纪末"的最荒唐的一个堕落的社会的景象。而这个充满了罪恶的畸形的社会，虽经过了好几次的血潮的洗荡，至今还是像陈年的肺病患者似的，在恹恹一息的挣扎着生存在那里呢。

于不断记载着拐、骗、奸、淫、掳、杀的日报上的社会新闻里，谁能不嗅出些《金瓶梅》的气息来。

郓哥般的小人物，王婆般的"牵头"，在大都市里是不是天天可以见到？

西门庆般的恶霸土豪，武大郎、花子虚般的被侮辱者，应伯爵般的帮闲者，是不是已绝迹于今日的社会上？

杨姑娘的气骂张四舅，西门庆的谋财娶妇，吴月娘的听宣卷，是不是至今还如闻其声，如见其形？

那西门庆式的黑暗的家庭，是不是至今到处都还像春草似的滋生蔓殖着？

《金瓶梅》的社会是并不曾僵死的；《金瓶梅》的人物们是至今还活跃于人间的，《金瓶梅》的时代，是至今还顽强的在生存着。

我们读了这部被号为"秽书"的《金瓶梅》，将有怎样的感想与刺激？

正乱着，只见姑娘拄拐，自后而出。众人便道："姑娘出来。"都齐声唱喏。姑娘还了万福，陪众人坐下。姑娘开口："列位高邻在上。我是他的亲姑娘，又不隔从，莫不没我说去。死了的也是侄儿，活着的也是侄儿，十个指头，咬着都疼。如今休说他男子汉手里没钱，他就是有十万两银子，你只好看他一眼罢了。他身边又无出，少女嫩妇的，你拦着，不教他嫁人，留着他做什么！"众街邻高声道："姑娘见得有理！"婆子道："难道他娘家陪的东西也留下他的不成！他背地又不曾私自与我什么，说我护他！也要公道。不瞒列位说，我这侄儿平日有仁义，老身舍不得他好温克性儿。不然老身也不管着他。"那张四在傍，把婆子瞅了一

眼，说道："你好失心儿！凤凰无宝处不落。"只这一句话，道着了这婆子真病，须臾怒起，紫涨了面皮，扯定张四大骂道："张四，你休胡言乱语，我虽不能不才，是杨家正头香主。你这老油嘴，是杨家那膁子合的？"张四道："我虽是异姓，两个外甥是我姐姐养的。你这老咬虫，女生外向行，放火又一头放水。"姑娘道："贱没廉耻，老狗骨头，他少女嫩妇的，留着他在屋里，有何算计！既不是图色欲，便欲起谋心，将钱肥己。"张四道："我不是图钱，争奈是我姐姐养的。有差迟，多是我；过不得日子，不是你。这老杀才，搬着大，引着小，黄猫儿，黑尾！"姑娘道："张四，你这老花根，老奴才，老粉嘴，你恁骗口张舌的，好淡扯！到明日死了时，不使了绳子扛子！"张四道："你这嚼舌头老淫妇，挣将钱来，焦尾靶，怪不的恁无儿无女！"姑娘急了，骂道："张四贼老苍根，老猪狗！我无儿无女，强似你家妈妈子，穿寺院，养和尚，合道士，你还在睡里梦里！"当下两个差些儿不曾打起来。

（《金瓶梅词话》第七回）

这骂街的泼妇口吻，还不是活泼泼的如今日所听闻到的么？应伯爵的随声附和，潘金莲的指桑骂槐……还不都是活泼泼的如今日所听闻到的么？

然而这书是三百五六十年前的著作！

到底是中国社会演化得太迟钝呢？还是《金瓶梅》的作者的描写，太把这个民族性刻画得入骨三分，洗涤不去？

谁能明白的下个判断？

像这样的堕落的古老的社会，实在不值得再生存下去了。难道便不会有一个时候的到来，用青年们的红血把那些最龌龊的陈年的积垢，洗涤得干干净净？

二　西门庆的一生

西门庆一生发迹的历程，代表了中国社会——古与今的——里一般流氓，或土豪阶级的发迹的历程。

表面上看来，《金瓶梅》似在描写潘金莲、李瓶儿和春梅那些个妇人们的一生，其实却是以西门庆的一生的历史为全书的骨干与脉络的。

我们且看西门庆是怎样的"发迹变泰"的。

西门庆是清河县一个破落户财主。就县门前，开着个生药铺。从小儿也是个好浮浪子弟。使得些好拳棒，又会赌博，双陆象棋，抹牌道字，无不通晓。近来发迹有钱，专在县里，管些公事，与人把揽说事过钱，交通官吏。因此满县人都惧怕他。

（《金瓶梅词话》第二回）

他是这样的一位由破落户而进展到"专在县里，管些公事，与人把揽说事过钱，交通官吏"的人物。他的名称，遂由西门大郎而被抬高到西门大官人，成了一位十足的土豪。

但他的名还未出乡里，只能在县衙门里上下其手，吓吓小县城里的平民们。

西门庆谋杀了武大，即去请仵作团头何九喝酒，送了他十两银子，说道："只是如今殓武大的尸首，凡百事周旋，一床锦被遮盖则个。"何九自来惧西门庆是个把持官府的人，只得收了银子，代他遮盖。（《词话》第六回）他已能指挥得动地方上的吏役。

依靠了"交通官吏"的神通，西门庆在清河县里实行并吞寡妇孤儿的财产。他骗娶了孟玉楼，为了她的嫁妆；"南京拔步床也有两张，四季衣服，插不下手去，也有四五只箱子，金镯，银钏不消说，手里现银子也有上千两，好三梭布也有三二百筒。"（《词话》第七回）他把孟玉楼骗到手，便将她的东西都压榨出来。

他娶了潘金莲来家，还设法把武松充配到孟州道去。

他进一步在转隔壁的邻居花子虚的念头。花子虚有一个千娇百媚的娘子李瓶儿，他手里还有不少的钱。西门庆想方法勾引上了李瓶儿；把花子虚气得病死。为了谋财，西门庆又在谋娶李瓶儿。不料因了西门庆为官事所牵

引，和她冷淡了下来，在其间，瓶儿却招赘了一个医生蒋竹山。终于被西门庆使了一个妙计，叫几个无赖打了蒋竹山一顿，还把他告到官府。瓶儿因此和他离开，而再嫁给西门庆。（《词话》第十三回到第十九回）

在这个时候，西门庆已熬到了和本地官府们平起平坐的资格。在周守备生日的时候，他"骑匹大白马，四个小厮跟随，往他家拜寿。席间也有夏提刑、张团练、荆千户、贺千户"。

京都里杨戬被宇文虚中所参倒，其党羽皆发边卫充军。西门庆的女婿陈敬济的父亲陈洪，原是杨党，便急急的打发儿子带许多箱笼床帐躲避到西门庆家里来，另外送他银五百两。他却毫不客气的"把箱笼细软，都收拾月娘上房来"。（《词话》第十七回）他是那样的巧于乘机掠夺在苦难中的戚友的财产。但他心中也不能不慌，因了他亲家陈洪的关系，他也已成了杨戬的党中人物。他便使来保、来旺二人，上东京打点。先送白米五百石给蔡京府中，然后再以五百两金银送给李邦彦，请他设法将案卷中西门庆的名字除去。邦彦果然把他的名字改作贾廉。（《词话》第十八回）西门庆至此，一块石头方才落地，安心享用着他亲家陈洪的财物。（后来西门庆死后，陈敬济常以此事为口实来骂吴月娘，见《词话》第八十六回）

他是这样的以他人的财物与名义，作为自己的使用的方便。而他之所以能够以一品大百姓而和地方官吏们平起平坐，原来靠的还是和杨戬勾结的因缘。

杨戬倒了，他更用金钱勾结上蔡太师。先走蔡宅的管家翟谦的路。蔡太师便是利用着这些家奴和破落户，来肥饱私囊的。彼有所奉，此有所求。破落户西门庆的势力因得了这位更大的靠山而日增。他居然可以为大商人们说份上。

蔡京生辰时，他送了"生辰担"，一份重重的礼去。翟谦还需索他，要他买送个漂亮的女郎给他。

蔡太师为报答他的厚礼，竟把他由"一介乡民"，提拔起来，在那山东提刑所，做个理刑副千户。西门庆如今是一个正式的官僚了。这当是古今来由"土豪"高升到"劣绅"的一条大路。正是：

> 富贵必因奸巧得，功名全仗邓通成。

有了功名官职，他的气势更自不同。多少人来逢迎，来趋奉，来投托！连太监们也都来贺喜。（《词话》第三十回到三十一回）

他是那么慷慨好客，那么轻财仗义！吴典恩向他借了一百两银子，文契上写着每月利行五分。"西门庆取笔把利钱抹了。说道，既道应二哥作保，你明日只还我一百两本钱就是了。"（《词话》第三十一回）凡要做"土劣"，这种该撒漫钱财处便撒漫些，正是他们的处世秘诀之一。

他一方面兼并，诈取，搜括老百姓的钱财；譬如以贱价购得若干的绒线，他便设计开张了一家绒线铺，一天也卖个五十两银子。同时他方面，他也成了京中宰官们的外府，不得不时时应酬些。连管家翟谦也介绍新状元蔡一泉（"乃老爷之假子"），因奉敕回籍省视之便，道经清河县，到他那里去，"仍望留之一饭，彼亦不敢有忘也。"下书人却毫不客气的说道："翟爹说，只怕蔡老爹回乡，一时缺少盘缠，烦老爹这里，多少只顾借与他。写信去翟爹那里，如数补还。"西门庆道："你多上覆翟爹，随他要多少，我这里无不奉命。"

蔡状元来了，西门庆是那么殷勤的招待着他。结局是，送他金段一端，领绢二端，合香五百，白金一百两。（《词话》第三十六回）

"土劣"之够得上交通官吏，手段便在此！官吏之乐于结识"土劣"，为"土劣"作蔽护，其作用也便在此。其实仍是由老百姓们身上辗转搜括而来的——羊毛出在羊身上。而这一转手之间，"土劣"便"名利双收"。

不久，西门庆又把他的初生的儿子和县中乔大户结了亲，这也不是没有什么作用在其间的。他得意之下，装腔作势的说道：

> 既做亲也罢了，只是有些不搬陪些。乔家虽如今有这个家事，他只是

个县中大户，白衣人。你我如今见居着这官，又在衙门中管着事。到明日会亲酒席间，他戴着小帽，与俺这官户，怎生相处？甚不雅相！

（《词话》第四十一回）

"士别三日，便当刮目相待"，纱帽一上了头，他如今便是另一番气象，而以和戴小帽的"白衣人"会亲为耻了！

西门庆做了提刑官，胆大妄为，到处显露出无赖的本色。苗员外的家人苗青，串通强盗，杀了家主。他得到苗青的一千两银子，买放了他，只把强盗杀掉。这事闹得太大了，被曾御史参了一本。他只得赶快打点礼物，"差人上东京，央及老爷那里去。"养兵千日，用在一时。翟谦以至蔡京，果然为他设法开脱。"吩咐兵部余尚书，把他的本只不覆上来。教你老爹只顾放心，管情一些事儿没有。"

结果是："见今巡按也满了，另点新巡按下来了。"新巡按宋盘，就是学士蔡攸之妇兄。那一批裙带官儿，自然是一鼻孔出气的。所以西门庆不仅从此安吉，反更多了一个靠山。那蔡状元也点了御史，西门庆竟托他转请宋巡按到他家宴饮。

宋御史令左右取递的手本来，看见西门庆与夏提刑的名字，说道："此莫非与翟云峰有亲者？"蔡御史道："就是他。如今在外面伺候，要央学生奉陪年兄，到他家一饭。未审年兄尊意若何？"宋御史道："学生初到此处，不好去得。"蔡御史道："年兄怕怎的！既是云峰分上，你我走走何害。"于是吩咐看轿，就一同起行。这一顿饭，把西门庆的地位又抬高了许多。他还向蔡御史请托了一个人情："商人来保、崔本，旧派淮盐三万引，乞到日早掣。"蔡御史道："这个甚么打紧！"又对来保道："我到扬州，你等径来察院见我。我比别的商人，早掣取你盐一个月。"（《词话》第四十九回）

"土劣"做买卖，也还有这通天的手段，自然可以打倒一般的竞争者，而获得厚利了。

蔡太师的生辰到了，西门庆亲自进京拜寿，又厚厚的送了二十扛金银段匹，而且托了翟管家，说明拜太师为干爷。这是平地一声雷，又把西门庆的地位、身份增高了不少。（《词话》第五十五回）

他如今不仅可以公然的欺压平民们，而且也可以不怕巡按之类的上官了，而且还可以为小官僚们说份上，通关节了。

正是："时来风送滕王阁。"他的家产便也因地位日高而日增了；商店也开张得更多了；买卖也做得更大了。他是可以和宋巡按们平起平坐的人物了。

西门庆不久便升为正千户提刑官，进京陛见，和朝中执政的官僚们，都勾结着，很说得来。（《词话》第七十回到七十一回）

在这富贵逼人来的时候，西门庆因为纵欲太过，终于舍弃了一切而死去。

以上便是这个破落户西门庆的一生！

腐败的政治，黑暗的社会，竟把这样的一个无赖，一帆风顺的"日日高升"，居然在不久，便成一县的要人，社会的柱石（？）。这个国家如何会不整个的崩坏？不必等金兵的南下，这个放纵、陈腐的社会已是到处都现着裂罅的了。

在西门庆的宴饮作乐，"夜夜元宵"的当儿，有多少的被压迫、被侮辱者在饮泣着，在诅咒着！

他用"活人"作阶梯，一步步踏上了"名"与"利"的园地里。他以欺凌、奸诈、硬敲、软骗的手段，榨取了不知数的老百姓们的利益！然而在老百姓们确实是被压迫得太久了，竟眼睁睁的无法奈这破落户何！等到武松回来为他哥哥报仇时，可惜西门庆是尸骨已寒了。（《水浒传》上说，西门庆为武松所杀。但《金瓶梅》则说，死于武松手下者仅为潘金莲，西门庆已先病卒。）

三 《金瓶梅》为什么成为一部"秽书"？

除了秽亵的描写以外，《金瓶梅》实是一部了不起的好书，我们可以说，它是那样淋漓尽致的把那个"世纪末"的社会，整个的表现出来。它所表现的社会是那么根深蒂固的生活着，这几乎是每一县都可以见得到一个普遍的社会的缩影。但仅仅为了其中夹杂着好些秽亵的描写之故，这部该受盛大的欢迎，与精密的研究的伟大的名著，三百五十年来却反而受到种种的歧视与冷遇，——甚至毁弃、责骂。我们该责备那位《金瓶梅》作者的不自重与放荡吧？

诚然的，在这部伟大的名著里，不干净的描写是那么多；简直像夏天的苍蝇似的，驱拂不尽。这些描写常是那么有力，足够使青年们荡魂动魄的受诱惑。一个健全、清新的社会，实在容不了这种"秽书"，正如眼瞳中之容不了一根针似的。

但我们要为那位伟大的天才，设身处地的想一想：他为什么要那样的夹杂着许多秽亵的描写？

人是逃不出环境的支配的；已腐败了的放纵的社会里很难保持得了一个"独善其身"的人物。《金瓶梅》的作者是生活在不断的产生出《金主亮荒淫》《如意君传》《绣榻野史》等等"秽书"的时代的。连《水浒传》也被污染上些不干净的描写；连戏曲上也往往都充满了龌龊的对话。（陆采的《南西厢记》、屠隆的《修文记》、沈璟的《博笑记》、徐渭的《四声猿》等等，不洁的描写与对话是常可见到的）笑谈一类的书，是以关于"性"的玩笑为中心的。（像万历版《谑浪》和许多附刊于《诸书法海》《绣谷春容》诸书里的笑谈集都是如此）春画的流行，成为空前的盛况。万历版的《风流绝畅图》和《素娥篇》是刊刻得那么精美。（《风流绝畅图》是以彩色套印的；当是今知的世界最早的一部彩印的书）据说，那时，刊版流传的春画集，市面上公开流行的至少有二十多种。

在这淫荡的"世纪末"的社会里，《金瓶梅》的作者，如何会自拔呢？随心而出，随笔而写；他又怎会有什么道德利害的观念在着呢？大抵他自己也当是一位变态的性欲的患者吧，所以是那么着力的在写那些"秽事"。

当罗马帝国的崩坏的时代，淫风炽极一时；连饭厅上的壁画，据说也有绘着春画的。今日那泊里（Nable）的博物院里尚保存了不少从彭培古城发掘来的古春画。明代中叶以后的社会的情形，正有类于罗马的末年。一般饱食终日，无所用心的士大夫，乃至破落户，只知道追欢求乐，寻找出人意外的最刺激的东西，而平民们却被压迫得连呻吟的机会都没有。这个"世纪末"的堕落的帝国怎么能不崩坏呢？

说起"秽书"来，比《金瓶梅》更荒唐，更不近理性的，在这时代更还产生得不少。以《金瓶梅》去比什么《绣榻野史》《弁而钗》《宜春香质》之流，《金瓶梅》还可算是"高雅"的。

对于这个作者，我们似乎不能不有恕辞，正如我们之不能不宽恕了曹雪芹《红楼梦》里的贾宝玉初试云雨情，李百川《绿野仙踪》里的温如玉嫖妓、周琏偷情的几段文字一样。这和专门描写性的动作的色情狂者，像吕天成、李渔等，自是罪有等差的。

好在我们如果除去了那些秽亵的描写，《金瓶梅》仍是不失为一部最伟大的名著的，也许"瑕"去而"瑜"更显。我们很希望有那样的一部删节本的《金瓶梅》出来。什么《真本金瓶梅》《古本金瓶梅》，其用意也有类于此。然而却非我们所希望有的。

四 《真本金瓶梅》《金瓶梅词话》及其他

上海卿云书局出版，用穆安素律师名义保护着的所谓《古本金瓶梅》，其实只是那部存宝斋铅印《真本金瓶梅》的翻版。存宝斋本，今已罕见。故书贾遂得以"孤本""古本"相号召。

存宝斋印行《绘图真本金瓶梅》的时候，是在民国二年。卷首有同

治三年蒋敦艮的序和乾隆五十九年王昙的《金瓶梅考证》。王昙的"考证"，一望而知其为伪作。也许便是出于蒋敦艮辈之手吧。蒋序道："曩游禾郡，见书肆架上有钞本《金瓶梅》一书，读之与'俗本'迥异。为小玲珑山馆藏本，赠大兴舒铁云，因以赠其妻甥王仲瞿者。有考证四则。其妻金氏，加以旁注。"王氏（？）的考证道：

原本与俗本有雅郑之别。原本之发行，投鼠忌器，断不在东楼生前。书出，传诵一时。陈眉公《狂夫丛谈》极叹赏之，以为才人之作。则非今之俗本可知。……安得举今本而一一摧烧之！

这都是一片的胡言乱道。其实，当是蒋敦艮辈（或更后的一位不肯署名的作者）把流行本《金瓶梅》乱改乱删一气，而作成这个"真本"的。

"真本"所依据而加以删改的原本，必定是张竹坡评本的《第一奇书》；这是显然可知的，只要对读了一下。其"目录"之以二字为题，像：

第一回 热结 冷遇

第二回 详梦 赠言

也都直袭之于《第一奇书》的。在这个《真本金瓶梅》里果然把秽亵的描写，删去净尽；但不仅删，还要改，不仅改，还要增。以此，便成了一部"佛头着粪"的东西了。

为了那位删改者不肯自承删改，偏要居于"伪作者"之列，所以便不得不处处加以联缝，加以补充。

我们所希望的并不是那么一部"作伪"的冒牌的东西，而是保存了古作、名著的面目，删去的地方并不补充，而只是说明删去若干字，若干行的一部忠实的删本。

英国译本的Ovid之《爱经》，凡遇不雅驯的地方，皆删去不译，或竟写拉丁原文，不译出来。日本翻印的《支那珍籍丛刊》，凡遇原书秽亵的地方，也都像他们的新闻杂志上所常见的被删去的一句一节相同，用××××来代替原文。这倒不失为一法。

当然，删改本如有，也不过为便利一般读者计。原本的完全的面目的保全，为专门研究者计，也是必要的。好在"原本"并不难得。今所知的，已数不清有多少种的翻版。

张竹坡本《第一奇书》也有妄改处，删节处。那一个评本，并不是一部好的可据的版本。

在十多年前，如果得到一部明末刊本的《金瓶梅》，附图的，或不附图的，每页中缝不写"第一奇书"而写"金瓶梅"三字的，便要算是"珍秘"之至。那部附插图的明末版《金瓶梅》，确是比《第一奇书》高明得多。《第一奇书》即由彼而出。明末版的插图，凡一百页，都是出于当时新安名手。图中署名的有刘应祖、刘启先（疑为一人）、洪国良、黄子立、黄汝耀诸人。他们都是为杭州各书店刻图的，《吴骚合编》便出于他们之手。黄子立又曾为陈老莲刻《九歌图》和《叶子格》。这可见这部《金瓶梅》也当是杭州版。其刊行的时代，则当为崇祯间。

半年以前，在北平忽又发现了一部《金瓶梅词话》，那部书当是最近于原本的面目的。北平古佚小说刊行会的诸君，尝集资影印了百部，并不发售。我很有幸的，也得到了一部。和崇祯版对读了一过之后，觉得其间颇有些出入、异同。这是万历间的北方刻本，白绵纸印。（古佚小说刊行会的影印的一本，保全着原本的面目，惟附上了崇祯本的插图一册，却又不加声明，未免张冠李戴。）当是今知的最早的一部《金瓶梅》，但沈德符所见的"吴中悬之国门"的一本，惜今已绝不可得见。

《金瓶梅词话》比崇祯本《金瓶梅》多了一篇欣欣子的序，那是很重要的一个文献。又多了三页的开场词。它也载着一篇"万历丁巳（四十五年）季冬东吴弄珠客漫书于金阊道中"的序文，这是和崇祯本相同的。可见它的刊行，最早不得过于公元一六一七年（即万历丁巳）；而其所依据的原本，便当是万历丁巳东吴弄珠客序的一本。（沈氏所谓"吴中"本，指的当便是弄珠客序的一本。）

这部《词话》和崇祯版《金瓶梅》有两个地方大不相同：

（一）第一回的回目，崇祯本作：

　　　　西门庆热结十兄弟　　武二郎冷遇亲哥嫂

《词话》本则作：

　　　　景阳岗武松打虎　　潘金莲嫌夫卖风月

这一回的前半，二本几乎全异。《词话》所有的武松打虎事，崇祯本只从应伯爵口中淡淡的提起。而崇祯本的铺张扬厉的西门庆"热结"十兄弟事，《词话》却又无之。这"热结"事，当是崇祯"编"刻者所加入的吧。戏文必须"生""旦"并重。第一出是"生"出，第二出必是"旦"出。崇祯本之删去武松打虎事而着重于西门庆的"热结十兄弟"，当是受此影响的。

　　（二）第八十四回，词话本是：

　　　　吴月娘大闹碧霞宫　　宋公明义释清风寨

崇祯本则作：

　　　　吴月娘大闹碧霞宫　　普静师化缘雪涧洞

把吴月娘清风寨被掳，矮脚虎王英强迫成婚，宋公明义释的一段事，整个的删去了。这一段事突如其来，颇可怪。崇祯本的"编"刻者，便老实不客气的将这赘瘤割掉。这也可见，《金瓶梅词话》的作者，原未脱净《水浒传》的拘束，处处还想牵连着些。

　　其他小小的异同之点，那是指不胜屈的。词话本的回目，就保存浑朴的古风，每回二句，并不对偶，字数也不等，像：

来保押送生辰担　　西门庆生子嘉官　　　　　（第三十四回）

为失金西门骂金莲　　因结亲月娘会乔太太　　　（第四十三回）

西门庆迎请宋巡按　　永福饯行遇胡僧　　　　　（第四十九回）

月娘识破金莲奸情　　薛嫂月下卖春梅　　　　　（第八十五回）

崇祯本便大不相同了，相当于上面的四回的回目已被改作：

　　　　蔡太师擅恩赐爵　　西门庆生子加官

　　　　争庞爱金莲惹气　　卖富贵吴月攀亲

　　　　请巡按屈体求荣　　遇胡僧现身施药

吴月娘识破奸情　　春梅姐不垂别泪

骈偶相称，面目一新，崇祯本的"编"刻者是那样的大胆的在改作着。

有许多山东土话，南方人不大懂得的，崇祯本也都已易以浅显的国语。

我们可以断定的说，崇祯本确是经过一位不知名的杭州（？）文人的大大笔削过的。（而这个笔削本，便是一个"定本"，成为今知的一切《金瓶梅》之祖。）《金瓶梅词话》才是原本的本来面目。

五　《金瓶梅词话》作者及时代的推测

关于《金瓶梅词话》的作者及其产生的时代问题，至今尚未有定论。许多的记载都说，这部《词话》是嘉靖间大名士王世贞所作的。这当由于沈德符的"闻此为嘉靖间大名士手笔"一语而来，因此遂造作出那些《清明上河图》一类的苦孝说的故事。或以为系王世贞作以毒害严世蕃的，或以为系他作以毒害唐顺之的。这都是后来的附会，绝不可靠。王昙（？）的《金瓶梅考证》说：

《金瓶梅》一书，相传明王元美所撰。元美父忤以滦河失事，为奸嵩搆死，其子东楼实赞成之。东楼喜观小说，元美撰此，以毒药傅纸，冀使传染入口而毙。东楼烛其计，令家人洗去其药而后翻阅，此书遂以外传。

蒋瑞藻的《小说考证》及《小说考证拾遗》，引证《寒花庵随笔》、缺名笔记、《秋水轩笔记》、《茶香室丛抄》、《销夏闲记》等书，也断定《金瓶梅》为王世贞作。其实，《清明上河图》的传说显然是从李玉《一捧雪传奇》的故事附会而来的。《清华周刊》曾载吴晗君的一篇《金瓶梅与清明上河图的传说》，辨证得极为明白，可证王世贞作之说的无根。

王昙的《金瓶梅考证》又道："或云李卓吾所作。卓吾即无行，何至留此秽言！"这话和沈德符的"今惟麻城刘延伯承禧家有全本"语对照起来，颇使人有"或是李卓吾之作罢"之感。但我们只要读《金瓶梅》一过，便知其必出于山东人之手。那么许多的山东土白，决不是江南人所得

措手于其间的。其作风的横恣、泼辣，正和山东人所作的《醒世姻缘传》《绿野仙踪》同出一科。

一个更有力的证据出现了。《金瓶梅词话》欣欣子序说道："窃谓兰陵笑笑生作《金瓶梅传》，寄意于时俗，盖有谓也。"兰陵即今峄县，正是山东的地方。笑笑生之非王世贞，殆不必再加辩论。

欣欣子为笑笑生的朋友；其序说道："吾友笑笑生为此，爰罄平日所蕴者著斯传，凡一百回。"也许这位欣欣子便是所谓"笑笑生"他自己的化身吧。这就其命名的相类而可知的。

曾经仔细的翻阅过《峄县志》，终于找不到一丝一毫的关于笑笑生或欣欣子或《金瓶梅》的消息来。

《金瓶梅》的作者兰陵笑笑生到底是什么时候的人呢？是嘉靖间？是万历间？

沈德符以为《金瓶梅》出于嘉靖间，但他在万历末方才见到。他见到不久，吴中便有了刻本。东吴弄珠客的序，署万历丁巳（四十五年）。则此书最早不能在万历三十年以前流行于世。此书如果作于嘉靖间，则当早已"悬之国门"，不待万历之末。盖此等书非可终秘者。而那个淫纵的时代，又是那样的需要这一类的小说。所以，此书的著作时代，与其的说在嘉靖间，不如说是在万历间为更合理些。

《金瓶梅词话》里引到《韩湘子升仙记》（有富春堂刊本），引到许多南北散曲，在其间，更可窥出不是嘉靖作的消息来。欣欣子的序说道：

吾尝观前代骚人，如卢景晖之《剪灯新话》，元微之之《莺莺传》，赵君弼之《效颦集》，罗贯中之《水浒传》，丘琼山之《钟情丽集》，卢梅湖之《怀春雅集》，周静轩之《秉烛清谈》，其后《如意传》、《于湖记》，其间语句文确，读者往往不能畅怀，不至终篇而掩弃之矣。

按《效颦集》《怀春雅集》《秉烛清谈》等书，皆著录于《百川书志》，都只是成、弘间之作。丘琼山卒于弘治八年。插入周静轩诗的《三国志演义》，万历间方才流行，嘉靖本里尚未收入。称成、弘间的人物为"前代骚人"而和元微之同类并举，嘉靖间人，当不会是如此的。盖嘉靖离弘治不过二十多年，离成化不过五十多年，欣欣子何得以"前代骚人"称丘濬、周礼（静轩）辈！如果把欣欣子、笑笑生的时代，放在万历间（假定《金瓶梅》是作于万历三十年左右的罢），则丘濬辈离开他们已有一百多年，确是很辽远的够得上称为"前代骚人"的了。又序中所引《如意传》，当即《如意君传》；《于湖记》当即《张于湖误宿女贞观记》，盖都是在万历间而始盛传于世的。

我们如果把《金瓶梅词话》产生的时代放在明万历间，当不会是很错误的。

嘉靖间的小说作者们刚刚发展到修改《水浒传》，写作《西游记》的程度。伟大的写实小说《金瓶梅》，恰便是由《西游记》《水浒传》更向前进展几步的结果。

中国小说提要

郑振铎

短 序

中国小说向来没有人加以有系统的整理。商务印书馆出版的《小说丛考》及《小说考证》二书，虽可供给些参考的资料给我们，然而叙列没有什么次序；且不叙本书的内容，也是一个大缺憾。更可引以为恨的是，此二书的作者并没有把小说及戏曲两种体裁认识得清楚。所以二书虽以小说名，所叙述的却有一大部分是戏曲，不全是小说。最近出版了一部鲁迅先生的《中国小说史略》，可算是一部很好的有系统的书，虽然只是薄薄的二册。我近来颇高兴看看中国的小说，虽则有时使我非常厌烦，但随时购集的小说，也有几箱。因此，颇有野心欲对于中国小说作一番较有系统的工作。然而困于时力的不足，只好先下手做一种"提要"的工作，一方面给自己搜集进一步的研究材料，一方面也可顺便的将中国小说的宝库的内容显示给大家。老实的说一句话吧，据我个人近来读那些小说书的结果，对于中国小说的若干种是感到异常的失望的。好的作品实在太少了！然而有的人也许不相信这话，而欲更费许多工夫去读这种无量数的劣等作品。所以我现在把它们的内容逐渐的一部一部的介绍出来给大家看。这也是欲作这个"提要"的工作的原因之一。

除了重述各书的故事之外，关于那些故事的来源及其他，也连带的说些话。

中国的小说，作者向来不欲露出真姓名，因此对于他们，我们非常的不容易知道详细。这里，只举出其可知者。其不知者则缺之不详。

本想将这"提要"编列成较有系统的，但因它原系随时写下的，所以只得不照什么次序而随意的发表于此。

读者的一切指正，我都非常喜欢领受。

一 《开辟演义》

《开辟演义》为公元第十六七世纪间（即明之后半叶）的产品，乃叙天地开辟至周武王灭殷的史事的。在许多演义中，这一部是最干燥最不能使人感兴趣的了。全书分四卷，共八十回。最初叙盘古开辟天地事。盘古在徐整的《三五历纪》中原有是名。《三五历纪》云："天地混沌如鸡子，盘古生其中，万八千岁，天地开辟；阳清者为天，阴浊者为地。盘古在其中，一日九变，神于天，圣于地。天每日高一丈，地每日厚一丈，盘古每日长一丈。如此万八千岁，天至极高，地至极深，盘古极长。"然是书叙盘古右手持斧，左手秉凿，以开辟天地，位置日月事，却杂以佛教的影响，以为盘古乃西方世尊释迦牟尼座下的一位名毗多崩娑那的菩萨转世，颇附会得可笑。释迦牟尼生于周时，安得于天地未开辟时即有他？此种关于天地创造的传说，已绝非中国原始人民的传说了。盘古之后，又有天皇、地皇、人皇，有巢氏、燧人氏、伏羲氏、神农氏、轩辕氏等继续的出世以统治天下。以后即叙尧、舜及夏、殷二代至周初之事，大抵所叙的事多本于史鉴，而不敢有所出入。因此，叙写甚为拘束，远不如《三国演义》诸书中的人物之有时写得极为活跃。中国的古代历史，史实本极不可靠，此书更多端附会。民间所知的古史知识多得于此种书，而此种谬误史实的传播，于人民甚有害，非加以矫正不可。此则有望于现在治古史的人之能出来逐条加以补正了。

此书的作者为周游，名仰止，又号五岳山人；又有王黉字子承的为之作释注。篇首有王黉的一篇序，现在附录于后，颇可于此见出作者、释者的见解的一斑。

《开辟演义》者，古未有是书，今刻行之以公宇内。名之开辟者何？譬喻云尔。如盘古氏者，首开辟也，天、地、人三皇，次开辟也，伏羲、神农、黄帝、尧、舜，又开辟也。夏禹继五帝而王，又一开辟也。商汤放桀灭夏，又一开辟也。周又三分天下有其二以服事殷，武王克纣伐罪吊民，则有《列国志》，是又一开辟也。汉高定秦楚之乱，光武灭莽中兴，则有《西东汉传》，是又一开辟也。又有《三国志》、《两晋传》、《南北史》，隋杨坚混一南北、唐太宗平隋之乱则有《隋唐传》，是又一开辟也。宋祖定五代之乱，则有《南北宋传》，是又一开辟也。其间又有《水浒传》、《岳王传》。我太祖一统华夏则有《英烈传》，是又一大开辟也。自古天生圣君，历代帝王创业。而有一代开辟之君，必有一代开辟之臣，如伏羲之有苍颉，黄帝之有风后，尧有舜佐，舜有臣五人而天下治，禹、弃、契、皋陶、伯益，又有八元八恺，禹有治水之功而兴夏，汤有伊尹以祚商，武丁之于傅说，文王之于吕望，汉有三杰，蜀有孔明，晋有王、谢，唐有房、杜，宋有韩、范是也。至于篡逆乱臣贼子，忠贞贤明节孝，悉采载之传中，今人得而观之，岂无爽心，而有浩然之气者诚美矣。然未有开天辟地，三皇五帝，夏、商、周诸代事迹，因民附相讹传，寥寥无实，即看鉴士子，亦只识其大略。更有不干正事者，未入鉴中，失录甚多。今搜辑各书，若各传式，按鉴参演，补入遗阙。但上古尚未有文法，故皆老成朴实言语，自盘古氏分天地起，至武王伐纣止，将天象日月山川草木禽兽，及民用器物婚配饮食药石礼法，圣主贤臣节妇，一一载得明白，知有出处而识开辟至今有所考，使民不至于互相讹传矣，故曰《开辟演义》云。（靖竹居士王黉子承父书于柳浪轩）

此书坊刻本不少。我所见石印本已有二种，一为宣统三年印的大字本，一为小字本，又木版本只见有小型的坊版一部，明刻原本，未见。

二 《五代平话》

《五代平话》不知为何人所作，近毗陵董氏诵芬室据宋残本景刊。
"演义"之传于世者，当以此书为最古。此书虽未如后来诸演义之分回
目，然体裁与它们甚相同。大约后来的《三国演义》《隋唐演义》诸书
俱是导源于此书或与此相类的书的。全书凡十卷，计《梁史平话》二卷，
《唐史平话》二卷，《晋史平话》二卷，《汉史平话》二卷，《周史平
话》二卷。今本颇多残缺。《梁史平话》及《汉史平话》俱缺其下卷，
《梁史平话》又缺目录；《晋史平话》则缺目录之半页，又缺上卷的第一
页。此书所叙诸大事皆依据于《五代史》，所写的人物也大多数是历史上
的人物。但于小节及琐碎的地方每多加意烘染，又引用许多民间的故事，
因此使它不仅仅成了一部史书的通俗演义，而且带有小说的趣味。它开头
先叙各时代重大的史迹，自开辟时起，至唐末为止的历史上的大事都约略
的说了一遍，然后才入王仙芝、黄巢、朱温等起义的事。在这一段里，叙
朱温微时事甚详，已算入了《梁史平话》的正文。这一种的体裁，后来的
许多演义也都模拟着它。历史叙黄巢赴举及下第事不过提了几笔而已，在
此书，则叙述这事甚为详细：

乾符二年，朝廷降诏兴贤，黄巢一见，心中大喜，"这是男儿立功名
之时"，真是：

降下一封天子诏，惹起四海状元心。

黄巢一日辞了爷娘，选下了日，直往大国长安赴选，黄巢登程后，
免不得饥餐渴饮，夜宿晓行，来到长安，讨一个店舍歇泊。明日到试院
前打探试日分，到试场左侧，已知得日分了，归歇泊处来。等候得赴
试日已至，同士子入试场，把十年灯窗下勤苦的工夫，尽力一战。试
罢出试院，等候开榜。等至三日，更无消息。黄巢意中惊疑，未免且去
探榜。行得数步，探听得试院开榜了。却是别人佐了状元，别人佐了榜
眼，别人佐了探花郎。黄巢见金榜无名，闷闷不已，拈笔写着四句……
黄巢因下第了，点检行囊，没十日都使尽。又不会做甚经纪。所谓"床

头黄金尽，壮士无颜色"。那时分又是秋来天气，黄巢愁闷中，未免题了一首诗，道是：

柄柄芰荷枯，叶叶梧桐坠。

细雨洒霏微，催促寒天气。

蛩吟败草根，雁落平沙地。

不是路途人，怎知这滋味？

题了这诗后，则见一阵价起的是秋风，一阵价下的是秋雨，望家乡又在数千里之外。身下没些个盘缠，名既不成，利又不遂。……又叙刘知远的母亲改嫁及他幼年赌博游荡事，也十分详细。写刘知远与李三娘的离合，又是后来著名的剧本《白兔记》所本的。由这几个例里，可见这一部之非是一部干枯无味的历史演义，如《开辟演义》及《二十四史通俗演义》之流了。

这部书，我所见的有两个刊本：一即诵芬室的景宋残本的刊本，一为商务印书馆印的《宋人平话四种》本。商务的一本，乃是完全依据于董氏的刊本的。

董氏刊本之后，有近人曹元忠的一跋，兹附录于后。

宋巾箱本《五代史平话》，于梁、唐、晋、汉、周，各分上下二卷，惜《梁史》、《汉史》皆缺下卷；虽上卷尚存回目，而《梁史》已夺去数叶，不能补矣。元忠于光绪辛丑游杭，得自常熟张大令敦伯家，以压归装。顾各家书目，皆未著录；博访通人，亦惊以为罕见秘籍。偶忆《梦梁录》小说讲经史门有云："讲史者谓讲说《通鉴》、汉、唐历代书史文传兴废争战之事。有戴书生、周进士、张小娘子、宋小娘子、邱机山、徐宣教。"疑此平话或出南渡小说家所为，而书贾刻之，故目录及每卷首尾辄大书新编五代某史平话也。惟刊自坊肆，每于宋讳不能尽避，其称魏征及贞观处，则皆作"魏证"、"正观"，要亦当时习惯使然。是书近为吾友武进董大理授经景刊行世，写刻之精，无异宋椠。他日藏书家或与士礼居本《宣和遗事》并传乎？宣统辛亥七月，吴曹元忠跋于京邸之凌波榭。

三 《新史奇观》（一名《顺治过江》）

《新史奇观》，一名《顺治皇过江全传》，乃叙明末清初李自成起义和清兵入关的故事。所叙的事，大概都依据史书，所以没有什么小说的趣味。作者不知真姓名，仅题为蓬蒿子编，大约是清初或清中叶的作品。又有申江居士的一序。亦不署年月。全书分四卷，凡二十二回。先叙阎罗王一日勘狱，见有八千零六十三万罪囚，罪深业重，应受重罚，便上本奏闻玉帝。玉帝差九天清狱曹并法勘司，会勘这许多罪人，判定应在刀兵劫内勾销，仍该冥司判生人道。同时并遣月孛、天狗、罗睺、计都好杀诸神降生人世，使他扰乱乾坤，东冲西撞，要见积尸成阜，流血成河。这时正是人间万历三十四年丙午元旦，天降大雪，有四五尺厚，积雪之上有巨人足迹及牛马脚迹，约有尺来深，这许多足迹即因诸杀星从天上投生人世经过各地的缘故。此后便叙李闯出世及他少年时事迹，又叙李岩遭贪吏压迫而去投李闯的事。又叙宋献策及牛金星诸人都来聚义，李闯声势大振，终于攻下了北京，崇祯帝悬梁自杀。后来吴三桂到关外去请兵泄愤，连败李闯。李闯的诸将，又自相猜疑，自相摧残。李岩是他们当中最好，最有智谋的一个，也被牛金星所谗杀。于是天下大势遂去。清兵遂得以扑灭李、张诸人而统一了中原。至于叙福王在江南建号，清兵过江攻下南京，把全个中国都收在清国统治之下的事，却只用最后的二页半的篇幅来写。所以此书题为《顺治过江》，是很牵强的。它的叙述的中心乃在李闯而不在清兵；乃在前半的中原扰乱的事迹，而不在后半江南失败的故事。此书写李自成方面的军师宋献策，并不甚着力，却甚着力于叙进士任流，他屡屡的献计于当时重臣及军帅，而俱不蒙他们的采纳。作者对于这些计策的不见实行，是十分惋惜的。

像这种的史事，是应该写得很热闹，很活泼，很动人的。但此书的作者却并没有什么可以动人的叙写才能，所以写得并不活泼，并不使人感得十分的有趣。不如《隋唐演义》，更不如《三国演义》，不必说比《水

浒》了。其重要的原因，乃在叙述过于简单，太求合于历史，而忘其为小说。其所以尚盛传于今者，完全因其所叙事实的热闹，而不在于作者叙述得好。许多"演义"，大约都有此弊。

此书的版本极多，就我所见的已有五种不同的版本，有三本是木刻的，有二本是石印的。

新史奇观序

古今良史多矣，学者宜博观远览，内悉治乱兴亡之故。既以开广其心胸，而又增长其识力，所裨良不浅矣。至于稗官野史，纪事阙而不全，抑且疑信参半。然其中亦可采撮，以俟后之深考，好古者犹有取焉。乃世有淫词小说，实为无稽之谈，最易动人听闻，阅者每至忘餐废寝。盖人情喜荡佚而恶绳检故也。而犹镌来一编以流传人口何也？吾尝谓天下之深足虑者，淫哇新声，荡人心志。其于治乱兴亡之故，漫无关系。此特以供闾里谈笑，优倡戏侮之资。大雅君子宁必遽置勿道也。《新史奇观》梓来，因论次及此而书为序。

申江居士书

四　《铁冠图》

《铁冠图》与《新史奇观》相同，也是叙明末清初，李自成、张献忠的起义，和其后被清兵所灭的事。所叙的故事始终和《新史奇观》完全相合。其所以名为"铁冠图"者，盖因朱元璋初定天下时，有铁冠道人作一歌："东也流，西也流，流到天南有尽头。张也败，李也败，败出一个好世界。"又绘图画三幅献于元璋，其后一一皆验，故著者把"这部书名为《铁冠图全传》，而即为《铁冠图》注解亦妙"。

全书共四卷，凡五十回。叙述较《新史奇观》为详。颇着意描写琐事，亦多采用野史笔记的记载。其与《新史奇观》大不同者有：

（一）《新史奇观》写李闯先聚众起义，后来宋献策方来投他。此书则叙宋献策先识李闯于微贱之时，称他为真命天子，并代他划策，招集英雄亡命起事。

（二）宋献策在《新史奇观》中并不重要，在此书则为一个极为重要、极有智谋的人物。

（三）李岩在《新史奇观》中，叙他因被贪吏迫害而投李自成，在此书，则写他被他们说动而与他们相合。李岩之死，在《新史奇观》中，乃是被牛金星所谗害，在此书中，则为被费宫娥所刺死。李岩在《新史奇观》中很重要，在此书却变得不甚重要了。

（四）李闯杀害父母事，《新史奇观》中不载，而此书乃叙因李闯欲急葬其父母以应天命，于是悄悄的用毒药把父母害死了。又米脂县县官边大绥发掘李闯祖坟事，在此书也叙得很详细，而《新史奇观》中则无之。

（五）此书添出阎法的儿子阎如玉来，写得很活泼，且把他串插于全书之中，似以阎法妻被李闯所杀为全书之起，以如玉替母报仇，杀死李闯为全书之结。这个人是史书上所无的，也是《新史奇观》中所无的。

（六）洪承畴在此书中屡见，屡叙他与李闯交战，《新史奇观》中亦无此事。

其他种种彼略此详的地方，不能一一举出。此书较之《新史奇观》，实更近于近代的所谓"历史小说"。且读之较有活气，取材也更广泛。然如以史实论之，则此书所载，有许多不如《新史奇观》所载之翔实。如《明史·李自成传》，言："平阳李岩者，故劝自成以不杀收人心者也。及陷京师，保护懿安皇后令自尽，又独于士大夫无所拷掠。金星等大忌之。……阴告自成曰：'岩雄武有大略，非能久下人者。……十八子之谶，得非岩乎？'因潜其欲反。自成令金星与岩饮，杀之。"正与《新史奇观》所叙相合，而此书所叙则完全与史所言不同。又如此书叙洪承畴督师围李闯于松山，亦全无根据之谈。松山远在锦州，洪承畴尝被清兵围于此，非洪承畴之围李闯于此。

此书叙写李闯、张献忠诸人，完全是以厌恨的态度去叙写，完全当他们是贼，是恶汉，是扰乱者。《新史奇观》的叙写态度，却没有此书的偏颇。

此书的作者，不知何人。创作的时代大约总在清初。也许较《新史奇观》为略后些。我所见的此书的版本不多，也没有得到好版本。只有石印的一本，是没有序和著者的名字的。

五　《前七国志》（一名《孙庞演义》）

《前七国志》，一名《孙庞演义》，叙战国时孙膑与庞涓斗智之事。孙庞斗智是民间盛传的故事之一；现在，许多农夫、工人还都十分的喜欢听人说这个故事。舞台上也时有关于这个故事的戏剧在演唱着。所以孙膑、庞涓之名，也如《封神传》中之姜太公、李天王，《三国志》中之关羽、张飞之类的人一样，无论什么人都知道他们的名字。

这部小说，著者之姓名不详，著作的年代亦未能考出。全书共分四卷，二十回。自白起攻燕，孙操兵败，其子膑因自请到鬼谷子那里学兵法起，至孙膑大破魏师，活捉庞涓，报了刖足之仇止。这个故事的大纲是根据司马迁的《史记》的，然而中间增加了不少烘染之处，又增加了不少创造的人物。下面是这部小说的故事的大略。

秦、楚、燕、韩、赵、魏、齐七国，各据一方，互相争霸。燕王招孙武之子操为驸马，生了龙、虎、膑三子。后来，孙操起兵攻秦，被白起施计杀得大败而回。操回家闷闷不乐。幼子膑便自请到云梦山鬼谷子那里学习兵法，二载三年回来，便可报仇。孙操只得许他前去。他在途中，遇见了魏人庞涓，也是要到鬼谷子那里求学的。二人便结为兄弟同行。庞涓处处要占便宜，欺负孙膑。他俱作不知，不去较量。他们在鬼谷子那里三年，庞涓学成先回。孙膑再在那里三年，鬼谷子把未曾授庞涓的异术，如八门遁法、呼风唤雨、剪草为马、撒豆为兵之类，都授给孙膑了。庞涓下山，在魏用事。尝统兵大败齐将田忌，因得大用，魏王并招他为驸马。道士王敖说庞涓迎孙膑下山。孙膑至魏，二人斗阵，涓被膑所败。庞涓心中不乐，忌孙膑才能竟出己之上，每日想以计杀他。一日，他诬奏魏王，说孙膑欲反。魏王果听他，下令杀膑。膑临刑叹道："我空有八门遁法，三卷天书，救不得眼前一死。"庞涓听了，欲得他天书，便奏过魏王，赦了他死罪，只刖去他的双足。庞涓因留他在家，嘱写天书，欲待写毕天书再杀他。孙膑诈疯，因此得脱于难。后设计逃出魏都，入齐，居于田忌家。因收服大盗袁达，甚为齐王所信任。齐相邹忌的次子，因与膑争娶苏代的女儿，被膑设计将苏小姐娶去。因此忌与膑不和。后来，庞涓攻打诸国，孙膑同田忌出来，用计败了他，并围困魏都。魏王使人以重宝到齐王处求和，并送千金给邹忌，叫他劝齐王招孙膑兵马回国。齐王果然下令收兵。孙膑回国后，诈病而死，实则死者非他，乃是一个用术变成的纸人。庞涓知孙膑已死，十分得意。三年之后，他便出兵攻打韩国。韩国十分危急，遣人求救于齐。孙膑便又出来，与田忌统兵出救。在途中擒了魏太子毕冒。庞涓回兵救之，孙膑便用减灶法以诱他。庞涓果为所诱，追到马陵道，见大树上挂着一灯，上写六个大字道："庞涓死此树下。"涓知中计，已来不及退去了。孙膑擒住他。又会齐七国诸王；在毛头滩斩了庞涓。孙膑刖足之仇至此始得报复。他功已成，仇已报，便告退回燕，见他的父母。一夕，他忽不见。或言是鬼谷仙师来度他出世的。

这部小说，文辞极浅陋，远不及《三国志》《封神传》《列国志》及《隋唐演义》。一切事实的大要，虽与《史记》不差多少，然所加的许多烘染的材料，都极浅薄无聊，可使人发笑。如写孙膑直成了一个术士，凭了他的未卜先知，呼风唤雨之技，简直无所不能。写庞涓也处处都形容他的阴险、凶恶，完全不似一个有心计的人。像这种的故事材料，如能运用得好，本可以成为很好的一部历史小说，可惜作者的伎俩太坏了。以如此的好材料本可以不必杂入许多超自然的神怪的事迹的，作者却偏要处处

杂入，这是他失败的大原因。而他的描写能力又不好，每个人都被他写成不大有生气。所创造的人物，如孙操、孙龙、孙虎、瑞连公主、王敖、袁达之类，都是从《隋唐志传》及其他民间小说里掇拾取来的。三擒袁达的一节，他似钞袭《三国志》七擒孟获的数回。最可笑的是，孟尝君的门客冯骧，乃被作者写成一个会驾席云，往来空中的人。七国君主乃时时因小事打降表，年年进贡。一切都觉得写得太儿戏了。还有许多姓名及事实与《史记》不同的，如魏太子被擒的，是名申，不是名毕冒，庞涓乃自杀而死，并非在什么毛头滩斩首。在许多"演义"中，这一部实可归在水平线下的一类中。

这部书我所得到的只是一部木版的及一部石印的小型本。不知坊间还有没有较好的木版大字本。

六 《后七国志》（一名《乐田演义》）

《后七国志》，一名《乐田演义》，乃叙乐毅灭齐及田单复齐的故事。自燕王哙让位于子之起，至田单复齐，乐毅仕赵为望诸君止，共分四卷，十八回。此书虽名《后七国志》，然与《前七国志》体裁绝不相类。二书似非同出于一人之手。前志文笔粗陋，满纸都是鬼神奇迹。后书则文辞整洁，颇着意于人物的描写，且事实多依据于史传，毫无神异的故事杂于其中。所以在文艺价值上讲来，后志胜于前志不止数十倍。后志的开端说："在七国前时，出了一个异人，叫做孙膑，与魏国庞涓赌斗才智，因出了一个奇计，将庞涓诱斩于马陵树下，故天下皆闻知孙膑之名。此一段故事，已有传述，无庸再赘。"由此数语看来，似后志之写作，乃在前志之后，惟不知"已有传述"之语，是否即指前志而言耳。

《后七国志》作者姓名及著作年代俱未详。但全部故事完全是由《东周列国志》的第九十五回"说四国乐毅灭齐，驱火牛田单破燕"放大了的。但《列国志》流传已久，有好几种明刻本。此书之作，可能在明代前后。

　　此书的故事，大约如下：燕王哙信任其相子之，自己不理国事。子之力大无穷，又工心计。使人说燕王哙以尧、舜让位的盛举，燕王哙便以燕国让于子之。子之肆虐于国中，太子平与郭隗同逃于无终山避难，齐宣王闻得这个消息，便差匡章帅师伐燕。燕兵纷纷降齐。子之虽勇，也终于为齐兵所擒，解到齐京处死。燕王哙在宫中闻知齐兵入城，也自缢而死。匡章在燕都，并不恤民，终日宴乐，燕民怨之不下于子之。于是寻得太子平，乘齐兵不备，攻入玉田，即位为王，是为昭王。燕城纷纷叛齐，匡章只得逃回齐国去了。

　　昭王复回燕都，召贤恤民，誓雪大耻，任赵人乐毅专政。乐毅训民教兵至于二十余年，乃出锐师，并约秦、赵、韩、魏四国之兵，一同攻齐。这时是齐湣王在位。齐兵抵挡不住，湣王逃归临淄。乐毅谢去四国之兵，独进齐境，收服了七十余城，临淄亦被攻下。湣王逃出国外，因尚自居于天子的地位，致激起诸小国的怨怒，俱不肯容他。不得已又奔回齐之莒州。他求救于楚，楚使淖齿率师来齐。不料淖齿却通于燕师，杀了湣王。他欲自立为齐王，且肆虐于齐民。于是王孙贾集合市民，杀了淖齿。楚兵俱逃去，王孙贾遂求得太子田法章立之。这时，齐地已尽为乐毅所得，未下者惟莒州及即墨二城。莒州为齐王所居，即墨为田单所守。田单甚有智谋。后来，燕昭王死，太子惠王立，听信谗言，使骑劫代乐毅为将。乐毅奔赵。田单遂用火牛计，大破燕兵，杀了骑劫，尽复了齐城。燕惠王至此颇悔不用乐毅之过，遂使人复召乐毅。但毅在赵已封为望诸君，不肯回燕。惠王便封毅子乐闲为昌国君。自后乐毅"往来燕、赵二国，犹如一家"。

　　这部小说所叙的故事，几无一事无所本。大都是《战国策》《史记》《新序》里所有的。惟间有几处不同的，如乐乘在毅子乐闲之时才出现，而此书则叙乘为毅之前锋，战功甚著；又守聊城之燕将，后因鲁仲连之劝而自杀者，《国策》《史记》俱不载其名，此书则名他为乐和，且以他为乐毅之侄。然这种与书传异同之处，究竟不多，较之《前七国志》则此书

几可算是事事有征的了。

此书亦未见旧刻本，我所有者为坊刊本及石印小字本。

七　《东周列国志》

《东周列国志》是一部继续于《封神演义》之后，而叙周平王东迁，至秦并六国，一统天下的史事的"演义小说"。因为要追叙平王东迁之故，于是便先叙周宣王时褒姒出生及后幽王因宠褒姒而致被申叔召犬戎入寇，幽王被杀等事。全书共二十七卷，又首卷一卷，共一百八回，在一切演义小说中，没有比这部小说所叙的故事更复杂，更变化得多的了。《五代史平话》，共为五部，不过叙五代数十年之事，《三国志》亦不过叙数十年间蜀、吴、魏相争之事，《飞龙传》之类，则所叙的年代更短，所写的人物更少了。只有这一部小说，人物是特别的繁多，事实是特别的复杂，任取其中的一段，都足以放大而成为一部独立的历史小说。（如前后《七国志》二书，便都是取其中的一段事放大为一书的。）春秋诸国是战争、内乱、盟约无年不有的，到了战国，则杀伐攻守，合纵连横，更是十二分的热闹。因此，这部小说较之别的演义小说有了一个好处，便是没有一件事是假造的，都是从《左传》《国语》《战国策》《史记》诸书中取来，而加以联串的，恰似一部用白话来写的历史。蔡元放在《列国志读法》上说："如《封神》《水浒》《西游》等书，全是劈空撰出，即如《三国志》，最为近实，亦复有许多做造在其内。《列国志》却不然，有一件，说一件，有一句，说一句。连记实事也记不了，那里还有工夫去添造。"但因此却也有一个坏处，便是：事实太复杂，人物太多，使读者如走马看灯，草草而过，只算是一部白话历史，却不能算是真正的小说。蔡元放说："《列国志》是一部记事之书，却不是叙事之书。"这句话真是不错。蔡氏又说："《列国志》全是实事，便见得一段一段，各自分说，没处可用补截联络之巧了。所以文字反不如假的好看。"这也是这部书不能使人对它有对《三国志》《西游记》之同样爱好的一个原因。所以严格说来，此种"记事"的书，似难归之于小说之列。

这部书的作者，并未署名，卷首只有乾隆十七年七都蔡元放字梦夫的一序，及读法，以后每回都有他的评语。他在序上也并未提出是何人所作的。他的读法最后有说："《列国志》中，谬误甚多，在《左传》《史记》俱言宋襄夫人王姬，欲通公子鲍而不可。旧本乃谓其竟已通了，又说国人好而不知其恶。此事关系甚大，故不得不为正之。……此类甚多，不能遍及也。"盖在蔡氏评本之前，原已有一种《新列国志》，为万历、崇祯间之大才人冯梦龙所作。这部《东周列国志》就是《新列国志》的翻刻本，而加以蔡氏的评语的。而在新志之前，则更有《列国志传》一书，即蔡序所谓"旧本"者是。惟旧本之著作年代不可考。大约蔡氏的评本，在乾隆以后，已是一部定本了。不仅旧本已废，不易得见，即《新列国志》也为此评本所蔽而少人知之了。

这部书版本极多，我所见的有朱墨套印本，有大字本，又有石印本、铅印本等。

序

书之名无虑数十百种，而究其实，不过经与史二者而已。经所以载道，史所以纪事者也。《六经》开其源，后人踵增焉。训戒论议考辨之属，皆经之属也。鉴记纪传叙志之属，皆史之属也。顾《六经》者，圣人之书也。言体必有用，言用必有体。《易》与《礼》、《乐》，经中之经也，而事亦纪焉，《诗》、《书》、《春秋》，经中之史也，而道亦章焉。后人才识浅短，遂不得不岐而贰之，贰之斯不能不有所戾。故高谭名理者常绌于博识之士，而自矜该洽者其是非或谬于圣人。顾理无二致，故言道之书，虽世不乏著，究其精者，亦不过恢张余蕴，仅可作佐翼注疏；其卑者，糟粕唾余而已。若稍肆焉，则穿凿傅会，破碎支离之弊出矣。至于事，则不然，日异月新，千态万状，非圣人已然之书所

能尽也。故经不能以有所益而史则日多。夫史固盛衰成败，废兴存亡之迹也。已然者事，而所以然者理也。理不可见，依事而章，而事莫备于史。天道之感召，人事之报施，知愚忠佞贤奸之辩，皆于是乎取之，则史者可以翼经以为用，亦可谓兼经以立体者也。自制举艺出，而经学遂湮。然帖括家以场屋功令故，犹知诵其章句。至于史学，其书既灏瀚，文复简奥，又无与于进取之途。故专门名家者，代不数人。学士大夫则多废焉置之，偶一展卷，率为睡魔作引耳。至于后进初学之士，若强以读史，则不免头涔涔，目森森，直苦海视之矣。《春秋》三传，左氏最为明备，专经者，犹或不能举其辞，况其他乎。顾人多不能读史，而无人不能读稗官。稗官固亦史之支派，特更演绎其词耳。善读稗官者，亦可进于读史，故古人不废。《东周列国》一书，稗官之近正者也。周自平辙东移，下逮吕政，上下五百有余年之间，列国数十，变故万端，事绪纠纷，人物庞沓，最为棘目蓍牙，其难读更倍于他史。而一变为稗官，则童稚无不可读得。夫至童稚皆得读史，岂非大乐极快之事邪。然世之读稗官者颇众而卒不获读史之益者何哉？盖稗官不过纪事而已，其有知愚忠佞贤奸之行事，与国家之兴废存亡，盛衰成败，虽皆胪列其迹，而与天道之感召，人事之报施，知愚忠佞贤奸计言行事之得失，及其所以盛衰成败废兴存亡之故，固皆未能有所发明。则读者于事之初终原委，方且懵焉昧之，又安望其有益于学问之数哉。夫既无与于学问之数，则读犹不读，是为无益之书，安用灾梨祸枣为！坊友周君，深虑于此，属予者屡矣。寅卯之岁，予家居多暇，稍为评骘，条其得失而抉其隐微。虽未必尽合于当日之指，而依理论断，是非既颇不谬于圣人，而亦不致贻嗤于博识之士。聊以豁读者之心目，于史学或亦不无小禆焉。故既为评之，而复序之如此。乾隆十有七年春七都梦夫蔡元放氏题。

八 《隋唐演义》

《隋唐演义》原名《隋唐志传》，后由褚人获改编过。原本系叙隋唐二朝史事，始于隋宫蔚彩，而止于唐之末年。但褚本则始于杨坚的篡周平陈，而终于唐朝安禄山之乱。据褚人获的序说："《隋唐志传》，创自罗氏，纂辑于林氏。"则此书原本，流传于世已久。褚氏所说的罗氏，大约就是罗贯中，然这个《隋唐志传》，今已不易得见。今所流传者，乃褚人获就《隋唐志传》而改作的《隋唐演义》。原本与改本的最大的差别，则在：原本叙隋炀帝事，始于隋宫蔚彩，而叙唐事，则止于唐末（"铺缀唐季一二事"）；改本则始于炀帝的出生，而止于明皇之追念杨贵妃。改本是以隋炀帝为中心人物的，原本则似是就史书敷衍以成的，并没有什么特殊的中心人物。

原本的回数，不知若干，改本则分十卷，共一百回，所叙隋炀帝、唐明皇的故事，多采之于史传及唐宋人所作的《杨贵妃外传》《隋遗录》等书。改本中最奇特的，且为全书的前后线串的，是隋炀帝与朱贵儿的再世姻缘事，这是原本所无，而褚人获依据袁箬庵所藏的说此事的一部逸史而添入的。隋炀帝知朱贵儿割臂疗他的病事后，便马上与朱贵儿誓为世世夫妻。炀帝被宇文化及所杀，朱贵儿亦骂贼而死。后朱贵儿转世为唐明皇，炀帝转世为杨贵妃，果然再为夫妻。有了这个故事，《隋唐演义》的前后两大段，便可打成一片，但中间叙秦叔宝、尉迟恭以及武则天诸人的事，却把这个故事生生的截成两段了。因此，此书的顶点，便与一般"演义小说"一样，竟混乱得不可见了。这书的大失败即在于此。至于此书的情调，也绝不能一贯。一面叙隋宫故事，仿佛有点像后来的"大观园"，一面却叙草莽英雄故事，很像《水浒》。你看这两种极端的情调，如何能融合于一书之中呢？这又是此书的一个失败点。至于就描写的技术而言，自然是不及《水浒》，不及《红楼梦》，且似亦不及《三国演义》。至于较之《东周列国志》等，则又高出不少。此书改本完成于康熙乙亥冬十月。

我曾见到一部乾隆间的刻本。其他如道光时的小字本，近来的铅印、石印本，亦俱有之，不能一一举出。

九 《说唐传》

《说唐传》是叙秦叔宝、尉迟恭诸人的始末的，开始于周之平齐，秦叔宝父秦彝之尽节，止于唐太宗之削平诸雄，统一天下。全书共三卷，六十八回。此书是系就《隋唐志传》而加以增改，使之更为通俗者。在小说的技术上看来，此书较之褚人获改作的《隋唐演义》实高明不少。第一，书中有中心的人物，处处离不了写瓦岗的几位英雄，第二全书情调非常统一。但在文辞及描写一方面，却是过于草率、浅陋。如以李元霸为第一条好汉，宇文成都为第二条好汉等等的见解，尤为使人好笑。所写的英雄，虽没有《水浒传》中诸人之被写得发须如见，却也各有个轮廓，使读者还认得各个人的性格与行动。

此书的出现，以我猜断，是在《隋唐志传》流行于世之后，而褚人获未将《志传》改作之前，这有好几个证据：（一）细读此书，显然可见是依据《志传》而改作的。（二）此书第八回之末说，"那叔宝的箭，是王伯当所传，原有百步穿杨之功，若据小说上说，罗成暗助一箭，非也。"此处所谓"小说"，自然是指《隋唐志传》而言。因《隋唐志传》上恰是写罗成暗助叔宝一箭的。（三）此书第四十四回叙李世民被囚于李密狱中。李密大赦天下的诏书上，注明"不赦李世民"，而魏征、徐茂公却将"不"字竖出了头，下添一画，改作"本"字，因此世民得以出狱。演义却说魏征他们商量，改本字不妥，只得由徐义扶带了世民逃走。这又显然是褚人获看了《说唐传》之后才如此说的。

此本中的人物，较《志传》添入了不少；如宇文成都、裴元庆、李元霸、伍云召等，都是《志传》上所无的。此书有好几种石印本，亦有旧刻本。

十 《说唐小英雄传》（一名《罗通扫北》）

《说唐小英雄传》是《说唐传》的继续。作者不知何人，但与作《说唐传》者未必为一人。文辞较《说唐传》尤为浅陋，叙述也极草率，没有什么生气。此书的出现，也许竟在清之中叶，在褚人获修改《隋唐志传》之后。

此书只有一卷，分十六回。所叙人物，有史书的依据的极少。扫北却是历史上的一段重要事。唐时，突厥强盛，常侵凌中国，李渊至称臣于突厥。及世民即位，乃遣徐勣、李靖等屡破之。贞观四年，勣等遂灭突厥，擒颉利可汗。扫北之事，如此而已。并无太宗被困，罗通拜帅扫北等等。这部书之叙太宗被围，似有些摹仿汉高祖被匈奴围困于白登的一段故事。此书中的主人翁是罗通。前书中的英雄徐茂公、秦叔宝、程咬金、尉迟恭等也都在场，只多了罗通以及秦怀玉、程铁牛等几位小英雄。它叙说唐太宗即位三年之后，有北番狼主赤壁康王派人来投战书。太宗大怒，以秦叔宝为元帅，他自己及徐茂公也同去。国事托于太子李治及魏征。他们到了第一关，因尉迟恭的儿子尉迟宝林的帮助，把这关打破了。（尉迟恭的妻曾被守关番将刘国桢所掳，尉迟宝林因在番将处长大，这次他母亲叫他认父，杀了仇人刘国桢。）又连破了第二关、第三关。北番定计，将木杨城留给唐兵，番民都移到贺兰山，要用空城计围困唐天子。唐兵因徐茂公阴阳失算，果中其计，茂公差程咬金出城去求救兵。在京小英雄比武争帅，结果，罗通挂了帅，率领秦怀玉、程铁牛、罗仁诸小将，同程咬金去救太宗，他们连破了三关，最后到了黄龙岭。黄龙岭的守将是屠炉公主，她用飞刀将罗仁杀了，又逼罗通定婚。果然赖有屠炉公主的暗中帮助，罗通将番兵杀得四散，解了木杨城的围困。于是北番退守贺兰山。太宗闻知屠炉公主与罗通定婚事，立刻要主婚。但罗通坚执不从，因纪念着她杀他的弟弟罗仁之仇。太宗坚逼他，于是他只得答应了。结婚之夕，他羞骂屠炉公主一顿，她悲愤的自杀了。太宗闻知此事，大怒，欲将罗通斩首。亏得程

咬金保救，才得释放。唐兵为了纪念屠炉公主，将所占番地归还他们，两邦自此和好。

此书有各种石印本，亦有旧刻本。

十一 《说唐后传》（一名《说唐薛家将传》）

这部书系继续于《说唐小英雄传》之后，而叙薛仁贵征东之事的。书中的英雄薛仁贵及对方的盖苏文，都是历史上原有的人物。唐太宗于贞观十八年，亲征高丽。十九年，因为围辽东安市城不下，遂班师回国。到了贞观二十一年，又命徐勣率师伐高丽。到高宗龙朔元年，又伐高丽。仍不能克服它。乾封三年，盖苏文死，徐勣又兴师伐之。到了第二年（总章元年），才把它灭了。薛仁贵在历次的征东战事中，功绩极大。薛仁贵之初次出现，在贞观十九年。仁贵，龙门人，为安都之六世孙，名礼，以字行。尝着奇服，大呼陷阵，所向无敌，高丽披靡。唐兵乘之，高丽兵大溃，斩首二百余级。太宗望见仁贵，召拜游击将军。太宗尝对仁贵说："朕诸将皆老，想得新进骁勇者将之，无如卿者。朕不喜得辽东，喜得卿也。"其后仁贵屡有战功。当时人皆以他为"勇冠三军"。大约仁贵的故事在民间是流传很广的。薛家将遂也如杨家将的无人不知，无人不晓。这部小说的中心人物自然是仁贵。它以仁贵为征东元帅，实则仁贵始终未为帅。

这部小说共二卷，凡四十二回。自仁贵出生起，叙至仁贵平辽封王，家庭团圆止。全书故事大略如下。

山西龙门县有富翁薛雄，生一子名仁贵。太宗征北归来，一夜梦有青面獠牙的人追杀他，被一白袍将所救。问他姓名不肯说，却留下一诗。醒后，徐茂公为释此诗，说是白袍将姓薛字仁贵，龙门人，并预言青面獠牙人将在东方作乱，将为仁贵所平。太宗便叫张士贵到龙门县召兵，要得此人。士贵因他女婿何宗宪亦喜着白袍，便以为这梦应着他。这时，仁贵在家长大。父母死后，便专心习武，把一场家产都耗尽了，以至亲戚不理。他愤怒欲自尽，为小贩王茂生所救。茂生荐他到柳员外家做工。柳小姐走过仁贵睡的地方，忽见一只白虎向她扑来，转眼又不见了。遂以衣赠仁贵。后为员外所知，小姐被逼逃出，仁贵亦逃出。二人在土庙相见，遂成了夫妇。某日，仁贵遇见周青，同去投军。张士贵见仁贵之名，吓了一跳，心想："不料果有此人！"因把他故意赶出。到了仁贵第三次投军，才收了他，做火头军。回报太宗，却说"无此人"。这时，高丽果然起兵与唐反抗，太宗以尉迟恭为帅，自己亲征。仁贵在征东途中，遇见九天玄女娘娘，给他五件宝物，一本白字天书。征东时，他立了许多功绩，张士贵都冒为何宗宪之功。尉迟恭等几次查察，都被士贵瞒过。士贵又把仁贵诱入山谷，欲烧死他，不料又被九天玄女所救，藏于一洞。这里，高丽王设空城计，把太宗围困于越虎城。茂公差程咬金到中国求救兵。罗通为帅，秦怀玉为先锋。怀玉破了盖苏文的飞刀，解了越虎城之围。太宗因出猎，途遇盖苏文，被追得上天无路，入地无门。恰好薛仁贵由山洞出来救了他，宛如他梦中所见一样。这时，太宗才与薛仁贵相见，才知士贵之奸。遂以仁贵为帅。经了许多次大战，仁贵遂灭了高丽。太宗班师回国，杀了张士贵，封仁贵为平辽王。仁贵遂迎接柳小姐到王府，又娶了投军时所救的樊员外之女，并以王茂生为都总管。

这个故事里的仁贵与柳小姐的事情，似脱胎于《白兔记》中刘知远与李三娘事。九天玄女给予天书事，亦似脱胎于《水浒传》宋公明得天书事。史言仁贵着奇服破敌，太宗望见他，才召拜为将军。此书遂从此演出"白袍"事，演出张士贵嫉贤冒功事，演出太宗之梦，又演出屡次欲见仁贵而不能。这些地方，使此书的戏剧的力量增加不少。惟此书叙"空城计"事，与扫北中所遇的恰是一样，读之极感雷同。如果此二书是同一个作者所著，则此作者殊觉笨拙。如果此二书非一个作者所著，则作后书者的摹拟的本领，亦殊为笨拙也。全书闻之失去趣味不少。此书文辞之浅陋亦与《说唐》前二书相同。

此书作者未知何人，我所见有石印本及旧刻本。

十二 《说唐征西传》

《说唐征西传》系继续于《说唐后传》之后而叙薛家将的始末的。开始于薛仁贵的征西，而止于李旦兴师灭韦后，薛府团圆。所以这个《征西传》的名称，只能包括前半部，不能包括后半部。此书中的人物，大多数是创造的。如薛丁山、樊梨花、薛刚等都是作者由想象中创造出来的。

此书共六卷，九十回。所叙故事大略如下。

薛仁贵平辽后，安居于山西。太宗叔李道宗的妃张氏，系张士贵之女，欲为父报仇，遂逼道宗设计陷害仁贵。道宗控仁贵谋杀其女。太宗大怒，囚他于天牢，几次欲杀，都为程咬金等所救。三年后，徐茂公才保他出狱。这时西番哈迷国元帅苏宝同打战表到唐朝。太宗大怒，兴师西征。拜薛仁贵为元帅，李道宗、张妃俱赐死。唐兵一路上连胜，到了锁阳城。苏宝同用空城计，太宗驾临被围困。秦怀玉等俱被宝同飞刀所杀，仁贵亦为他飞镖所伤。太宗只得遣程咬金去求救兵。仁贵子丁山，受王敖老祖道法，这时受命下山救父，遂挂帅统兵西征。丁山在途被山寇窦一虎、窦仙童兄妹所擒。仙童与丁山成婚。一虎如《封神传》中之土行孙，会地行法。他们大破番兵，解了锁阳城之围。太宗遂回驾返京。苏宝同得了飞钹和尚、铁板道人之援，又来围困锁阳城。群将连败，窦一虎为和尚所捕。他是王禅老祖之徒，老祖知他受难，又叫徒弟秦汉去救师兄。他们又大破番兵，宝同、飞钹和尚俱逃去。西番后来出战，丁山被追，亏得陈金定救了他，二人又结为夫妇。唐兵离了锁阳城，到了寒江关。女将樊梨花有道法，捉得丁山，欲与为婚。仁贵答应了，丁山只是不肯。经了许多次的波折，二人才得终于成了夫妻。唐兵得了樊梨花之助，遂平了西番。后梨花生了一子，名薛刚，在京城闯了许多大祸，致薛家全家被武后所杀，只逃了薛刚、梨花、薛蛟等。以后薛家将保护中宗复位，薛家也重复团圆。韦后杀中宗，薛家将又助李旦兴师，杀了韦后。

此书的空城计一段，又是钞袭《扫北》《征东》的写法，读来很使人生厌。最好的地方，是叙仁贵数次被缚出斩，及丁山三休樊梨花的几段。但文辞总是很浅陋。此书中超自然的事实极多，如后半部写二教斗法，摆诸仙阵等，都是钞袭《封神传》的。

此书的作者不知何人，也不知是否即为《说唐传》《说唐后传》的作者所作。但此数书，文调很连贯，据我猜想，大约是一个人所作的。

此书有石印本及旧刻本。